사랑은 외롭고 쓸쓸하지만 가볼 만한 길이다

금동원 산문집

사랑은 외롭고 쓸쓸하지만
가볼 만한 길이다

도서
출판 답게

프롤로그

봄 여름 가을 겨울, 스무 번의 사계절이 바뀌는 동안에
도 강물은 무심히 흐르고 흘러갔다

바람은 언제나 세차게 불어왔고, 안간힘을 쓰며 매달려
있던 잎사귀들은 여지없이 흩어졌다

첫 발자국을 디디며 다짐했던 약속은 선명하고 꿋꿋했
는가

아련하게 뒤돌아보니 희미하게 찍힌 아쉬움과 그리움
의 흔적들

나무등치에 걸터앉아 잠시 쉼표를 찍는다

소소하고 오래되어 어느새 너무 낡아버린 나의 지나간
시간을 애틋함으로 묶었다

첫 산문집의 표정과 눈빛이 낯설고 부끄럽다
시 쓰기의 스무 해를 자축하며

2023년 초겨울 오름제에서

금동원

차례

1부

2부

3부

4부

5부

1부

공방 가는 날

오늘은 도자기 공방에 가는 날이다. 특별한 일이 없는 매주 수요일이면 꼭 찾아가는 곳이다. 눈 부신 햇살과 봄꽃 향기로 온 세상이 꽃밭처럼 화사한 날도, 하늘에 구멍이 뚫린 듯 쏟아지는 장맛비 내리는 날도, 늦가을 비가 추적추적 내리는 조금은 쓸쓸하고 외로운 날에도 흙을 만나러 간다. 얼마 전 서울에도 반가운 첫눈이 내렸는데 곧 고요하고 소복하게 내리는 함박눈을 맞으면서도 가게 될 것이다.

사람을 멀리하고 싶은 날이 있다. 말도, 글도, 진심도, 침묵도 세상 모든 것이 비수처럼 되돌아와 마음이 힘겹고 어려운 날에는 더욱 공방이 그립다. 흙의 따스함과 부드러움이 전해주는 위로가 큰 힘이 된다. 흙과 나, 둘만이 느낄 수 있는 진심이 그대로 마음으로 전해지기 때문이다.

삶에는 시간이 해결해 주는 것이 많다. 언제나 목적 있으나 목적 없는 담담함으로 세상을 바라보려고 한다. 모든 걸 내어주고 사라지는 가을 낙엽의 처연함에서 넉넉한 사람의 향기를 배운다. 손아귀의 힘을 풀자 순식간에 흩어져 버리는 모래알처럼 온 힘을 다해 움켜쥔 손목에 힘을 빼는 순간, '이제 알았지~'라며 나를 향해 흙 기둥은 미소 짓는다. 의지와 희망만으로 풀어낼 수 없는 게 마음자리다. 다가설수록 서로에게 오해와 불신만이 쌓여가는 슬프고 답답한 세상 안에서 흙은 많은 것을 가르쳐 준다. 내면의 고요한 공간을 내어준다. 시도, 도자기도, 명상도, 요가도 그 모습이 닮았다. 스스로 묻고 스스로 찾아가야 하는 인생의 방향과 똑같기 때문이다.

늦가을의 쓸쓸함도, 마음의 미련도, 작은 소망도, 쉽게 아물지 않을 상처도 그대로 버리고 간다. 흐르는 강물처럼 시간은 흘러가고 기억도 망각이 되어 흘러간다.

이 비 그치면 겨울이 시작되리라. 함박눈의 충만함과 캐럴의 활기와 크리스마스의 축복까지, 남아 있는 마지막 달력 한 장의 시간을 감사와 기쁨으로 갈무리하기로 한다. 가을비에 젖은 차가운 낙엽과 함께 한 계절이 지나가고 있

다. 더는 돌아설 곳 없는 절실함으로 세상을 바라보려고
한다.

갈 길은 멀고 해는 짧다
자고 나도 달라지지 않는 역사
퇴적된 시간들이 쌓아놓은 지혜와
죽는 날까지 움켜쥐고 가고픈 웃음소리

뒤돌아보고
다시 뒤돌아보고
이유 있다 여겼지만
버리고 간다

실체를 덮어버린 거대한 물거품처럼
세월이 만들어 놓은 낡은 소문들
길을 찾아
진위를 읽어내고
마음으로 웃고 슬며시 자리 뜨는 법도 배워두면 좋다
오늘 밤, 눈(目)이 밝다

　　　　　　　　　　　　　　　　　 - 〈버리고 간다〉 전문

벚꽃이 전하는 말

추억은 공간에 대한 기억이다. 시간은 씨줄과 날줄의 이야기로 촘촘히 짜여 아름답고 따뜻한 그리움을 만든다. 삶은 추억과 그리움의 힘으로 내일을 꿈꾸고 새로운 미래로 나아가기도 한다.

내가 오랫동안 살았던 여의도는 윤중로 벚꽃축제로 유명하다. 사월이 되면 몽글몽글 솜사탕처럼 피어나는 벚꽃을 즐기기 위해 꽃송이보다 많은 상춘객이 몰려들며 온종일 인파로 파도타기를 하는 곳이다. 과거 서울에는 창경원이라 불렸던 창경궁 일대에서 벚꽃놀이를 했다. 일제강점기 우리 민족의 정통성을 말살하기 위해 왕의 궁궐에다 동물원을 만들었고, 벚꽃을 심어 봄 벚꽃놀이를 한 것은 아픈 역사의 한 가닥이다. 1984년에야 창경원 벚꽃놀이는 없어졌다.

　오래된 어린 시절의 기억 하나가 떠오른다. 어느 해 봄, 엄마는 일찍 혼자 되신 큰이모와 우리 4남매를 데리고 창경원 벚꽃 소풍을 가셨다. 지금은 과천으로 옮겨진 동물원까지 있었기에 어린 아이들을 데리고 가기에 일거양득의 나들이였을 것이다. 곱게 쪽찐 머리에 화사한 한복을 차려 입은 이모도 낯설었지만, 하늘색 원피스에 하얀 종아리를 내놓고 구두까지 갖춰 신은 엄마는 평소 집에서는 볼 수 없던 모습이었다. 꽃보다 예뻤고 엄마 주변은 밝은 빛으로 빛났다. 왜 그동안 저렇게 젊고 매력적인 엄마를 못 알아봤을까? 어린 생각에도 이상한 마음이 들었다. 아흔이 넘으신 지금도 여전히 벚꽃보다 화사하고 아름다우시다.

　동물원과 벚꽃 인파로 어수선한 벚꽃 나무 그늘 어딘가에서 돗자리를 깔고 먹었던 도시락은 지금도 잊을 수 없다. 콩을 섞은 찰밥에 나물 반찬과 우리 4남매를 위해 특별히 준비하신 게 분명한 짭조름한 장조림과 계란말이는 찬합 뚜껑을 열자마자 순식간에 경쟁적으로 먹어치웠기에 금방 텅 빈 도시락이 되었다. 그때 바람을 타고 흩날리던 벚꽃잎들이 우리 곁으로 다가왔다. 머리 위에도 앉았고 도시락 위에도 돗자리 위에도 내려앉았다. 그게 행복한 감동으로 가슴 벅찬 그 어떤 충만함이라는 걸 어린 마음에도 느꼈던 것 같다.

성인이 된 후에도 나의 벚꽃 사랑은 여전했다. 대학생 때 미팅에서 만났던 남학생과 짧은 데이트를 즐긴 곳도 창경원 밤 벚꽃놀이었다. 버스커버스커의 〈벚꽃엔딩〉의 노랫말을 흥얼거려보면 "그대여 그대여 오늘은 우리 같이 걸어요, 이 거리를. 봄바람 휘날리며, 흩날리는 벚꽃 잎이 울려 퍼질 이 거리를… 우우 둘이 걸어요. 오예 그대여 우리 이제 손잡아요. 이 거리에 마침 들려오는 사랑 노래 어떤가요." 그때 하얀 꽃비가 내리며 고궁은 온통 사랑의 설렘을 타고 환상을 꿈꾸는 축제의 시간으로 변했다. 엄청난 사람들에게 밀려다니면서도 나는 벚꽃이 좋았고 꽃향기가 황홀했다. 봄바람에 실려 하얀 꽃비가 쏟아지는 창경원을 걷는 마음 안으로 막연하고 서늘한 사랑이 밀려들었다.

그런 벚꽃 인연의 실타래 때문인지 모르지만 나는 아이들이 대학을 졸업할 무렵까지 오랫동안 여의도에서 살았다. 막상 여의도에 살던 나로서는 벚꽃축제 기간은 곤혹스럽고 정신없고 복잡했다. 백만 명 이상이 다녀가는 축제 기간에는 어느 관광지보다 어지러웠다. 강변의 주변은 밤새 북적이고 무질서의 한여름 밤은 여기가 나의 섬(汝矣島)

이 아닌 타인의 섬처럼 낯설었다.

문득 만개한 벚꽃나무 아래로 어깨끈이 달린 분홍색 주름치마를 입은 작은 계집아이가 뛰어간다. 귀밑 정도의 단발머리는 휘날리는 벚꽃잎 속에서 좌우로 찰랑거린다. 작은 물통을 들고 수돗가로 마실 물을 담으러 가는 길이리라. 북새통의 사람들 틈에서 한가득 담아온 물통을 엄마와 언니, 오빠에게 의기양양하게 자랑하고 싶어 신나게 뛰어가는 중이리라. 작은 꽃송이 하나가 팔랑거리며 하늘로 날아오른다. 하얀 뭉게구름처럼 아득했던 창경원의 사월 벚꽃이 전해주는 말은 그리움이다. 언제나 봄은 다시 돌아오고 벚꽃도 다시 피어날 것이다. 그러나 사랑으로 따뜻했던 빛나는 창경원의 벚꽃을 잊을 수는 없으리라. 서울의 보석이었던 창경궁은 날이 갈수록 작아져 이제 그 옛 모습도 아련하다.

광화문 연가

노란 은행잎이 수북이 쌓이는 가을이 되면 꼭 한번은 걸어야 할 곳이 있다. 덕수궁 돌담길은 언젠가부터 이문세의 〈광화문 연가〉로 더욱 낭만적이고 애틋한 분위기를 풍기는 추억의 장소로 유명해졌다. 덕수궁 돌담길을 걸으면 사랑하는 연인들이 반드시 이별하거나 이별하기 위해 온다는 슬픈 징크스로도 유명하다.

'이제 모두 세월 따라 흔적도 없이 변해갔지만/ 덕수궁 돌담길엔 아직 남아 있어요/ 다정히 걸어가던 연인들…….' 입 속으로 노랫말 가사를 흥얼거려본다.

나는 정동에 있는 이화여고를 다닌 덕분에 1970년대 후반 삼 년 동안을 광화문에서 보냈다. 덕수궁 정문 시청 쪽 버스정류소에서 내려 등하굣길을 눈이 오나 비가 오나 빠짐없이 걸어 다녔던 덕수궁 돌담길이다. 지금처럼 단정하게 정비가 안 된 훨씬 예스럽고 운치 있는 아름다운 돌담길이었다.

고등학교 입학 등록을 하기 위해 엄마와 함께 처음 학교를 방문했던 날을 잊을 수 없다. 아마도 2월 초쯤 되었으리라. 무려 4만 평이 넘는 규모의 큰 캠퍼스에 눈부시게 흰 눈이 쌓여 있었다. 막 여중을 졸업한 앳된 나의 눈에 비친 노천극장 계단에 하얗게 쌓여있던 눈은 환상적이었다. 그 눈길을 걸으며 왠지 모를 아득함과 황홀한 설렘으로 울렁거리고 가슴은 벅차올랐다. 지금도 그날의 그 풍경을 떠올리면 가슴이 아련한 그리움으로 서늘해진다.

담장 하나를 사이에 두고는 배재 남자 고등학교가 있었다. 노천극장에서 부활절 단체예배가 있는 날이나 점심시간이 되면 담벼락에 해바라기처럼 얼굴을 내밀던 남학생들은 모두 어디로 간 것일까. 매년 5월 30일 개교기념일이 되면 축제가 있었는데, 단 하루 금남의 문을 개방한다. 풋풋하고 건강한 웃음소리가 선명한 풍경이 되어 스치고 지나간다. 변성기로 거칠어진 야유 비슷한 목소리로 환호성을 지르거나 휘파람을 불던 그들은 모두 어디로 사라진 것일까.

그 당시에는 광화문을 중심으로 오랜 전통과 역사를 가진 명문고에 드는 학교가 많았다. 경희궁이 이전하기 전, 지금의 역사박물관 자리에는 서울고, 덕수궁 뒷길에는 경기여고가 있었다. 이화여고, 진명여고, 경기고, 휘문고, 풍문여고, 숙명여고, 덕성여고 등등.

박정희 대통령 재임 당시, 10월 1일 국군의 날이면 광화문 주변 학교의 남녀학생들은 연합 합창단으로 동원되어 당시 5.16 광장이라 불렀던 여의도공원에서 함께 대합창을 하기도 했다. 봉황무늬가 인쇄된 하사품 과자 종합선물세트를 잔뜩 받아 왔던 기억도 있다. 국위 선양을 하고 돌아온 스포츠 스타나 외국 국빈들이 방문할 때는 환영하는 카퍼레이드에 동원되어 태극기를 흔들기도 했다. 서울의 중심지에서 학교에 다녔던 행운으로 특별하고 다사다난했던 추억들이다. 그때는 광화문과 종로, 명동이 서울의 중심지여서 문화적으로 많은 혜택을 즐기고 누렸다.

세실극장과 소극장들, 명동과 무교동의 음악다방, 종로와 경복궁, 미술관과 박물관, 정독 도서관과 극장들, 그런 추억으로 가득한 덕수궁 돌담길 공간을 서울시가 보행길로 새롭게 개방한다고 한다. 1959년 영국대사관이 점유하면서 60여 년간 철문으로 막혀 일반인의 통행이 제한됐던

덕수궁 돌담길 100m 구간(영국대사관 후문~대사관 직원 숙소 앞)
이 야간에도 산책을 즐길 수 있게 된다고 한다. 야간에는
가로등도 설치한다는 반가운 소식이다. 이 계획이 순조롭
게 진행되면 추억의 덕수궁 돌담길은 막힘없는 산책로가
되어 '대한문~ 덕수궁길~ 미국대사관저~ 영국대사관(후
문)~ 서울시의회'로 통하는 둘레길이 될 것이다.

　진하게 커피 한 잔을 내려 마시며 문득 물밀 듯 밀려오
는 감회와 흥분을 차분히 가라앉혀야 할 듯하다.

힘을 뺀다는 것

가을비가 잦다. 노랗고 붉게 물든 오색단풍의 풍경이 더없이 사색적이고 마음은 차분하게 가라앉는다. 겨울을 초입에 두고 내리는 늦가을 비의 감흥이 남다르다. 봄꽃만큼 화려한 낙엽과 젖은 낙엽의 처연함을 마주하는 쓸쓸함과 무상함이 더해지기 때문이다.

처음 도자기를 만들기 시작했을 때는 그냥 흙을 대충 주물럭거리기만 하면 되지, 뭐 그리 어렵겠나 싶었다. 다른 사람의 완성된 작품을 보면 얼마든지 만들 수 있을 것처럼 보였기 때문이다. 마음은 어느새 국보급 달항아리를 상상하고 있었다. 손이 무뎌 실력은 턱없이 모자라면서 눈만 높아진 안목과 귀만 뚫린 귀명창처럼 기대 반 설렘 반 겁도 없이 덤벼들었다. 직접 도전하고 만들어보고 나서야 그 현실감의 괴리로 인해 자신감은 여지없이 무너져 내렸다.

흙을 뭉쳐 반죽하는 기본적인 것에서부터 난항에 부딪혔다. 한 방향으로 눌러주며 흙 속에 있는 공기들을 빼내야 하기 때문이다. 떡 주무르듯 만지면 그냥 공기가 알아서 빠져나가겠지 했지만, 아니었다. 눌러주는 힘을 조절하고 빈틈없으나 자연스러운 비틀기가 보이지 않는 역할을 한다. 한동안 반복적으로 씨름하며 요령과 방법을 겨우 터득할 수 있었다.

흙은 정서적 감성을 불러일으키는 특별한 소재다. 흙의 종류는 한없이 다양하지만 주로 도자기 작업을 할 때 사용하는 흙은 청자 토와 백자 토가 일반적이다. 직접 손으로 만질 때 흙의 감촉은 모든 오감이 집중되어 편안하고도 부드럽다. 흙의 질감이 전해주는 느낌과 상태에 따라 나와 흙 사이에 미묘한 감정이 싹튼다. 늘 신선한 만남이고 새로운 소통이다. 그때마다 새롭게 사랑이 싹튼다.

도자기를 시작한 지 꽤 여러 해가 흘렀다. 도자기를 만드는 방법으로는 손으로 직접 흙을 주물러 빚는 수작업, 일명 핀칭작업과 더 다양하고 균일한 모양의 작품들을 만들어 낼 수 있는 손물레와 기계물레를 이용한 통칭 물레작업 두 가지가 있다.

한동안 물레나 다른 도구의 도움 없이 손으로만 흙을 만졌다. 흙을 주무르고, 꼬집듯이 꼬고, 두드리고, 자르고, 쌓고, 붙이고, 밀대로 밀면서 폈다 접었다 붙였다 하며 놀았다. 홀로 말없이 흙하고 노는 이 적적한 취향의 작업을 성격의 차이겠지만 외롭고 갑갑해하는 사람도 많다. 사실이 그렇다. 가벼운 작업을 제외하면 누군가와 대화를 나누면서 작업을 동시에 할 수가 없다. 균형과 리듬이 깨져 온전한 작품들을 만들기가 어렵다. 그래서 흙을 좋아하거나 혼자 노는 걸 좋아하는 사람들이 하는 외로운 작업이다. 음악이나 그림, 글을 쓰는 모든 예술 장르가 그런 것처럼 말이다.

물레를 이용하여 작업할 때는 또 다른 방식의 교감이 필요하다. 쫀쫀하게 반죽하여 물레에 올려놓은 흙덩이를 돌리면서 계속 흙의 감정을 읽어야 한다. 흙 기둥을 올렸다 내렸다 몇 번씩 반복하면서 흙의 밀도와 균형을 잡는다. 원하는 작품의 용도와 크기에 따라 기본적인 형태를 만들어 놓아야 한다. 여기에서 가장 중요한 것이 균형이다. 계속 돌아가고 있는 물레에서 흙 기둥의 균형이 안정적이면 작업 내내 아무런 흔들림 없이 작업에 집중할 수 있다. 중심이 안 잡혀있는 경우는 작업 도중 찌그러지거나 무너져 내려 실패하는 경우가 대부분이다.

아주 오래전의 영화 〈사랑과 영혼〉이 떠오른다. 아름다운 영화 주제곡과 함께 물레를 함께 돌리던 남녀 주연 배우 데미 무어와 패트릭 스웨이지, 두 주인공의 낭만적인 명장면을 영화를 본 사람은 기억할 것이다. 빠른 속도로 돌아가는 물레에서 흙 기둥이 무너지지 않고 있는 것은 잘 잡힌 균형 때문이라는 걸 나중에 알게 되었다.

힘을 빼야만 모든 작업이 원하는 대로 방향을 잡을 수 있다. 그것을 몰라서가 아니라 본능적으로 느낄 때까지, 될 때까지 수없이 반복하고 반복하면서 실패하고 차이를 알아내고 부수고 다시 세우는 끝없는 자신과 싸움을 해야 한다. 힘을 뺀다는 경지가 얼마나 막막한 고행길인가.

처음 운전을 배울 때도 그랬다. 얼마나 긴장하며 운전대를 움켜잡았는지 집에 돌아오면 운전 몸살로 온몸이 멍이 든 것처럼 쑤셨다. 지금은 오랜 주행 경험으로 노련해져 힘을 주려고 억지를 써도 힘이 들어가지 않는 경지가 되었다. 요가도 처음에는 안 쓰던 온몸의 근육을 사용하면서 생기는 몸 안에서 보이지 않는 충격과 마찰로 인해 한동안 소위 말하는 요가 몸살을 심하게 앓기도 한다. 모름지기 모든 것이 대부분 힘을 빼는 방법을 터득하기 시작하면서 정서적인 성숙과 더불어 실력이 늘기 시작하는 것이다.

수천 년 역사 속에 고독하게 살다간 위대한 도공들의 삶, 그 척박함과 외로움을 미약하나마 조금은 알 것도 같다. 도공의 혼이 서려 있는 도자기를 바라보는 마음이 남다를 수밖에. 단 하나의 작품을 만들어내기 위해 수천수만 장을 깨뜨리고 다시 흙 기둥을 세웠을 도공의 핏물어린 시간 앞에 경건해질 수밖에 없다.

세월이 켜켜이 쌓여가듯 흙과 나도 우정 비슷한 믿음이 생겨나서 서로에 대한 숨결을 주고받는다. 애정을 쏟아부으며 작품을 만드는 동안 든든한 믿음과 따뜻한 감정을 느끼게 된다. 가장 중요한 것은 오랫동안 서로를 믿고, 변함없이 함께 세월을 만들어가는 것이다. 나는 그것을 '버틴다'라는 투박한 말로 표현한다.

처음 흙을 만지며 자신에게 약속했던 게 하나 있다. 백자 달항아리를 너무 좋아하여 나를 닮은 단 하나의 달항아리를 만들어 꼭 가슴에 품어보고 싶다는 거다. 오랫동안 서로에 대한 굳건한 믿음과 사랑으로 버티고 버텨보면 형편없는 졸작이지만 달항아리 하나 만들어 품을 수 있을까. 이제 흙과 아주 조금 사이가 좋아진 듯 다행스러운 마음이 들기에 가져보는 소박한 희망이다.

달항아리의 꿈

존재에 대한 물음을 던지면서 나의 시 쓰기는 시작되었다. 나는 누구이고 어떻게 살고 있으며 무엇으로 존재하는가. 절망적이고 모순된 인간의 모습과 비참함에 사람다움의 생명을 불어넣어 주는 힘, 상처받은 영혼을 치유하고 다독여주는 역할이 문학에는 있다고 믿었다. 자학의 벼랑 끝에서 살아있음의 순수함과 산다는 것은 견딤이라는 성찰을 준 것이 시다. 천성적으로 타고난 시인의 꿈을 꾼 것은 아니지만 나는 시인이 되었다. 시인이 되었기에 시를 쓰는 것이 아니라 시를 쓰고 있기에 시인이다.

처음 취미로 흙을 만지고 도자기를 만들기 시작했을 때도 무심히 흙이 좋았다. 덤덤한 흙으로 빚은 나만의 달항아리를 만들어보고 싶었다. 흙이 달항아리로 완성되어가는 과정은 내 마음대로 잘되지 않았다. 내가 할 수 있는 건 끊임없이 물레를 돌리며 흙의 예민함을 살피고 달래고 흙덩이와 친해지는 거다. 세우기와 허물기를 수없이 반복하며 나만의 달항아리가 완성되기를 인내심으로 기다리는 마음뿐이었다. 막연한 인내와 버티기가 꼭 좋은 작품을 만들어준다는 보장은 없지만, 작업하는 동안 나를 살피고 내면을 들여다볼 힘의 공간을 만들어준다. 조금씩 앞으로 나아가는 힘, 온전하게 있는 그대로를 바라보는 힘, 나의 욕심만으로 안되는 것이 삶이라는 깨달음의 힘, 절반의 성공과 절반의 실패를 반복하며 포기하지 않고 다시 도전하는 힘, 완성을 향한 나의 시 쓰기이자 달항아리의 꿈이기도 하다.

시작은 있으나 끝은 보이지 않는 시, 갈망과 애증의 무게로 쓰고 지우고 세우고 무너뜨리는 흙 기둥은 시의 원형이자 뿌리다. 삶도 문학도 스스로 찾아가는 길이다. 괴테는 파우스트에서 "인간은 노력하는 한 방황한다"라고 했던가. 힘겹고 지치고 외로운 마음에 되돌아가고 싶은 적도 있다. 그러나 돌아갈 수 없는 게 인생길이고 문학의 길이다. 내 시의 종착지는 어디쯤일까. 지금 나는 이정표 없는 시의 자리를 잘 찾아가고 있는 것인가. 혼잣말을 늘어놓으며 황량하고 해답 없는 길을 걷는다.

　나에게 문학이란 무엇인가. 시는 인생의 운명적 길목에서 어떤 힘든 상황도 함께 할 수 있다는 위로이자 희망이다. 고뇌와 침묵의 시간, 내면으로 다가가는 시간, 세상을 향한 질문과 의심들이 시를 쓰게 하고 길을 묻는다. 한 편의 완성된 시를 기다리는 달항아리의 꿈처럼 스산하고 외로운 이 길을 묵묵히 혼자 걸어가리라 다짐한다.

목매달

요즘 '딸이 대세'라는 말이 있다. 실제로 주변에서 딸 혹은 손녀를 낳으면 박수로 환영받는 분위기지만, 아들을 낳았다고 하면 한숨을 쉬면서까지 서운해하기도 한다. '딸을 낳으면 비행기 타고 여행을 가고, 아들을 낳으면 걸어서 간다'는 꽤 오래된 유행어도 있다. 최근에는 딸 둘은 '금메달', 딸 하나 아들 하나는 '은메달', 아들 둘은 '목매달'이라는 말도 들었다. 똑똑한 아들은 '나라의 아들', 돈 잘 버는 아들은 '장모의 아들', 카드빚 있는 아들은 '내 아들'이라는 씁쓸한 우스갯소리까지 들린다. 그렇다면 나는? 아들만 둘이다.

조선시대에는 칠거지악이라는 악습이 있었다. 그중의 하나가 아들을 못 낳으면 며느리를 집 안에서 쫓아냈다.

세상이 천지개벽을 한 거라면 천 번은 더한 것이 요즘 세태다. 유교적인 환경에서 자랐던 우리 부모님의 세대는 결혼을 하면 무조건 아들을 낳아야 했다. 아들을 출산한 어머니들은 어깨에 힘도 들어가고, 그나마 고개를 들고 시집살이를 할 수 있었다. 아들 낳으려고 딸! 딸! 딸……. 아들 낳을 때까지 낳고 낳아서 드디어 아들 얻는 데 성공하면 일남 육녀, 일남 칠녀…. 내가 어렸을 때만 해도 딸 부잣집에 아들 하나인 집이 주변에 흔하게 있었다.

이제는 시대가 바뀌고 바뀌었다. 어리숙한 순둥이 혹은 감당못할 골칫덩어리 아들보다 야무진 딸을 키우겠다는 집이 많다. 다시 말하면 아들이 없어도 아무 문제가 없는 시대가 된 것이다. 오히려 딸이 대세가 되었다. 남존여비의 근성이 뿌리 깊을 때, 오빠나 남동생을 성공시키기 위해 온 집안의 누나와 여동생이 희생하고 헌신하던 서럽고 눈물겨운 시대는 사라지고 없다. 지금은 아들보다 사회적으로 더 성공할 떡잎인 딸을 위해 헌신하고 전폭적으로 지원하는 부모들이 더 많다. 이런 사회적 변화 속에서 나는 아들 둘을 굳건히 키우며 현재를 살고 있다.

통과 의례적인 행사지만 두 아들도 그냥 지나칠 수 없는 게 어버이날이다. 유치원에서 고사리손으로 색종이를 직접 접어 만든 종이꽃을 가슴에 꽂아주던 감동의 시절을 거쳤다. 초등학교 문방구 앞에서 카네이션 꽃을 사서 가슴에 달아주던 귀여운 시절도 지나갔다. 힘들었던 사춘기 무렵에도 작은 카네이션 화분과 뜻밖의 편지를 가끔 써주어 큰 기쁨을 선사하기도 했다. 그 무엇이 되었든 잊지 않고 예쁜 마음을 보여준 것만으로 늘 행복하고 감사했다. 그런 아들놈들이 기특하기도 하고 고마웠다. 이제는 세월이 흘러 둘 다 멋진 청년이 되었다. 자신의 사회적 성취와 인생의 목표를 위해 가장 바쁘고 힘든 시간을 보내고 있다. 이제는 두 아들의 미래를 응원하고 격려하며 묵묵히 지켜보는 거 말고는 해줄 것이 없다.

올해도 어김없이 어버이날 선물을 받았다. 요즘 발을 다쳐 움직임이 불편한 엄마를 위해 가벼운 저녁을 차려준 것도 놀라운데, 선물과 함께 동봉한 봉투를 내미는 것이다. 선물을 받고 보니 '하하하' 배를 잡고 웃을 수밖에. 세상에나~, 용돈을 오천만 원씩 주다니! 오만 원과 천 원, 만 원의 조합으로 만든 세상에 한 장밖에 없는 돈, 오천만 원! 황금만능주의에 물든 자식들이라고 놀리지 마시라. 아직은 용돈을 넉넉히 줄 수 없는 꿈많은 미생들이 준 용돈이 엄마 눈에는 따뜻하고, 기특하고, 감동적일 따름이다. 기발한 위트가 느껴졌다. 목매달을 걸고 사는 21세기 두 아들을 키우는 엄마로서 그저 자랑스럽다. 김효준, 김성준 언제나 사랑해! 그리고 고마워!

효부 이야기

지금은 돌아가셨지만, 시어머니께서는 오랫동안 천식으로 고생을 하셨다. 천식은 하루라도 약을 먹지 않으면 호흡곤란이나 일상생활의 불편을 느끼기 때문에 병원 진료는 늘 밀접할 수밖에 없다. 맏며느리라는 책임감 이전에 서울에 살고 있었기에 시어머니의 약 타는 심부름을 도맡았다. 특별한 전문성을 요구하지는 않았으나 종합병원의 번거로운 절차에 가장 익숙해 있기도 했다.

그날도 예약한 날짜에 약을 타기 위해 병원엘 갔다. 환자의 증상이나 상태를 대신 설명해야 했기 때문에 담당 의사의 면담 순서를 기다리고 있었다. 옆자리에 아주 불편한 기색의 할머니께서 내게 말을 붙이셨다.

"젊은이는 어디가 아파서 오셨소?"

"아~ 제가 아니고요. 저의 시어머니께서 천식입니다. 대신 약을 타러 왔습니다."

"그럼 그렇지. 웬 젊은이가 벌써 병원을 드나드나 했어. 참 효부구려."

할머님의 갑작스러운 '孝婦'라는 치하에 적이 당황스러워 급히 되받아 말을 옮겼다.

"아휴~ 효부라니요. 효부 다 어디 갔나 봅니다. 당연히 해야 할 일인걸요."

내 말에 할머니께서 오히려 의아해하는 표정을 지으셨다. 요즈음 어른들 약 타러 대신 다니는 젊은이가 몇이나 되느냐는 것이었다. 바쁘다는 핑계와 함께 살지 않는다는 이유로 운동 삼아 당신들 약은 당연히 직접 타러 다녀야 하는 거 아니냐고 생각한다는 거다. 자기 주변의 노인들 상당수가 그러하다고 하셨다. 물론 건강하시다면 아무런 문제가 없는 당연한 말씀이다.

사실 내 주변에도 예전 같은 생각으로 부모님께 맹목적인 헌신은 하지 않겠다는 사람이 많다. 나 역시 부모님께 그리 잘하는 며느리나 딸은 되지 못하는 형편이다. 먹고 살아야 한다는 현실적인 핑계와 요즘 아이들 뒷바라지가 얼마나 대단한 건지 아시지 않냐는 엄포로 부모님에 대한 의무를 내 기준으로 생각한 지 오래다. 그게 뭐 잘못된 것도 아니고 당연한 세태 아니냐는 당당함까지 가지면서 말이다.

할머니께서 한마디를 더 거드셨다.

"나도 이제는 바라지도 않아. 내 몸 성할 때 내가 다니는 건 당연하다고 여기지만 나중에 직접 올 수 없을 때가 걱정이야. 그러니 몇 년을 약 타러 대신 오는 젊은이는 효부이고 그 집 시어머니는 복이 많은 분이지. 부럽네 그려."

얼굴이 붉어지면서 앉은 자리가 불편했지만, 이것이 요즘 노인 문제인가 싶은 현실감을 새삼스럽게 느낄 수 있었다. 주변을 둘러보니 정말 할머니 기준의 젊은이는 별로 눈에 띄지 않았다. 내과에서도 천식이나 알레르기 등 노인성 진료를 많이 보는 과라는 특성이 있기도 하지만 몇 년 전과 비교해보니 확실히 노인들의 직접 내방이 많아 보인다. 그만큼 노인 인구가 많아졌고 평균수명도 길어져 고령화되었다는 얘기다.

우리나라에서 노인이 차지하는 비율이 25%에 육박한다는 통계가 나왔다. 고령화된 노인들의 문제는 국가가 나서서 해결해야 하는 사회적인 문제로 새삼 대두되고 있다.

실버타운이라 일컫는 고급 양로원이 등장하고 있으나 아직은 일부 부유한 일부계층에 대한 혜택에 불과하다. 점차 늘어나는 치매 노인들이나 독거노인 등 가정 내 문제로 외면하기에는 많은 문제가 불거져있다.

내가 사는 아파트만 해도 자식들의 부양을 받는 다행스러운 노인들도 계시지만 대부분은 자식들과 따로 생활하시는 분들이다. 평상시가 아닌 위급상황이나 누군가의 도움 없이는 해결이 안 되는 경우가 문제다. 이런 문제로 부모 자식과의 가정적 불협화음에 가족 간 분쟁이 얼마나 많은가. 직장여성의 육아 문제만큼 노인의 문제도 이제 나라가 주도하여 사회적으로 함께 풀어야 할 때다. 탑골공원이 노인들의 공원이 돼버린 것이나 아직 일할 수 있는 노인들의 유휴인력을 활용할 수 없는 것도 논의해 볼 일이다. 사회를 위해 일할 수 있는 다양한 형태의 자원봉사나 유익하고 알찬 평생 교육 프로그램으로 건강하고 활기찬 노인 문화가 만들어졌으면 하는 바람이다.

약을 대신 받아가는 어쩌면 당연한 일에 '효부' 소리를 듣게 되는 세상을 우리 자식들도 생각해 볼 일이다. 시간은 멈추지 않는다. 우리도 언젠가는 늙어 힘없는 노인이 될 것이다. 누군가의 도움을 받을 날이 머지않았음을 깨닫고 조금씩 양보하며 측은지심으로 부모님을 생각해보면 좋겠다.

김씨 가족 이야기(Kim's Family)

1.

지구상에 존재하는 유일한 분단국가, 대한민국이 우리 나라다. DMZ(비무장지대)가 존재하고, 세상의 불안하고 위 태로운 우려와 위협을 한 몸에 안고 사는 나라다. 입시와 취업경쟁에 찌든 젊은이들의 행복지수가 바닥인 나라, 출 산율이 세계에서 가장 낮은 나라, 자살률이 최상위권인 나 라, 그런데도 해외여행을 다녀오면 가장 살기 편하고 좋은 나라, 해외에 나가면 저절로 생기는 애국심에 온통 그리움 과 자부심으로 벅차오르는 나라, 흥도 많고, 화도 많고, 언 제나 역동적이고 열렬한 나라, 풍요와 빈곤이, 평화와 불 안이, 안전과 위험이 다양하게 공존하는 현재 진행형의 나라가 우리나라다. 그곳에 큰아들을 맡긴 지 21개월이 지났다. 그리고 아들은 다시 내 품으로 돌아왔다. 긴 여행을 마치고, 조금은 여독으로 피곤하지만 검게 그을려 아주 건강해진 모습으로 무사히 돌아왔다. 정확하게 말하면 대한의 아들로 무사히 21개월의 군복무를 마치고 만기 제대했다.

감사합니다. 고맙습니다. 사랑합니다.

사랑하는 아들 효준에게.

엄마가 항상 네게 위문편지를 써 보낼 때 불렀던 첫마디였지. 너를 처음 신병 훈련소 연병장에서 잘 다녀오라고 보낼 때도 평소처럼 담담하고 씩씩한 척했지. 그런데 돌아오는 차 안에서 마음의 멀미가 날 것처럼 울렁거리며 걷잡을 수 없는 허전함에 얼마나 쓸쓸하던지 말이다. 웬만해서 잘 울지 않는 엄마가 차 안에서 얼마나 울었는지 그날이 생생하다. 6주 훈련을 마치고 첫 통화에서 전해오던 목소리 "어머니~ 저는 괜찮습니다." 그때도 반가운 마음만큼 기특하고 괜스레 짠했던 마음이 잊히지 않는구나.

첫 100일 휴가 때 작대기 한 개의 이등병이 창피하다며 투덜대던 모습도 귀여웠는데, 말년휴가 나와서는 작대기 네 개의 병장은 너무 무거워 걸을 수 없다고 너스레를 떨던 모습도 사랑스러웠다. 휴가도 심심치 않게 나오고, 전화도 자유롭게 하는 편이어서 군대 보낼 만하다 싶다가도 부대로 복귀하는 네 뒷모습을 보면 빨리 제대했으면 좋겠다 기도하고 희망했었다. 이제 전역 군인이 되어 다시 세상 속으로 복귀한 너를 축하한다. 네가 편지에서 말한 것처럼 지금부터 진짜 시작이구나.

무언가를 꿈꾸고, 간절히 열망하고, 가슴 한가득 뜨겁게 그 꿈을 향해 준비하면서 설렘으로 웃기도 하고, 실패와 좌절에 주저앉아 울기도 할거야. 네 뜻대로 되지 않는 세상을 향해 소리치고 욕하고 싶을지도 몰라. 그렇지만 중요한 건 너의 강건함과 꿋꿋한 의지와 성실함으로 헤쳐나가면 결국 해낼수 있다는 것이다.

아름다운 청년 효준!

서두르지 말자. 그러나 게으름과 자기 합리화는 안 돼. 막연하고 추상적인 목표도 현실적이지 않지만, 지나치게 현실적인 목표가 꼭 멀리 보는 것은 아니란다. 늘 균형 잡힌 생각과 따뜻한 시선으로 세상을 바라보기 바란다.

부모로서의 바람은 당연히 너의 행복하고 안정된 미래이지만, 네가 그 어떤 삶을 살더라도 너를 응원하고 기도할 거야. 용기와 건투를 빈다.

　아빠와 엄마 그리고 성준이, 사랑하는 혜인이와 모든 이들
이 무사 귀환과 대한민국의 예비군이 된 것을 축하하고 환영
한단다. 앞으로도 우리 친하게 지내자. 아자!

　　　-2011년 5월 5일 큰아들 효준의 전역을 축하하며-

❋❂❂

　어머니, 아버지 or 아버지, 어머니~~

　안녕하십니까?

　큰아들입니다. 이게 얼마만의 편지인지….

　추석을 맞아 부모님께 효도 편지 쓰는 기회가 있어 이렇게
써 봅니다.

　어느덧 군대에 온 지도 15개월째입니다.

　작년 이맘때만 해도 작대기 하나 달고 징징댔었는데 어느
덧 작대기를 세 개나 달고 후임도 여럿 있습니다.

　내년 이맘때면 가족과 함께할 수 있겠지요.

　군대에 오기 전에는 가족과 함께 무엇을 한다는 것이 조금
은 불편하고, 귀찮고 그랬었는데, 막상 멀리 떨어져 있으니까
소중함을 많이 느낍니다. 이렇게 상황을 주고 나서야 소중함

을 깨달은 저 스스로가 아주 부끄럽기도 합니다.

전역하고 나서도 학교 다닌다, 사회 나갈 준비 한다. 뭐라면서 또 바쁜 척하겠지만 항상 가족을 생각하면서 잘하겠습니다. 감사드립니다.

이제 전역 이후에 어떻게 생활하고 지낼 것인지를 생각하지 않을 수가 없습니다.

스스로 많은 고민을 하고 있고 구체적으로 생각해보려 하지만, 쉽지 않네요.

하지만 걱정 끼치지 않고 열심히 잘하겠습니다. 믿고 지켜봐 주세요. 제가 돌아가면 성준이가 슬슬 입대할 때가 될지도 모르겠네요.

이번 추석 비록 제가 없지만, 마음만큼은 저도 함께하고 있으니 연휴다운 연휴 즐기시고, 편히 쉬세요. 내년 추석은 꼭 함께할 수 있으니까요.

아들 믿고 발 쭉 뻗고 주무시고요.

전화 드릴게요.

기회가 되면 또 편지 쓸게요.(언제가 될지 모르겠지만….^^)

그럼 이만 줄이겠습니다. 사랑합니다.

-2010년 11월 큰아들 상병 김효준 올림-

진정한 군인 효준에게.

매서운 한파와 함께 북에서는 연일 대남공세에 열을 올리는구나.

아버지는 자랑스러운 아들이 최전방을 사수해 주고 있기에 안녕과 함께 주어진 일들을 잘 진행해 나가고 있다.

아들아~ 춥지?

그래도 중고참의 겨울은 낭만이 있어. 눈이 마치 쓰레기처럼 보이곤 하겠지만 그래도 시간이 흐르면 그 시절의 풍경이 사뭇 그리워지는 건 나의 조국을 내가 지켰노라 하는 자긍심이 남아있기 때문일 거다.

이 겨울이 지나고 새봄이 되면 군복을 벗고, 어쩌면 군 생활 때보다 더 고뇌에 찬 힘든 경쟁의 텃밭에서 분투해야만 할 것이다. 차분히 내일을 설계하며 성숙한 아들로 거듭나기를 바란다.

너의 값진 조국애가 우리 가족 모두에게 큰 희망이 되고 있음이다.

만나는 날까지 건강하렴.

-2010년 12월 21일 아침에 아빠가-

사랑하는 엄마, 아빠, 성준이에게

모두 잘 계시죠?

항상 그랬듯이 이곳은 명절 때마다 편지를 씁니다.(그렇다고 억지로 쓰는 건 아닙니다) 군대의 겨울은 유달리 추운 것 같습니다.

눈꺼풀과 코털이 바삭해지고, 눈알이 얼어 삐걱댈 정도로 춥지만, 이곳에서의 마지막 겨울이라는 생각에 견뎌내고 있습니다.

밖에선 아름답고 낭만적이기만 하던 눈도 이곳에서는 두려움의 존재입니다. 쓸고 지나간 자리에 눈이 다시 쌓이는 모습을 보고 있으면 쌓이는 눈처럼 머릿속이 하얗게 됩니다. 그래도 웃을 수 있는 것은 이제 기나긴 여행의 마지막에 와 있고 이 여행이 끝나면 새로운 도전과 새출발로 저 자신을 위해 노력하고 길을 닦을 수 있는 여건이 만들어진다는 생각에 설레는 마음도 있기 때문입니다.

어느덧 23살이 되었고, 이제는 다른 무엇보다 내 인생은 내가 책임져야 한다는 생각에 예전보다 생각과 고민의 깊이가 깊어진 듯합니다.

엄마, 아빠의 아들 김효준의 전성기는 이제 시작입니다.

지금까지도 그래왔지만, 아들을 믿어 주십시오.

아들은 반드시 의미 있는 인생을 살 것입니다.

단순히 부와 명예를 좇는 성공이 아닌 저 스스로 설정한 목표를 달성하고 이상적인 꿈과 현실의 격차를 줄일 수 있는 진정한 의미의 성공한 인생을 살기 위해 노력할 것입니다.

사랑하는 아빠!

항상 멀리서 우리 가족을 위해 노력하는 아버지에게 사춘기 시절 철없이 행동했지만, 마음속 깊이 당신을 존경하고 있습니다.

당신의 피땀 어린 노력이 지금의 저를 있게 했습니다.

새해에도 본인 건강에도 유의하시고, 건강과 성공, 번영하는 한 해가 되길 기원합니다.

사랑하는 엄마!

항상 늙는 것 같다고 투덜대지만 젊은 정신과 새로운 배움을 추구하는 엄마의 모습은 그 어떤 젊은 여성보다 멋지고 아름다워. 비록 머리카락이 한 올 한 올 희어지고 이마에 주름이 하나 더 생겨도 엄마가 가지고 있는 아름다움은 나이에 구애받지 않고 빛날 거야. 올 한 해도 아프지 말고 항상 웃을 수 있는 한 해 보내시길 기원합니다.

사랑하는 동생 성준이!

어쩌면 너도 올해 입대를 할 수도 있고 대학원에 갈 수도 있겠지.

군대는 새로운 인격 형성의 장이자 자기 자신을 되돌아볼 수 있게 하는 거울과 같은 곳이야. 네가 어떤 선택을 하든 후회하지 말고 최선을 다한다면 진정 의미 있는 시간을 보낼 수 있을 거다. 새해에는 너 스스로 가슴 속에 뜨거운 꿈을 품을 수 있는 의미 있는 한 해가 되길 바란다.

마지막으로 올 한 해 웃으면서 마무리할 수 있게 최선을 다하자.

가족들 모두 사랑합니다.

－2011년 1월 1사단 신병 교육대대 분대장 교육 중대

분대장 김효준(병장)－

2.

대학을 입학하면서 꼭 해보고 싶은 1순위가 배낭여행
이라고 말했던 작은 아들이 35일간의 유럽 배낭여행을 떠
난다. 대학에 입학하고 1년 6개월을 준비한 것이 된다. 과
외 아르바이트로 여행경비를 마련하고, 비수기에 미리 항
공권과 열차표를 예매하여 할인을 받고, 틈틈이 각종 여행
사이트와 블로그를 서핑하며 정보를 얻었다. 다녀오고 싶
은 나라와 도시에 대한 사전 지식도 공유하고, 함께 떠날
세 명의 친구와 치밀해 보이지만 엄청 허술한 준비들을 하
면서 시끌벅적한 게 대견하고 사랑스럽다. 여행 핑계에 만
나서 맥주도 한잔하며 들뜨고, 설레고, 기대만큼 미지의
나라에 대한 두려움과 긴장도 느끼고, 그 모든 것이 뜨겁
고, 신나고, 건강하고 아름다워 보였다.

참 넓은 세상이다. 세계가 하나의 덩어리로 움직이는
글로벌의 시대이지만 난 아직도 아날로그의 세대다. 늘 혼
자 떠나는 배낭여행을 꿈꾸지만, 아직 제대로 된 홀로 여
행을 실행하지 못하고 있다. 그런 의미에서 혼자 배낭을
메고 세상을 향해 떠나려는 아들의 호기심과 모험심이 부
럽고 기특하다. 세상 밖으로 향하는 청년들의 패기와 겉멋

이 신선하다.

예전에 큰아들이 했던 말이 떠올랐다.

"엄마, 미국 가서 딱 세 마디만 알면 다 통해요. 'Excuse me', 'Thank you', 'oops(어깨를 움칠하는 몸짓)'."

"일본도 세 마디면 여행하는 데 지장 없더라고요. '스미마셍', '아리가또 고자이마스', '조또마떼 구다사이'"

아이의 순발력에 한참을 웃었다. 가격은 가격표로 알아내고, 음식은 사진이나 모형으로 골라 먹고, 교통편은 지도 보며 점검하고 이 없으면 잇몸으로 살 듯 세계 공용으로 통하는 바디랭귀지까지 장착하면 젊은 청춘들에게 무서울 게 뭐 있겠나.

영국 런던을 시작으로 벨기에, 네덜란드, 독일, 체코, 오스트리아, 이탈리아, 스위스, 스페인, 프랑스 등 무려 10개국을 다녀온다고 한다.

와~ 부럽다. 나도 떠나고 싶다.

우리가 대학을 다닐 때는 해외여행이나 유학 자체가 환상이었다. 아주 특별한 친구들, 대단히 용기있고 모험심이 강한 친구가 도전하고 행동에 옮길 수 있었다. 몇몇 친구들이 유학이나 이민을 가서 외국에 살고 있지만, 자유 배낭여행은 그 당시 우리에게 익숙하지도 쉽지도 않은 먼나라 이웃나라 꿈이었다. 요즘 젊은 아이들은 이런 근사한 경험이 얼마나 큰 축복이고 행운인지 알기나 할까?

사랑하는 아들 성준!

함께 떠나고 싶은 열망과 부러움을 가슴에 감추고 기꺼이 등을 두드려 응원하고 격려한다. 건강하게 무사히 무지무지 개고생하고 돌아오길. 평생 잊을 수 없는 너의 큰 걸음을 만들고 돌아오길. 세상은 넓고 할 일은 많다. 많이 보고, 많이 부딪히고, 시행착오가 많은 여행이기를 바란다. 건강하고, 자신감 넘치는 모습으로 돌아오길 응원하면서, 화이팅!

출발할 때의 너와 돌아왔을 때의 너는 분명히 다를 것이며, 달라져 있을 것이다. 여행은 서로를 배려하고, 스스로가 알아서 챙겨야 할 것들이 많단다. 항상 웃는 모습으로 유쾌하게 즐기길 바란다. 사색하고, 감성적으로 호흡하고 이국의 문화와 감각들도 흠뻑 누리고 느끼길 바란다. 자유 배낭족 김형석, 김현석, 최민구, 김성준~

돌아오는 마지막 날까지 건강과 행운을 빈다.

-2011년 7월 5일 서울에서 엄마가

스위스에서 온 엽서

아버지께

지금은 7월 27일 스위스 인터라켄에 와서 아버지께 엽서를 씁니다.

오늘은 융프라우요흐를 다녀 왔습니다.

생애 처음 본 만년설에 놀라고 또 놀랐습니다.

엽서를 고르면서 엽서에 나와 있는 우뚝 솟은 산을 보고 아버지가 생각났습니다.

아버지의 뚝심 있고 자신감 넘치는 모습과 가정과 회사를 위해 일하시는 모습은 언제나 존경스럽고 본받고 싶습니다. 아버지처럼 열심히 살아가야겠다고 생각합니다.

예전에 어디선가 이 세상 모든 아버지가 존경의 대상이라는 말을 들었는데, 한 살 한 살 나이가 들수록 더 깊이 그 말이 공감됩니다. 언제까지나 귀여운 막내이고 싶지만, 한국으로 돌아가면 계획했던 목표를 향해 최선을 다해볼 생각입니다.

이렇듯 유럽여행을 통해 많이 배우고 갑니다. 이 여행 경험을 거름 삼아 아버지에게 듬직하고 믿음직스러운 작은 아들로서 언제나 자랑스럽고 멋진 모습 보여 드리겠습니다. 술 좀 줄이시고 조금 더 가족들과 시간을 보내며 여유롭게 사셨으면 좋겠습니다.

항상 건강하시고, 사랑합니다. 아버지.

어머니께

엽서에 나온 그림처럼 항상 따뜻하고 햇살 같은 나의 사랑하는 엄마에게~

엄마랑은 메일로 안부를 꾸준히 주고받고 있지만 엽서로 몇 글자 씁니다.

여기 와서 한 달 정도 지내니 한국의 사람, 음식, 모든 것이 그립고 애국심마저 생겨나네요. 친구들과 한 달 이상 여행하면서 이거저거 배우고 유럽 여러 나라에서의 다양한 문화, 다양한 인종의 사람들과 만나고 부딪히는 매 순간이 인생에 모두 공부가 되고 있습니다. 그 어떤 경험보다 소중하고 값지게 느껴집니다.

서울에는 계속된 장마에 물난리와 불볕더위로 난리가 났다면서요?

여기, 지구 반대편은 무덥기는 하지만 별일 없이 평화로운 날씨네요.

시차가 다르니 여기가 일하고 활동할 때 거기서는 자고 있고, 그런데 재미있는 건 여기나 거기나 사람들 사는 모습은

다 비슷비슷하고, 사람이 모여 살며 생각하는 것도 다 거기서 거기 같아서 세상이 넓다가도 좁다는 생각이 들었습니다.

사실 살면서 엄마 품을 떠나 한 달 이상 있어 본 적은 없는 것 같아 많이 보고 싶습니다. 그리움이라는 말을 쓰긴 우습지만 그래도 그게 어떤 것인지 알 것 같아요. 엄마 품에 있을 때 조금 더 엄마의 사랑을 누려야겠어요.

한 가지 약속드릴 것은 꼭 부모님께 돈 벌어서 유럽여행 다시 보내드리겠습니다.

항상 사랑하고 멋지고 지성적인 우리 엄마~

사랑하고 또 사랑합니다.

한국에서 봬요.~

항상 멋진 나의 형에게

엄마한테는 '형만'이라고 징징대지만, 막상 유럽에 와보니 형이 무척 그립네. 형과 떨어져 지내다 보니 새삼 착하고 말 잘 듣는 동생이 아닌 것 같아서 괜히 미안해.

이렇게 편지로 쓰니까 좀 쑥스럽고 형이랑은 역시 얼굴을 보면서 이런저런 대화하는 게 더 편하고 좋은 것 같아.

형과 나의 취향이나 좋아하는 스포츠와 관심사가 좀 다르지만, 형의 축구에 대한 열정과 독특한 패션 감각, 독창적 아이디어는 어디를 가나 항상 자랑하고 다녀. 쑥스럽지만 멋지고 대단하다고 생각해.

엄마 아빠랑은 다르게 형과 나는 피를 나눈 형제이고 각별한 의리 같은 게 있는 것 같아. 엽서 그림도 형처럼 다양하고 개성적인 여러 모습이 담긴 사진으로 골랐어.

형이랑 꼭 한번 여기 다시 왔으면 좋겠어.

내가 사랑하고 자랑스럽게 생각하는 우리 형!

서울에서 봐~

3.

결혼행진곡 1
- 그럼에도 불구하고

둑이 터져 범람하는 강물의 소용돌이
거침없고 폭력적인 물거품을 품고
코로나19는 결혼식장 안까지 쳐들어왔다.
환희의 풍경과 새 출발을 알리는 축복의 팡파르
화사한 온도를 준비했던 신랑신부
애매하고 모호한 축하객들
소리 없는 빈 박수만 쏟아내고 있다

그럼에도 불구하고
신랑의 행진은 힘차고 의젓했고
신부의 첫걸음은 우아하고 고혹적이다
꽃가루는 조금 시무룩해 보여
힘없이 흩날리고
주례선생의 힘찬 다짐과 격려는

안간힘을 쓰며 홀을 돌고 돌아
마스크를 쓴 모든 축하객의 기분을 살폈다.

그럼에도 불구하고
거대한 코로나 쓰나미와 맞서
사랑은 시험에 들었으나
산을 넘고 강을 건너
언젠가는 무엇이든 웃으며 말할 수 있는
넘어가는 생의 고갯길
결론을 말하지 말고
오늘은 축복의 팔짱을 끼고
신랑신부 행진!

결혼행진곡 2
- 환한 기쁨

마스크에 감춰진 눈빛은

굳이 말하지 않아도 웃고 있다

오가는 축복의 마음

맞이하는 감사의 마음

작은 근심과 큰 배려로

잔칫집 시끌벅적한 소리로

꽃잎들은 향기를 품고

행복의 리본을 매달고

공중을 향해 둥둥 솟아오른 축하의 애드벌룬

그윽한 화촉은 아름답고 따뜻한 위로

시간은 사랑과 추억을 물고

오늘 비상하는 한 쌍의 원앙 앞에

새로운 희망의 박을 터트린다

긴 여정의 첫걸음

코로나가 선물해준 추억

바다 건너 구름을 타고

시간의 고개를 넘어서면
신랑신부 가슴에 환하게 빛나는 기쁨
오늘이 특별히 사뿐해지리라

• 2019년 중국 우한에서 시작된 COVID19의 메머드급 공포가 전 세계를 휩쓸었다. 우리나라도 예외는 아니어서 대구에서 시작된 감염자의 확산이 드디어 서울에까지 급속도로 퍼져나갔다. 그 당시 결혼 날짜를 잡고 행복과 설렘으로 가득한 결혼식을 기다리던 예비신혼부부들의 낙담과 불안함은 이루 설명할 수가 없었다. 그런 와중에도 용기 있고 차분하게 평생 잊지 못할 결혼식을 치른 신랑 김효준과 신부 정혜인의 새 출발에 깊은 감동과 자랑스러움을 느낀다. 2020년 4월 11일 토요일, 화사한 날씨와 축하객 모두의 축복 속에 너무도 아름다운 결혼식을 무사히 치른 큰아들과 맏며느리에게 이 시를 축하의 마음을 담아 싣는다.

4.

태양*이 떠오르다

태초의 오묘한 씨 하나 날아들었습니다
깃털처럼 가볍게
활화산처럼 뜨겁게
금강석처럼 단단하게
자신의 존재를
태양이란 이름으로 새겼습니다

이백팔십일이 천년처럼 길어
사랑에 풍덩 빠진 혼자 마음으로
아득한 기다림의 시간
황홀하게 보내오던 수신호
쿵쾅쿵쾅 쿵쾅
똑똑똑 건드리면 안녕하답니다

태양아,

매일 매일 떠오르는 눈부신

생명의 빛으로

환하게 세상을 밝힐 아름다운 이름이니

밝고 맑은 따뜻한 천성으로

세상을 밝혀줄

영원한 태양이 되어 건강하게 만나자

*태양: 첫 손자의 태명

지한知漢*을 만나다

밝은 빛이 아침부터 눈부시던 날

예정된 운명처럼

고요하고 초조한 기다림

정지된 침묵의 시간은 길고 지루하다

태초 어디서부터 날아든 기적의 천사인가

열 손가락 야물게 두 손 움켜쥐고

세상 밖으로 우렁차게 첫울음을 터트린다

핏덩이,

태초의 자연,

생명의 기적 앞에서 온몸 전율한다

인생이라는 뜨거운 삶을 시작하는

한 시대의 같은 시간을 함께 밟기 시작했다

지한아,

사랑과 믿음으로 언제까지나

희망의 환한 기쁨과 축복으로

세상을 빛낼 따뜻하고 오묘한 빛으로

굳건하게 성장하리라 두 손 모아 기도한다.

*지한(知漢): 첫 손자의 이름

• 2022년 임인년 3월 4일 금요일 첫 손자 김지한은 기쁨과 설렘으로 가득한 탄생의 축포를 쏘아올리며 3.6kg으로 축복속에 건강하게 태어났다. 언제나 희망차고 건강한 미래를 기도하며 이 시를 축하의 마음을 담아 싣는다.

명절 일기

선물꾸러미를 든 화사한 표정의 들뜬 사람들로 공항 대기실은 북적거렸다. 간단한 절차를 마치고 지정된 좌석에 앉자마자 곧바로 이륙을 시작한 비행기는 창공을 가르며 날아올랐다. 일정상 미리 가 있는 남편과 입시생이어서 두고 온 두 아들 덕분에 올해 우리 가족 귀성객은 나 혼자다. 여유롭지만 좀 쓸쓸한 귀향이다. 서울에 사는 나에게 추석과 설날은 집안의 가장 큰 행사다.

제주도가 시댁인 나는 매년 명절 때마다 비싼 비행기를 탄다. 결혼 후 아이들이 어렸던 동안은 마냥 시댁 가는 일이 즐거웠다. 고속도로에 갇혀 옴짝달싹 못 하는 육로의 귀성객들을 보면서 비행기표 확보의 전후 사정은 빼고 빨리 갈 수 있는 교통수단에 쾌재를 부르곤 했다. 철없는 어린애처럼 그저 오고 가는 게 좋았고 신났던 젊은 시절이었다. 하늘에 뿌리고 다니는 교통비가 꽤 되었지만 두 아들을 품고 부모님을 뵈러 가는 기분은 말할 수 없이 들뜨고 신나는 일이었다.

낯선 시댁 집안 풍속과 음식문화 등 모든 것이 새로웠다. 시어른들의 칭찬 몇 마디에 힘든 줄도 모르고 서툰 며느리 노릇을 했다. 힘이 들어도 씩씩하게 활기차게 웃음꽃을 피우면서 말이다. 이런 아련한 추억들은 아이들을 키우기 한창 예쁠 때이고 시어른들이 모두 건강하셨기 때문임을 이제는 알겠다. 남편이 종갓집 종손은 아니지만 시댁에서는 맏아들이다. 새댁 때 명절날 풍경은 초보며느리인 나에게는 하드코어 느낌이었다. 지금은 모든 것이 많이 달라졌지만, 그때만 해도 지방색이 뚜렷했다. 대도시의 핵가족 명절이 아니라서 하루 종일 8촌 이내의 친족 집을 서로 돌며 차례 제사를 함께 지낼 때였다. 당연히 시댁을 방문하는 집안 어른들과 어린 친척들이 무척 많았다. 명절 음식이며 상차림이며 설거지며 그때는 싸서 보내는 음식도 많았다. 처음엔 모든 것이 얼마나 낯설고 힘들었던가. 친정과 다른 제사음식과 먹거리, 못 알아듣는 사투리에 적응을 못해 표정 관리에 어벙했던 적이 한두 번이 아니었다.

가장 낯선 것은 생선국이었다. 생선도 당연히 옥돔을 올리고 탕국도 옥돔으로 끓인다. 지금은 지방 특산 대표 음식으로 옥돔국이나 갈칫국이 일반인에게도 많이 알려져 있다. 맛도 깔끔하고 담백하다. 당시 내게는 너무 먼 당신이었다. 송편도 중국의 월병처럼 동그란 모양이다. 콩을 넣거나 깨를 넣어 손가락 자국이 나게 얇게 빚던 친정의 송편과 매우 달랐다. 곰곰이 생각해보면 추석 명절에 동그란 송편이 더 어울릴 것도 같다.

간혹 친지들이나 손님들이 사 온 귀한 과자나 빵 종류도 올리는 것을 보면서 보수적이고 전통적인 친정에 비해 무척 개방적으로 보였다. 지역마다, 집집마다, 천 가지 만 가지 모두 다른 게 제사음식이라고 하지 않던가. 지금은 세상의 다변화에 따른 다양하고 융통성 있는 방법으로 제수 음식의 정형화를 반대하거나 자유롭게 만드는 사람들이 많다. 다음 세대는 이런 명절도 없어질 세상이니 음식이 어쩌면 어떠랴. 정성이 문제지.

이제는 아이들도 다 커서 개인의 형편상 무조건 명절 참석이 어려워졌다. 함께하지 못하는 명절이 점점 생겨나고, 새댁이었던 나도 노련해져서 설렘보다는 의례적인 행사가 되었다. 나이들어가는 시댁 친지들과 모여 앉아도 아이들 크는 재미보다는 어른들의 건강 걱정과 자손들의 결혼문제, 몸에 좋은 건강식품 이야기, 심지어 바람난 먼 친척집 소문까지 느긋하고 다양하다. 마음은 편안하게 무르익어 광산 김씨 식구가 다 되었지만, 몸은 활기차고 씩씩했던 젊은 시절의 체력이 아님을 한 해 한 해 느낀다. 자주 뵙지 못하고 함께하지 못하는 아쉬움 때문인지 몰라도 우리 부부에게 이런 명절날의 해후들이 마냥 푸근하고 반갑다.

올해는 조촐하게 차분하게 귀향하고 돌아온 한가위였지만 함께 늙어가는 사람들이 있어 참 좋다. 멀리 사는 까닭에 오랜만에 만나면 항상 반갑다. 서로 낯설지 않고 점점 익숙해지는 사촌 동서들과 아주버님들의 정겨운 인사, 조카들의 커가는 모습도 반갑다. 지금은 모두 돌아가셨지만 모든 것이 건재하셨던 시부모님 덕분인 것을 안다. 관절염의 통증이 심해 괴로워하시면서도 명절이 돌아오면 병이 나실 정도로 미리미리 준비를 해놓으시며 며느리 일을 덜어주시려 했다. 새삼 그 마음이 생각나 감사하고 그립다. 그 시절 부모님과 친척 어르신들이 계심으로써 내가 어리광 많은 새댁이었음을 알기 때문이다.

어머니! 안녕히 가십시오

    시간은 무서울 정도로 빠르게 지나간다. 지난 2017년 4월 6일 돌아가신 시어머니의 사십구재를 5월 24일 마치고 탈상하였다. 80세가 넘어가시면서 점점 쇠약해지고, 해가 바뀔 때마다 지병이 하나씩 깊어지긴 했지만, 자식들에게 신세지기 싫어하시는 자립심과 굳건한 의지로 어머님은 그 모든 고통을 잘 극복해내곤 하셨다. 일본에서 태어나 해방되던 열세 살 무렵에 부모님을 따라 고향 제주도로 돌아온 어머님은 돌아가실 때까지 고향을 떠나신 적이 없는 분이다. 어린 시절 일본에서의 생활습관이 몸에 밴 탓에 입맛도 깔끔하고 음식도 육식보다 생선을 즐기며 소식을 하셨다. 일본어도 매우 잘하셨다. 얼굴도 작고, 키도 작고, 몸집도 작으셨지만, 노동에 대한 근면성과 책임감은 혀를 내두를 정도로 철두철미하고 통이 크셨다.

집 안의 에피소드지만 큰댁의 시백모가 아들 4형제 중 막내를 낳고 생긴 산욕열의 후유증으로 서서히 시력이 악화되어 나중에는 거의 실명 상태였다고 한다. 당시 중. 고등학생이었던 조카들의 교복을 빨아 입히며 윗동서를 대신해 엄마 역할을 작은 어머니인 어머니께서 많이 하셨다고 들었다. 사춘기 남자아이들의 교복이며 먹거리며 얼마나 일이 많고 힘드셨을까. 세탁기도 없던 시절이라 지금이라면 상상조차 못 할 일이지만 어머님은 그 일을 다 해내시다니 그저 존경스러울 따름이다.

결혼하여 새댁일 때는 '시어머니'라는 무게 때문에 주시는 사랑이 어렵고 힘들 때도 있었다. 시간이 지날수록 어머님이나 나나 광산(光山) 김씨(金氏) 집에 시집온 며느리라는 동질감으로 서로 같은 편이 되었다. 사실 더 솔직히 고백하자면 같은 여자로 태어났지만, 친정엄마나 어머님 세대가 겪었을 굴곡 많은 설움과 고생을 생각하면서 연민의 마음이 더 크게 자리 잡았던 것 같다. 나도 자식을 낳고 키우면서 엄마나 여자의 의미를 새롭게 깨닫게 되기도 했다.

불교 신자였던 어머님이 다니시던 절에서 사십구재까

지 치르고 나니 이제는 진짜 어머님과 영영 이별하는 실감이 난다. 같은 절에서 시아버지의 사십구재를 치른 지 어언 23년 만이다. 시아버님과 나란히 놓여있는 영정사진을 보니 울컥 솟구치는 그리움과 생사의 거리감에 잠시 견딜 수 없는 슬픔에 잠긴다. 맨몸으로 처음 이 세상에 오셨던 멀고 먼 길을 다시 돌아가신 것이라 믿는다. 돌아가시는 길이 편안하시기를 진심으로 기원하며.

불교에서는 장례식을 마치고도 칠일에 한 번씩 영가를 위한 기도와 재를 지낸다. 일곱 번째 기도를 마치고 돌아가신 지 49일 되는 날이 지나야 진정한 의미의 망자와 이별한다고 볼 수 있다. 종교적으로 설명하면 법화경 사상과 지장경, 아미타경, 약사여래경 등의 사상에 근거하여 봉행하는 불교식 옛 전통의식으로 돌아가신 분의 극락왕생을 비는 절차이다. 칠일에 한 번씩 일곱 번의 기도와 재를 지내는 동안, 기독교(천주교)의 연옥과 비슷한 개념의 중음이라 일컫는 삶도 죽음도 아닌 어둠의 세계에서 밝은 진리와 지혜의 세계로 인도되는 기간이라고 보면 된다. 망자가 고통 많은 육신의 몸을 버리고 온전하게 영혼은 밝은 길을 찾아 극락왕생하는 데 49일이 걸린다는 신앙적 해석과 무관하지 않다.

종교적 믿음이나 신념과 상관없이 사십구재의 의식은 참으로 귀하고 아름다운 문화이다. 굴곡진 삶의 얼룩과 회한이 크고 깊을수록 이승에서의 처절한 희로애락의 한(恨)을 떨치지 못하고 눈을 감는 경우가 많다. 이생에서 얼키설키 엮인 수많은 질긴 인연의 고리를 한순간에 다 끊어내기가 쉽지 않다. 원한과 고통, 아픔과 슬픔. 기쁨도 미련도 아름다운 추억조차, 태어나 고통의 바다를 헤엄치며 살고 늙고 병들어 죽는 생로병사의 허망한 이치를 내려놓기가 쉽겠는가. 자식들에 대한 근심과 살아있는 동안 풀지 못한 마음의 회한과 눈물이 눈을 감았다고 어찌 순식간에 다 사라질 수 있겠는가. 망자도 살아있는 우리도 시간이 필요하다. 이별의 시간, 용서의 시간, 감사의 시간. 두 손 모아 명복을 빌 시간이 필요한 것이다.

개인적으로 부모님의 뜻에 따라 시아버지와 친정아버지, 이번의 시어머니까지 세 분의 부모님 모두 사십구재를 치르고 탈상하였다. 나에게 사십구재는 너무도 감사하고 소중한 시간이었다.

  자모 진주유인 강춘자(姜春子)(亡 자모 진주유인 강춘자 영가)
  어머니! 안녕히 가십시오.

혼자 눕는다는 것에 대하여

아흔두 살의 노모는 여전히 아름답다
친정아버지를 13년 동안 자신의 몸처럼 정직하게 보살
피셨다
마지막 가는 길 귓속말로 속삭여준 말은 이제 모두 잊
고 편안히 가세요
사별의 우울증과 불면의 시간을 씩씩하게 거뜬히 떨쳐
내신 후
단 하루도 삐걱거림이 없는 담담한 일상
등은 살짝 굽어가나 허리는 언제나 꼿꼿하다
새벽 6시에 일어나면 누운 채 이십 분의 맨손 체조
조붓하고 정갈하게 스스로 차린 밥상에
홀로 앉아 식사하신다

외로움도 오래되면 그럭저럭 편안한 친구여서
오히려 자식이고 이웃이고 번잡한 수선스러움이 사납
고 피곤하다
당신이 욕심낸 만큼의 보폭과 속도로 걷는 산책은
매일 조금씩 느리고 느려져 움직이는 정물화처럼 아름
다운 풍경을 만든다
대체로 느려지고 무한히 평화로워진다
스물여덟 평 아파트는 작은 운동장
계획표대로 움직이는 동선이 거미줄처럼 짜여있다
삼시 세끼의 힘
하루 24시간의 흘러감
하루도 빠짐없는 고요한 저녁기도는 늘 자손을 위한 것
안빈낙도를 흉내 낸 의지와 살아있는 부처가 다 돼버린
삶의 안온함
생은 넘치지도 결핍하지도 않고
알맞게 퍼즐처럼 맞추어가고 쌓여간다
홀로 눕는다는 것
홀로 잠든다는 것
아침 햇살을 홀로 맞이한다는 것
새벽 소변과 빈속에 마시는 물 한 잔

비우고 채우는 생명의 리듬

겸손이니 지혜니 다그침 이런 거 말고

그저 시간은 흘러가고 또 다가서고

경이로운 생은 탑을 쌓는다

완성을 향한 것도 아닌데 완성되어가는

건조해진 목소리에서 살아있음의 노곤함을 감지한다

혀끝에서 느껴지는 오감의 자극이

희미하고 아득해져도

씁쓸하고 짭짤해도

달콤한 한 입의 유혹이 목구멍으로 넘어갈 때 전해지는
희열

아 생이란 저절로 살아지는 것인가

아니 그냥 무심히 살아가는 것인가

고귀하고 견고하고 아름답지만

눈물겹고 외롭고 고단하다

폭풍처럼 솟구쳐오르는 열망 혹은 갈망으로

원하지 않는 애착으로

물리치고 싶은 집착으로

마음의 물길 혼탁함이 다 가라앉아도 흔들리는
생에 대한 억척스러움

살아있음보다 살아야 한다는 집념
의지도 의욕도 아니다
우울과 조울을 넘나드는 에너지의 급발진에도
삶에 대한 환희는
생명이면 마땅히 누려야 할 권리이자 의무이다
혼자 늙는다는 것의 슬픔이
오늘 유독 웃으며 우는 고단함으로 무겁지만
노모의 어깨에 얹혀있는
외롭고 고독한 무게가 평화의 이름으로 가뿐하기를
잠 속으로 깃든 경이로운 삶의 숨결이 따스하기를

• 1932년 임신생의 친정어머니는 현재 92세이다. 여전히 아름답고
  고요하고 정정하시다. 감사와 기쁨으로 노모의 건강을 두 손 모아
  기도하고 존경의 마음을 담아 이 시를 바칩니다.

2부

칼프에서 첫사랑을 만나다

서울을 출발하기 전부터 머릿속은 온통 헤르만 헤세(이하 헤세) 생각뿐이었다. 중학교 2학년 때 처음 읽고 뭐가 뭔지 모르는 혼돈 속에서도 결코 잊을 수 없었던 《데미안》, 그 이후 몇 번의 독서를 통해 첫사랑이자 영혼의 친구가 된 데미안을 만나러 가는 마음은 설렘 그 자체였다.

"새는 알에서 나오려고 투쟁한다. 알은 세계이다. 태어나려고 하는 자는 하나의 세계를 깨뜨려야 한다. 새는 신에게로 날아간다. 선과 악의 모습을 한 그 신의 이름은 압락사스."

8박 9일 동안 방문했던 동유럽 4개국은 국경선도, 비자

심사도 없이 아름다운 하나의 길로 이어져 있었다. 헝가리의 부다페스트와 음악과 예술의 도시 오스트리아 빈에서의 여정을 끝내고 도착한 곳은 체코의 수도 프라하다. 고풍스럽고 우아한 중세도시는 짙은 사색의 향기를 풍기며 여행객의 오감을 자극했다. 카프카의 발자취를 따라 걷는 걸음마다 깊고 날카로운 카프카의 내면을 더듬는 듯 마음은 뿌듯한 감회로 벅차올랐다.

체코 프라하에서의 일정을 마치고 숙소가 있는 남부 독일의 작은 마을 뉘른베르그에 도착한 시각은 늦은 저녁이었다. 백야현상으로 밤 9시가 다 되어가는 시각에도 하늘은 어두워지지 않았다. 내 마음도 덩달아 잠들지 못한 채 밤이 다 새도록 환한 등불 하나를 켜고 있었다.

헤세의 생가가 있는 칼프로 출발한 시간은 다음 날 아침 8시였다. 수시로 변덕을 부리는 유럽 날씨는 아침부터 안개가 희미하게 깔려있었다. 버스가 2시간 정도 달려 칼프에 도착할 무렵에는 촉촉하게 비까지 내리기 시작했다. 예상보다 쌀쌀한 날씨와 파고드는 찬바람으로 겉옷을 부랴부랴 꺼내 입었다. 갑작스러운 추위와 빗속에서도 들뜬 발걸음은 구름 위를 걷는 듯 가볍고 생기가 넘쳤다.

소박하고 정갈한 소도시 풍경이 그대로 전해지는 마을

광장을 중심으로 헤세의 생가는 큰 길가에 자리하고 있었다. 호텔과 카페로 변한 건물의 입구에는 동판으로 만든 문패를 새겨두어 그곳이 헤세의 생가였음을 여행객들에게 증명하고 있었다. 헤세의 생가 맞은편에는 큰 교회당이 있었는데 때마침 들려오는 종소리가 아련하게 소설 속 그 시절로 나를 이끌었다. 밝은 세계와 어두운 세계의 극명한 경계가 되었던 마을 어귀의 밝은 교회당과 뒷골목의 음습한 그늘이 묘한 분위기 그대로 함께 공존해 있었다. 마을 후미진 골목 어귀에서 싱클레어를 괴롭히던 심술궂은 프란츠 크로머가 나를 향해 걸어오고 있다. 순간 그를 붙들고 혼내주고 싶은 심정이 된다. 슬픈 냉소의 눈빛을 지닌 데미안과 나를 닮았던 싱클레어가 나란히 걸어오는 모습도 보인다. 반가운 마음에 손을 흔들어본다.

"우리는 모두 같은 협곡에서 나온다. 똑같은 심연으로부터 비롯된 시도이며, 각자가 자기 나름의 목표를 향하여 노력한다. 우리는 서로를 이해할 수 있지만 그 삶의 의미를 해석할 수 있는 건 자기 자신"

이라고 말한 헤세의 전언이 바람처럼 스치고 지나간다.

멀지 않은 곳에 있는 헤세의 박물관은 작지만 조용하고 정갈했다. 1층에서는 독일어와 영문판으로 된 헤세의 책과 작은 기념품을 판매하고 있었다. 나무 계단을 오르면 2층과 3층에 전시된 헤세의 85년의 인생과 문학에 대한 다양한 자료와 사진들을 구석구석 살펴볼 수 있다. 박물관 입구에 펼쳐놓은 방명록에는 세계 각국에서 찾아온 독자들의 감격스러운 발자취가 고스란히 전해진다. '사랑하는 헤세 씨, 당신을 만나러 칼프에 온 한국 시인입니다. 영혼의 친구이자 첫사랑인 데미안을 만나고 갑니다. 다시 만나는 날 기대하며. 라는 글귀를 방명록에 남기며 마음에 일렁이는 작은 파문과 그리움을 달래본다.

어린 시절의 헤세와 가족사진, 혈기왕성하고 날카로운 젊은 시절의 헤세, 사랑스러운 손녀딸과 한가로운 시간을 보내는 노작가의 따뜻한 시선까지 아름다운 사진들이 걸려있다. 다양한 표정의 얼굴 조각상들도 방 곳곳에 놓여있다. 집필 당시 사용했던 유품과 자필 편지 같은 귀한 자료들을 전시해놓은 몇 개의 작은 방들은 헤세의 향기와 숨결로 가득했다

세계 80여 각국의 언어로 번역된 수많은 헤세의 책들이 전시돼있는 방에서 발견한 한국어판(범우사-'헤세의 명언', 문학

과 지성사-'헤르만 헤세') 책은 특별히 반가웠다. 더 많은 한국어판 책들이 전시되어 있었으면 싶은 욕심도 생긴다. 함께했던 동료 시인의 말대로 이럴 줄 알았으면 한국을 떠나올때 《데미안》 정도는 한 권 챙겨와 기증하고 왔으면 얼마나 좋았을까 하는 아쉬운 마음이 들었다.

마음은 바쁘고 시간은 부족해 여기저기 흩어져있는 헤세의 흔적을 카메라에 담기 바빠서 막상 돌아서 나오고 보니 찬찬히 헤세와 눈도 못 맞추고 온 듯 서운했다. 떨어지지 않는 아쉬운 발걸음을 위로할 겸 독일어 원어로 된 문고판 《데미안》 책을 한 권 사서 가슴에 품어본다.

여전히 찬비는 촉촉하게 내리고 있었다. 마을 어귀에서 키 큰 방랑자의 모습으로 우연히 만난 헤세 동상과 마지막으로 사진 한 장을 남겼다. 헤세와의 만남은 찬란하게 빛나는 맑은 날도 좋았겠지만, 오늘처럼 운치 있게 비가 내려주어 더욱 낭만적이고 감동적이지 않았을까. 잘 있어요, 데미안! 그대를 만나 너무 행복했습니다. 다시 만날 때까지 안녕!

기회가 된다면 한국어판 《데미안》과 배낭을 메고 다시 한번 오고 싶다. 노천카페에 앉아 천천히 커피 한 잔을 마시는 여유로운 발걸음으로 말이다. 내친김에 스위스 몬타 놀라에 있는 헤르만 헤세의 무덤과 미술관에도 다녀오리라 마음먹는다. 어느새 비는 그치고 돌아서는 발길은 애잔하고, 가볍고, 화사하고, 행복하다.

오사카 관망기(觀望記)

여행을 해본 사람은 다 안다. 시간에 구애받지 않는 자유여행이 아니라 일정이 짜여있는 단체여행에서 갖는 자유시간은 말 그대로 황금시간이라는 것을. 일본 오사카의 덴포잔에서 일본 역사탐방 일행 70여 명 각자에게 주어진 시간은 대략 한 시간 정도였다. 우리를 풀어놓은 '덴포잔 마켓 플레이스'는 쇼핑과 오락 등을 함께 즐길 수 있는 멀티쇼핑몰인데 대부분은 부족했던 쇼핑을 위해 시간을 쓰겠다고 했다.

주어진 한 시간으로 무얼 할까 고민하던 와중에 딱 하나 내 눈길을 끄는 것이 있었다. 오사카 항구 쪽 전 시내를 관망할 수 있는 높이가 70미터 이상 되는 아주 큰 편에 속하는 원형의 회전 대관람차다. 귀중한 한 시간의 자유시간을 쇼핑으로 써버리기에는 조금 아까웠다. 그런데 짧은 순간 작은 갈등과 고민이 지나갔다. 쇼핑을 해야 한다며 함께 타겠다는 파트너가 없었고, 관람 시간이 30분 정도이니 이래저래 시간 대부분을 오사카 관람차에 쓰기에 시간이 좀 아깝다는 생각도 들었다. 그럼에도 유혹을 떨치기에는 덴포잔에 있던 회전 대관람차에 대한 호기심과 모험심이 더 컸다. 관람료는 700엔(우리 돈으로 7,000원 정도)이고, 관람차 안에서 보내는 시간은 30분 정도였던 걸로 기억한다. 한국에서였다면 괜스레 청승스러워 안 탔을 홀로 회전 대관람차 타기에 이렇듯 신나고 들뜨는 기분이 드는 걸 보면 역시 여행이 주는 자유로움은 큰 매력임이 분명하다.

일본의 습한 여름 기온인 섭씨 35도를 넘나드는 폭염 속에서 빠져나와 거대한 관람차에 올라탔다. 일행이 없어 혼자 탈 수 있게 배려해 준 덕분에 큰 관람차 한 개를 혼자 독차지할 수 있었다. 쾌적하고 기분 좋은 냉방 시설과 편안한 음악, 안내원의 이국적인 목소리 톤의 일본말 안내방송이 시작되면서 거대한 관람차가 시계방향으로 돌기 시작했다. 어느 방향인지 어느 곳을 말하는지도 모르는 오사카 시내에 대한 일본어 설명을 들으며 잠시 외부와 완전히 격리되었다. 편안하고 안락한 기분은 말 그대로 최고였다.

혼자의 공간에서 느낄 수 있는 여유롭고 자유로운 감성과 흥분된 설렘은 스스로의 선택이 탁월했음을 격려하고 있었다.

오사카는 역시 물의 도시다. 다리가 80여 개나 된다고 했던가. 해안가는 항만도시임을 한눈에 알려주 듯 반듯하게 잘 정돈된 건물과 구조물들이 꽤 큰 규모로 자리를 잡고 있다. 마침 정박하고 있던 해군 군함 두 척도 그 거대한 실체를 내려다볼 수 있었다. 멀리 바닷가 쪽으로는 떠있는 배들과 수평선의 어우러짐이 꽤 낭만적으로 펼쳐져 있다. 시내 쪽으로 펼쳐진 오사카의 전경은 이곳이 일본에서도 잘 발전된 대도시임을 한눈에 알아볼 수 있다. 멋지고 환상적인 경관 모습을 갖추고 있었다. 우리를 단체로 내려놓았던 관광버스와 주변을 오가는 사람들의 인형같이 작은 모습이 아득하게 멀다. 대부분이 시간을 보내고 있을 대형 쇼핑몰이 장난감 모형처럼 보이는 덴포잔 마켓 플레이스와 오사카 시내를 내려다보며 잠시 사색에 잠긴다. 미미하지만 귀한 존재에 대한 감사와 세상사의 복잡하고 정신없는 삶의 태도와 방식에 대한 성찰의 시간이었다.

여행객들은 대부분 꼭 가보아야 할 여행지 혹은 대도시 전체를 관망하기를 원한다. 짧은 시간에 도시 전체를 다

구경할 수는 없으니 가능하다면 장님이 코끼리 허벅지 더듬듯 조금이라도 더 넓게 높게 보려는 심리이다. 우리나라의 남산타워나 전망대에도 많은 관광객을 만날 수 있다. 짧은 일정에 여행지 전체를 볼 수 없는 까닭에 도시를 대략 관망함으로써 머릿속에 기억하고 싶은 속성 여행 같은 마음이리라. 파리 에펠탑에서 감상했던 샹젤리제 거리와 사방으로 펼쳐진 파리 시내의 환상적인 전경도 잊을 수 없다. 몇 해 전 히로시마 지역의 역사탐방 때 묵었던 한 호텔의 스카이라운지에서 만났던 야경도 잊을 수 없는 추억으로 남아있다. 이렇듯 여행을 통해 얻은 작은 삶의 일탈들은 일상생활로 돌아왔을 때 삶의 활력과 위안을 준다. 오사카 덴포쟌 회전 대관람차 안에서 보낸 삼십 분의 자유로움이 준 선물은 평생 잊지 못할 마음의 추억이 될 것이다.

　오사카에는 회전 대관람차가 두 개 있다고 한다. 내가 탔던 덴포잔에 있는 것과 '우메다 헵파이브'라고 오사카 최대 중심지인 우메다역 근처에 있다고 한다. 규모는 덴포잔 대관람차가 6m쯤 더 높다고 한다. 오사카를 가시는 분이 있다면 꼭 한 번 혼자 타 보고 오시기를 권한다.

영국 날씨

오래 전, 영국에 다녀온 적이 있다. 유럽 중에서도 특별히 동경했던 나라여서 히드로 공항에 도착했을 때의 흥분과 설렘을 지금도 잊지 못한다. 남동생 가족들이 그곳에서 얼마간 생활한 적이 있어 2주일 정도의 일정으로 다녀왔으니 영국에 대해 아는 척하기에도 민망하지만 말이다.

동생 부부와 어린 조카들이 살고 있던 '스윈던'이라는 곳은 우리나라의 '천안' 정도 규모의 소도시이다. 런던에서 자동차로는 두 시간가량 걸리는 거리다. 마중 나온 동생네 집으로 가는 동안 아이들과 함께했던 14시간의 장거리 비행을 무사히 마친 긴장이 풀려서인지 들뜨고 떨리던 기분은 알 수 없는 우울함을 불러들였다. 시차와 여독 탓이겠지만 조카와 우리 아이들까지 남자아이만 네 명이 시끌벅적한 가운데서 일어난 알 수 없는 기분에 잠시 당황했다. 이유를 나중에 알 수 있게 되었는데 바로 영국의 날씨 때문이기도 했던 것 같다.

영국에 보름 정도 머무르는 동안 반 이상이 비가 오거나, 안개가 끼거나, 흐리거나 축축한 날씨였다. 계절이 겨울이었는데 오후 세 시면 해가 져 어둑어둑했다. 여름에도 오후 다섯 시면 해가 진다고 한다. 런던 같은 대도시가 아니기도 했지만 해만 지면 집 안에서 가족들과 보내는 시간 말고는 할 수 있는 게 많지 않았다. 외식이 일반화된 우리의 대낮 같은 밤거리는 상상할 수도 없다. 사람들조차 늘 가라앉아 있는 무표정한 인형 같았다.

영국은 특히 날씨의 영향이 크다고 한다. 잠시가 아니라 늘 그런 불규칙하고 흐린 날씨의 환경 속에 오래 생활하다 보면 저절로 감정도 어둡게 고착화된다. 영국이 축구나 왕실의 일상사에 목을 매듯 열광적으로 치우치는 관심을 보이는 것도 정서적 불안감의 해소라는 얘기를 들은 적도 있다. 일본도 약간은 영국과 닮은 느낌이 들었다. 섬나라의 지형적 특징과 날씨 관계에 따른 공통점은 아닌가 근거 없는 추측을 해본다.

요즘 우리나라의 날씨가 심상치 않다. 가을볕은커녕 하

루도 비가 스치지 않는 날이 없다. 흐리고 안개 낀 날씨에 마음이 상쾌하고 쾌청할 틈이 없다. 실제 기상청에서도 가을 일조량 부족으로 비상이라는 뉴스를 내보내고 있다.

노랗게 익어가며 저절로 고개를 숙일 겸손한 벼 이삭이며, 달콤한 향기를 뿜으며 풍부하게 익을 과일이며 햇볕에 바싹 말려서 뽀송뽀송해질 붉은 고추며 한없이 드넓고 짙푸른 하늘까지 여유로운 가을 풍경이 그립다. 올가을은 늦여름부터 보이기 시작하던 고추잠자리도 눈에 덜 띄는 것 같다. 베란다 귀퉁이에서 울던 귀뚜라미 소리도 들어 본 지 오래다. 매년 노랗게 익기 시작하면 향긋한 냄새가 집 안까지 스며들던 아파트 베란다 앞 모과 열매도 아직 새파랗다. 모든 것이 더디고 불안정하고 여유롭지 못하다. 무겁고 우울하고 습하게 느껴지는 가을이다. 이유는 기후 온난화로 너무 덥거나 너무 추운 극단의 기후변화 탓이다.

올해 가을 날씨를 보고 오래전에 잠시 다녀온 영국 날씨가 불현듯 겹쳐지는 까닭은 날씨가 마음에 영향을 준 게 분명하기 때문이다.

우리나라의 뚜렷한 사계절이 새삼 얼마나 아름다운지 감사한 마음이 든다. 투명하게 맑고 청명하게 드넓은 하늘과 도도하고 눈 부신 햇살이 그립다. 예부터 낙천적이고 음주 가무를 즐겼던 우리 민족의 성품과 기질은 축복받은 이 땅의 기운과 날씨의 영향도 컸다. 계속되는 흐린 날씨에 몸도 마음도 자꾸 처지는 기분이다. 빨리 맑은 하늘의 푸른빛과 따갑지만 상쾌한 가을 햇살을 즐기고 싶다. 천고마비의 계절, 진정한 우리의 가을을 맞이할 채비를 하고 싶다.

등 뒤의 기억

우리는 여러 종류의 다양한 여행을 다니지만 강렬한 추억이나 '기억'이 되어 또렷하게 마음 안으로 들어오는 여행은 몇 번 되지 않을 것이다. 여행자 자신에게 특별한 경험, 혹은 독특한 에너지가 되어 나만의 이야기와 추억을 만들어주는 그런 여행 말이다. 여행 중에 만난 특별함은 새로운 길을 발견하게 한다. 만들어진 그 길이 선명해질 무렵이면 우리는 또 다른 여행 가방을 꾸려 길을 떠날 테지만.

이번 여행은 교보문고가 대산문화재단과 함께 진행한 '설국문학기행'이었다. 1968년 노벨문학상을 받은 일본의 유명한 작가 가와바타 야스나리의 소설 《설국》의 배경지를 다녀오는 것이다. 그의 대표작 《설국》은 눈이 많이 내리는 북쪽 지방 눈 덮인 온천 지방이 배경이다. 일본 니가타현 유자와를 중심으로 고전무용 비평가인 남자주인공 시마무라와 게이샤인 고마코, 마을 처녀 요코 사이에 일어난 일들을 섬세하고 시적인 문체로 풀어낸 감각적인 소설이다. 일본 특유의 세밀함과 서정성에 탐미적 색채가 강하다는 평가를 받는 작품이다.

이 설국 여행의 일정 중 도쿄 진보초에 고서점 거리에 있는 북카페에서 출판사 편집장의 진행으로 이루어진 작가와의 만남이 이루어졌다. 일본의 소설가이자 동화작가, 시인이자 번역가인 인기 여성 작가 '에쿠니 가오리*'와 만남이 있었다. 짧지만 강렬한 인상을 남기며 내게는 아주 특별한 '기억' 하나를 추억으로 남겨주었다. 소소하게는 개인적이고 일상적인 생활과 삶의 태도에 대해, 넓게는 문학 전반의 주관적인 시각과 가치관에 대해 다양한 각도의 질문과 답변을 주고받으며 작가와 함께 호흡해보는 좋은 기회였다.

작가와의 대담 중 인상적이었던 것은 《등 뒤의 기억》에 나오는 소설 속 '기억'이나 '자부심' 그 자체가 작품의 주인공이라는 신선한 시각이다. 우리의 삶 속에서 겪었던 깊은 고통과 참혹한 슬픔 등 지워버리거나 잊고 싶은 기억조차도 없는 것보다는 삶에 큰 위안이 될 거라는 말이 깊게 마음에 와닿았다. 고독하고 외로운 현대를 사는 우리에게 의미심장하게 들렸다. 기억이란 아름답고 감동적인 것만 가슴에 품는 것이 아니고 아프고 고통스러워 잊고 싶은 기억도 함께 담고 가는 게 인생이라는 것이다.

보편성이라는 판단 기준과 주류적이라는 평가가 문학의 작품 틀에서만은 다양하고 공평하게 평가받기를 바란다는 의견, 일반적인 다수의 통념화된 개념, 즉 편견에 대한 의문과 불만도 털어놓았다. 예를 들면 '이상하다', '비정상적이다', '미쳤다'라고 생각하는 타인의 시선이 과연 꼭 옳은가에 대한 고민 같은 것이다. 작가로서 살아남을 원동력은 언제나 새로운 시도와 보통의 사람은 이해 못 할 수 있는 방식에 대한 도전의 지속성이라는 말에 크게 공감하고 감동했다.

하루 24시간 중 반드시 두 시간은 욕조 안에서 추리 소설을 읽는다는 아름다운 작가 '에쿠니 가오리'. 다행히 나에게도 질문의 기회가 주어졌다. 욕조 안에서 시를 읽지는 않느냐는 질문에 시의 한 구절, 한 구절은 너무 강렬하여 욕조 안에서 휴식을 취할 수 없다는 말이 시에 대한 그녀의 성찰로 들렸다. 나의 질문에 덧붙인 답변은 시를 읽는 것은 인생을 맛보는 연습이라는 말, 우리가 시를 읽고 어

떤 구절을 알고 있는 것과 알지 못했을 때 생기는 삶의 차
이에 대해 믿음직스럽게 이야기했다. 시를 쓰고 있는 한국
의 시인으로서 일본의 작가를 통해 시에 관한 생각을 직접
들어보고 짜릿한 공감을 나누었던 기억은 오랫동안 내 마
음에 남을 것이다.

*에쿠니 가오리(江國 香織)

1964년 일본 도쿄에서 태어나 미국 델라웨어 대학을 졸업했다.
1989년 〈409 래드클리프〉로 페미나 상을 수상했으며, 동화적 작
품에서 연애소설과 에세이까지 폭넓고 왕성한 집필 활동과 번역
활동을 하고 있다. 참신한 감각과 세련된 문체로 독자적인 작품세
계를 구축하고 있다. 일본 문학 최고의 감성작가 요시모토 바나나,
야마다 에이미와 더불어 일본의 3대 여성 작가로 불리는 그녀는
《냉정과 열정 사이》, 《반짝반짝 빛나는》, 《도쿄타워》 등 40여 작품
이 한국어로 번역되어 있다.

마음 한 조각

우연한 만남은 늘 준비 없이 이루어진다. 예측할 수 없는 우연과 우연들이 충돌하면서 상상 밖에서 존재하던 일이 현실이 되는 경우가 많다. 아흔세 살의 백영수 화백과 만남도 그랬다.

보물찾기하듯 퍼즐 맞추듯 작은 호기심으로 그림 감상을 좋아한다. 그런 나의 그림에 대한 안목은 당연히 아마추어적이고 얕다. 아는 만큼 보이는 진리에 빗대면 아무것도 보이질 않는다. 원초적이고 절대 무지에서 즐기는 본능적인 시선이라면 의외의 짜릿한 즐거움이 크다. 화가들이 그린 그림과 마주하면 그들이 바라보는 시선은 어디를 향해 있을까 궁금해진다. 즐겁고 행복한 유혹이자 굴레다.

글을 쓴다는 것, 시를 쓴다는 것이 작가 내면의 깊은 우물 안에서 길러내는 깨끗한 혹은 그 반대의 물맛이라면 화가들이 캔버스를 통해 보여주고 이야기하려는 것이 무엇인지 찾아가는 재미가 있다. 그림을 감상하는 사색의 공간은 또 다른 방식의 시 쓰기이다. 깊은 호흡일 수도 있다. 화가들의 시선을 따라가다 보면 그림 속에서 숨어있는 작가 자신을 발견하거나 알아가게 된다. 그가 그린 그림과 사랑에 빠지기도 한다. 시를 통해, 그림을 통해, 음악을 통해, 우리는 쉽게 그들과 사랑에 빠지고 가슴 깊이 흠모의 마음을 품는다.

백영수 화백은 1922년 수원에서 출생하여 일본에서 오랫동안 수학한 신사실파 창립 멤버다. 1950년대 우리가 익히 알고 있는 김환기, 이중섭, 장욱진 등의 화가들과 어깨를 나란히 신사실파 동인으로 활동했다. 우리나라 1세대 화가이다. 현재 유일하게 생존해 계시는(2018년 작고) 화가이자 한 시대를 관통하며 '지금 현재'를 살아가고 있는 전설이다. 아흔세 살의 아주 건강한 청년이다.

노화란 몸의 노쇠함과 정신의 퇴락함 모두를 포함하는 것이겠지만 흔히 말하는 나이 먹음, 늙어감에 대한 기준은 무엇일까? 귀가 어두워져 또랑또랑한 큰 목소리로 이야기하지 않으면 잘 듣지 못하신다. 그 정도의 작은 육체적 노화를 제외하면 그는 모든 것이 완벽하다. 꼿꼿하게 날이 선 허리와 반짝반짝 빛나는 호기심 어린 눈빛, 은은하게 배어있는 어린아이 같은 입가의 미소, 자연스러운 머리카락과 편안한 피부. 자연스럽게 늙어가는 한 그루의 고목처럼 우아하고 깊은 향기가 난다.

아름답게 늙어가는 화가의 천진스러움에는 곁을 지키며 내조하는 김명애 선생님이 계시다. 노부부의 모습만으로도 마음이 차분해지고 애틋해진다. 평생 그림을 그리며 오랜 세월 부부는 함께 살았다. 세계를 여행하며 살았다. 조용하고 외진 오지만을 찾아다니며 지냈다. 지금도 텅 빈 작업실에서 종일 우두커니 홀로 서성이면서 지내는 모습은 그 자체로 감동적인 그림이다. 예술혼이란 저런 것이다. 살아있는 것으로 온전히 하나의 세계. 영감을 주는 예술작품이다. 삶에 치열하게 고군분투한 인간의 가장 진솔한 모습, 내가 본 아름다운 인간의 모습 중 하나이기도 하다. 인간과 자연이 합일하며 서로 동화되어 흘러가는 강물처럼 고요하고 한없이 평화롭다.

백 화백의 작품은 인간에 대한 이해와 천진함, 따뜻한 시선으로 가득하다. 그의 대표적인 작품 모자(母子)상은 아기를 업은 엄마의 모습을 하고 있다. 담백한 여백이 느껴지는 행복하고 아담한 집, 하늘을 자유롭게 날아다니는 새 한 마리, 이 모든 풍경은 고요하게 어우러진 백영수 화백의 상징이자 그가 추구하는 세계관이다. 사랑과 자유, 가족과 이웃, 따스함, 평화로움, 신의 축복과 다정함, 웃음소리, 새와 고양이, 개와 다람쥐, 자연과 아이들은 그의 작품 안에서 놀고 있는 천진무구한 세상이며 풍경이다. 평생을 그려온 아름다운 세계다.

누구나 그렇듯 나 역시 한없이 사랑하는 몇 가지가 있다. 아가들의 까만 눈동자, 맑고 투명한 웃음소리, 바람의 촉감, 새파란 하늘, 터벅터벅 걸을 때의 느슨한 탄력, 바이올린의 애절한 소리, 문득 오랫동안 마시고 싶은 향 깊은 커피처럼 그림 한 조각을 곁에 두고 싶은 욕심이 났다.

인연도, 사랑도, 감동도, 영감도, 삶도, 죽음도 문득 온다. 나는 마음 한 조각을 가슴에 품었다. 가끔은 사랑에 빠지듯 보는 순간 가슴 안으로 쏙 들어오는 것이 있다. 그 아름다움을 가슴에 품어 꺼내 보고 들여다보고 향내 맡고 싶다. 그렇게 화백의 모자상 그림 한 점을 운 좋게 곁에 둘 수 있게 되었다. 보고 보고 보고만 있을 터이다. 백영수 선생님 내내 건강하셔서 오래 만나 뵙기를 희원합니다.

백야에서 꿈의 길 피오르까지

노르웨이 오슬로로 향하는 크루즈〈DFDS SEAWAYS〉호에서 바라본 석양은 발트해 (Baltic Sea)를 황홀한 주홍빛으로 온통 물들이고 있다. 밤 10시가 훨씬 넘었는데도 수평선에서 해는 완전히 사라지지 않는다. 일정한 거리를 유지하며 내가 탄 크루즈를 뒤쫓아 오는 것 같은 착각마저 불러일으킨다. 드넓은 우주 안에서 밤은 영원히 오지 않을 듯 노을은 한없이 작아진 내 존재를 비춰주고 있다. 말보다 더 강한 침묵의 몸짓이자 영혼의 언어다. 스스로 익어가는 생의 마지막처럼 백야의 어스름은 엄숙하고 경이로웠다. 어느새 마음은 더없이 겸허해지고, 차분한 슬픔으로 가득 차오른다.

외롭고 작은 자신의 별에서 온종일 의자를 옮겨 앉으며

노을만 바라보던 생텍쥐페리의 어린 왕자가 잠시 떠올랐다. 자연은 말없이 그저 바라만 보고 있어도 위로와 치유의 재생력을 가진다. 탁하고 복잡한 일상의 녹슨 관절들을 부드럽게 쓰다듬고 따뜻하게 보듬어 준다. 자기 성찰의 시선은 먼 곳에 있는 행복과 꿈의 파랑새를 쫓는 것이 아니라 '여기, 지금, 이 순간'에서 시작되고 있음을 단번에 느끼게 해준다.

"아마도 겨울이 가고 봄도 가겠지. 겨울 가고 봄도
그런 후에 오는 여름도 가고 한 해 전부도 한 해 전부도
그러나 언젠가 너는 올 거야. 난 확실히 알아
그리고 난 분명히 기다릴 거야 전에 그렇게 약속했으니까
전에 그렇게 약속했으니까. 아~아~아~아~"

사랑하는 애인 페르퀸트가 돌아오기를 기다리며 솔베이지가 부르고 불렀던 노래, 마지막 고향으로 돌아온 연인의 마지막 임종을 지켜보며 불렀던 노래, 애잔하면서도 인생의 한없는 쓸쓸함과 덧없음을 안겨준다. 노르웨이의 국민 작곡가 에드바르 그리그의 〈솔베이지의 노래〉가 아직도 귓전을 맴돈다.

북유럽 4개국의 마지막 여정지인 노르웨이에서 만난 크고 작은 피오르(fjord)는 차원이 다른 설렘을 여행 내내 선사해주었다. 피오르는 빙하가 녹아 만든 좁고 깊은 만이다. 오랜 세월 만들어진 U자 모양의 골짜기에 모여든 짙고 푸른빛의 물길은 호수처럼 깊고 드넓다. 오슬로에서 베르겐으로 가는 길에는 송네피오르가 아름답게 펼쳐져 있다. 창밖으로는 잠시도 눈을 뗄 수 없는 황홀하고 비현실적인 풍경이 몇 시간째 계속 그림같이 이어져 있다. 노르웨이에서 가장 아름답다는 '게이랑에르-헬레쉴트' 피오르 구간은 풍부하고 유연한 천혜의 신비함으로 가득하다. 깊고 푸른 물결과 섬세하고 우아한 풍경은 사람의 손길이라고는 닿은 적이 없어 보인다. 자연과 신이 함께 사는 천국이 있다면 이런 곳이 아니었을까.

　기나긴 밤과 혹독한 추위에 갇힌 빙하의 계절(겨울)이 대부분인 북유럽의 여름은 짧다. 5월에서 6월은 그래서 가장 아름답고 황홀한 자연을 즐기고 만날 수 있는 최고의 계절이다. 자연이 베풀어주는 경이로운 선물이다. 숲속에 파묻힌 동화 같은 마을과 풍성한 초록의 수목들, 끝없이 이어진 코발트 빛 깊은 물결, 눈부시게 투명한 햇살과 온몸에 스밀 듯 짙푸른 하늘, 한 입 베어 물고 싶은 흰 뭉게구름, 달

콤하고 상큼한 공기와 드넓은 초원에는 한가득 들꽃들이 피어있다. 보랏빛 환상을 흔들며 먼 꿈길처럼 몽환적인 분위기를 풍기는 라벤더꽃 들판은 짜릿한 희열과 황홀한 감촉으로 다가선다. 오감이 활짝 열리는 신비한 교감을 통해 인간과 자연이 태초에 하나였음을 온몸으로 느낄 수 있다.

티 없이 맑고 깨끗한 자연을 마주하며 순수한 동심으로 되돌아간다. 잃어버린 꿈을 찾아가는 길이다. 자신을 되돌아보는 성찰의 시간이다. 동시대를 사는 모든 존재에 대한 기원의 시간이기도 하다. 여행은 돌아올 곳이 있어 기쁘고, 다시 떠나고 싶은 그리움을 남긴다고 했던가. 떠나는 자의 권리이며 꿈꾸는 자의 의무이다. 이번 여행의 가장 큰 선물은 꿈의 길을 따라 맑고 깊은 영혼의 피오르가 흐르기 시작한 것이다.

'**해**가 지지 않는 백야의 나라에서
외롭고 혹독한 길 빙하의 나라에서
문학과 예술, 절규하는 뭉크와 솔베이지의 슬픈 노랫소리를 들으며
학수고대했던 피오르에서 꿈과 자연을 만나다.'
—「해외 문학」 4행시

스타벅스 1호점

- 미영에게

여기는 캐나다 밴쿠버, 지금 막 새벽 2시(한국시간 오후 6시)
가 지나가고 있다. 너는 지금 내 옆에서 깊이 잠들어 있구
나. 어제 당일로 다녀왔던 미국 시애틀 나들이가 많이 피
곤했을 거야. 우기에 접어든 캐나다는 아침부터 비가 주룩
주룩 내렸지만 우리는 그 빗속을 뚫고 맥 라이언과 톰 행
크스의 '잠 못 이루는 시애틀의 밤'과 스타벅스 1호점의
낭만을 찾아 길을 나섰지. 그러나 우리들이 찾던 달달하고
가슴 설레던 낭만은 기대만큼 없었던 것 같다. 그렇지? 그
래도 우린 마냥 빗속에서 행복하고 감사하고, 조금은 쓸쓸
하고, 잠시 외롭고, 아주 많이 '지금 이 순간'을 축복했었
지.

한국을 떠나 네가 있는 이곳으로 온 지도 벌써 열흘이

다 되어가는구나. 한동안 바쁜 일정으로 나만의 시간을 갖지 못해 금단현상처럼 불안정해지고 공복의 헛헛함처럼 몽롱해지고 사실 무척 힘들었단다

잠결에 네가 지금 잠꼬대를 하는구나

"어서 자라, 벌써 새벽 3시가 다 되어 가는데… 몸 상한다…."

친구 하나는 잘 둔 것 같다. 잠결에도 걱정해주는 친구가 있으니 마음이 새삼 뿌듯해지는구나. 어제 네가 김치를 썰어 넣고 만들어 준 비빔국수는 참 맛있었어. 함께 마셨던 커피 맛도 역시 훌륭했고 늘 그렇듯 난 모든 게 감사하다.

내가 너를 만난 게 20살이었던가. 우리는 재수 종합반 학원에서 재수생으로 처음 만났었지. 나는 이화여고를 나왔고 너는 상명여고를 나왔기에 우린 어떤 경우의 수를 두드려 봐도 이전에 만날 확률은 거의 제로였지. 그런 우리가 20년 만에 재수생이 되어 필연적으로 만난 거는 우리의 만남이 예정된 운명이었을까. 나이가 들면서 나는 인연이 갖는 필연적 위력에 가끔 놀라곤 한단다.

네가 그랬지.

"동원아, 난 너와의 첫 만남이 기억나지 않아. 누가 먼

저 말을 걸었던 거니?"

내가 정확하게 대답했지.

"너야, 너."

네가 내 앞자리 앉아 있었지만 보기와 다르게 낯을 가리는 나는 친해지기 전에는 말을 잘하지 않았었잖아. 그런 나한테 네가 등을 돌리며 그 크고 예쁜 눈과 또랑또랑한 목소리로 물었지.

"이 수학 문제 어떻게 푸는지 혹시 알면 가르쳐줄 수 있니?"

나도 뭐 썩 수학을 잘하는 것은 아니었지만 다행히 네가 보여주었던 그 문제는 충분히 알고 있었던 거야. 그게 우리 운명의 시작이었지. 그 날 이후 우리는 친해졌고, 말이 잘 통할 것 같은 예감을 가졌고 당연히 말이 잘 통했으며 진짜 친구가 되었던 거야. 새삼 정말 오래전 일을 회상하니 마음이 뭉클하다. 그 시절 우리가 떠올라 가슴이 먹먹해지는구나.

우리들의 그 시절, 나름 꽤 혹독하게 자신의 존재와 생에 대해 고민하고 투쟁했어. 재수생이라는 패배감을 상쇄하고 자존감을 획득하려고 무척 많은 대화를 나눴던 것 같아. 일종의 개똥철학이라 부르는 약에도 쓸 수 없었던 공

허한 결론들. 그 시절은 모든 것이 결핍이었지. 우리들의
뜨거웠던 청춘. 눈물겹다. 지난 것은 모두 그립고 슬프고
따뜻하게 품어주고 위로해주고 싶구나.

너의 연애와 너의 역사 안에 내가 있다는 건 참 경이로
운 것이지. 누군가의 삶에 관여한 것이 아니라 함께 느끼
고 같은 시간대를 살아간다는 동질감, 우정, 사랑, 공감,
우린 그렇게 서로의 결혼과 서로 엄마가 되었음을 축복하
고 함께 기뻐해주었다. 네가 원일이를 5년 만에 낳았을 때
정말 내 일처럼 기뻤단다. 둘째를 원했던 네가 유산하여
더는 아기를 낳기 힘겨웠을 때 얼마나 속상하고 안타까웠
는지 모른다. 효준이와 성준이, 원일이 모두에게 새삼 축
복 가득하기를 기도한다. 우리는 그렇게 각자의 삶을 엄마
로서 비슷한 삶을 살며 지금에 이르렀구나. 정말 오랜 세
월의 긴 이야기는 다음에 회고 글로 써보기로 하자.

벌써 어제 일이 된 시애틀에서 스타벅스 별다방 커피
한 잔을 마시며 우리 참 많이도 웃고 옛 생각을 많이 했었
지. 무척 까칠하고 똑 부러지던 둘이 서로를 보듬고 단점
을 껴안아 주고 위로와 지적도 마구마구 하면서 함께 지금
까지 꿋꿋하게 늙어가는 우리가 자랑스럽다.

우리 둘 다 참 많이도 마모되고 깎여나가고 부드럽게

반짝반짝 단단해진 삶이 그랬어. 나이 듦에 대한 회한보다는 기쁨과 지혜를 얻고 있음을 기뻐했다. 그것을 깨달아가는 길이 참으로 고통스럽고 괴로움의 길이었지만 어디 우리만의 삶이 그랬을까. 누구라도 그러했겠지.

내가 좋아했던 펄시스터즈 배인숙의 〈누구라도 그러하듯이〉 노래가 갑자기 듣고 싶구나. 이문세의 〈사랑은 늘 도망가〉, 김광석의 〈너무 아픈 사랑은 사랑이 아니야〉, 김정호의 〈하얀 나비〉. 내일은 함께 그 노래를 불러보자꾸나. 늘 변함없이 우리 아프지 말기를. 건강이 주는 모든 축복이 너와 함께하기를. 올해 새 시집이 나오면 네게 제일 먼저 사인한 책을 보내주마. 기다려라. 남은 여행도 즐겁고 행복하게 보내다 한국으로 돌아가려 한다. 잘 자. 그리고 사랑해.

그해 여름은 우리만큼 뜨겁고 무더웠다

경남 하동에서 열렸던 [2017 토지문학제] 행사를 마치고 상경하는 길에 구례 화엄사에 들렀다. 화엄사는 통일신라 시대에 창건되어 화엄종(華嚴宗)을 선양하던 사찰이다. 유구한 역사를 지닌 천년 고찰이기도 하지만, 개인적으로는 잊지 못할 추억이 있는 사찰이기도 하다

여름이 덥다고 느끼는 것은 감각이다. 어떤 여름은 감각으로 무더위를 느끼고, 어느 해는 심리적으로 더위를 느낀다. 한때 온몸으로 쏟아지던 태양의 뜨거운 열기가 젊음의 열정과 닮았다고 생각했던 적이 있다. 생물학과 학생이었던 우리는 열혈 지도교수의 방학 과제인 현장채집과 생생한 리포트를 작성하기 위해 전국으로 채집 여행을 떠났다. 생기발랄하고 불타는 의욕에 넘쳐있던 여섯 명의 같은

과 친구들과 떠나는 여행이었다.

우리는 일주일 동안 계룡산의 갑사와 동학사, 덕유산 무주구천동 백련사를 거쳐, 마지막 종착지인 지리산 화엄사로 발길을 돌렸다. 화엄사 바로 아래 계곡이 흐르는 민박집에 숙소를 정하고, 우리는 곧장 지리산 노고단으로 향했다. 칠월의 뜨거운 햇살에도 불구하고 지리산으로 오르는 산길은 싱그러운 바람과 숲길이 만들어주는 깊은 그늘 덕분에 더운 줄도 몰랐다. 가도 가도 끝이 없던 산길을 타고 올라 노고단 정상을 정복했다는 감격도 잠시 서둘러 하산을 시작했다. 어두워지기 전에 민박집에 도착하기 위해서였다. 집을 나설 때 주인아저씨와 아주머니께서 당부하시던 말씀이 생각났기 때문이다.

"학생들, 산에서는 해가 빨리 져요, 환하다고 꾸물거리며 놀지 말고 서둘러 산 밑으로 내려와야 해요."

자칫 날이 어두워지면 산이 깊어 길을 잃기 쉬우니 올라가다가 힘들면 그냥 도중에라도 되돌아 내려오라고 등산 진입로 입구까지 따라나서며 신신당부를 하셨다. 그러나 그날 우리는 겁날 게 하나도 없는 일곱 명의 여학생이었다. 애정이 담긴 걱정의 말씀은 귓등으로 흘리면서 "네, 알겠습니다. 다녀올게요." 합창을 하다시피 소리치며 기세

좋게 산을 향해 출발했다.

　일곱 명 여학생들의 재잘거림과 꽃망울 터지듯 깔깔거리는 웃음소리는 지금 떠올려 봐도 가슴 벅차고 울컥 그리움이 복받치는 젊음과 싱그러움 그 자체였다. 그러나 함정은 거기에 있었다. 산행에 대한 기본적인 지식과 주의사항도 숙지하지 않은 채, 가벼운 옷차림으로 노고단을 향해 돌진했으니 그 무모하고 당돌한 청춘이라니!

　하산하는 길 중턱을 지나면서 급격히 날이 어두워지고 있었다. 뒤늦게 정신이 바짝 들어 내려가는 발걸음을 서둘러 재촉했다. 그러나 이미 노고단을 올라갈 때 체력을 다 써버려 기진맥진하던 우리는 금방 지치기 시작했다. 걸음은 점점 느려지고, 산길은 점점 어두워지고, 설상가상 친구 한 명이 발을 헛디뎌 절뚝거리기까지 했다. 우리는 순식간에 두렵고 불안해졌다.

　만약의 경우를 대비해 길눈이 밝은 친구 두 명이 앞장서서 길을 따라 먼저 하산했다. 뒤에 남은 우리는 다친 친구를 부축하고 서로를 다독이며 어두운 산길을 천천히 내려왔다. 함께 노래를 불러가며 일부러 수다를 떨며 불안감을 떨치려고 헛웃음을 흘렸다. 스마트폰도 없던 시절이니 생각해보라. 온몸에 식은땀이 흐르는 두려움과 겁에 질렸던 기억은 지금 생각해도 아찔하다.

　지리산 계곡 밑 민박집은 민박집대로 난리가 나 있었다. 서울에서 온 여대생 일곱 명이 아침 일찍 지리산 노고단에 올라갔는데 날이 어두워져도 내려오지 않고 있으니 말이다. 아무래도 큰 사고가 난 것 같다고 발을 동동 구르며 파출소에 연락을 취하고 우리를 찾아 나서려던 참이었다. 때마침 선발대로 하산했던 두 명이 먼저 도착하면서 여대생 조난 소동은 죽을 때까지 잊지 못할 해프닝으로 끝났다.

　지리산이 어떤 산인가. 빨치산이 숨어들 만큼 깊어 길을 잃으면 조난당하는 건 식은 죽 먹기인 산이 아닌가. 그때 우리가 실제 조난을 당했다면 어쩔 뻔했을까. 산에서 늑대 소리가 들리는 듯도 했는데…. 지리산 호랑이는 또 어떻고…. 허연 수염과 긴 도포 자락을 휘날리며 날아다닌다는 산신령과 신출귀몰한다는 산도적은 또 어떻고…. 생각해보면 얼마나 다행스럽고 운이 좋은 날이었던가.

　한 손에 잡힐 듯 수려하고 웅장한 지리산이었다. 노고단에서의 장엄하고 경이로운 풍광은 또 어찌 잊을 수 있겠는가. 당시 혼자였다면 절대 하지 못했을 채집 여행이었고, 일곱 명이 함께였기에 아름다운 시절이었다. 그립지만 돌아갈 수는 없는 시간이다. 친구들과 나도 변했고, 지리산과 화엄사도 변했다. 그러나 아름답고 순수했던 마음만은 변함없이 그 시절 그대로 남아 살아있는 추억의 한 자리를 차지하고 있다.

충남 계룡산의 동학사와 갑사의 고즈넉하고 깊은 향기, 전라도 덕유산 무주 구천동 굽이굽이 깊었던 계곡의 물소리와 백련사의 고요함, 지리산 화엄사의 고풍스러운 저녁 그림자와 풍경소리의 잔잔한 여운, 노고단 정상에서 내려다본 우리가 사는 인간 세상의 협소함이여.

그해 여름은 우리만큼 뜨겁고 무더웠다. 배낭 안에 두툼한 식물도감과 신문지 뭉치, 채집을 위한 도구들을 짊어지고도 힘든 줄을 몰랐던 뜨거운 시절이었다. 이름 모르는 식물과 꽃을 발견하면 조심스레 공들여 캐고 털어서 신문지에 덮고 도감 무게로 누르고, 대나무로 만든 수집 판 사이에 끼워 몇 날 며칠 조바심을 치며 원형 그대로 건조되기를 기다렸던 선명하고 희미한 기억 사이로 그해 여름의 무더위가 조용히 지나간다.

새빨갛게 달아오르고 새까맣게 타서 태양보다 뜨겁고 건강했던 우리들의 빛나는 젊은 날. 미루나무와 함께 불어오던 바람 소리 그리고 매미 소리, 그 시절 우리들의 투명한 웃음소리가 문득 그리운, 무더운 여름 저녁이다.

히로시마의 밤은 깊어가고

히로시마는 항구도시다. 인류가 치른 전쟁 중에 가장 비참한 최후를 맞이한 곳이기도 하다. 2차 세계대전 당시 나가사키와 함께 원자 핵폭탄이 떨어져 모든 것이 사라져버렸던 고통과 비극의 역사를 안고 있는 도시다.

핵폭탄이 터진 이틀 후 내린 비로 인해 그나마 인간을 포함한 살아있던 생물들이 다시 소생할 수 있었다고 한다. 인간이 뿌려놓은 끔찍한 재앙 앞에서 이 도시에 베풀어준 자연의 위대한 자선은 아니었을까. 그런 고통을 겪은 도시답지 않게 히로시마는 상당히 온화하고 평화스러운 분위기가 느껴진다. 아이러니하다.

일본은 본인들이 자초한 전쟁의 가해자임에도 불구하고 인류 최초의 원폭 희생자임을 이야기한다. 자신들의 과거를 끊임없이 부정하며 전쟁의 피해자임을 강조하고 있다. 평화주의의 상징이 된 히로시마의 평화공원이 그것을 말해주고 있다. 일본의 '속내'와 '겉치레'의 이중성이 느껴지는 곳이기도 하다.

네덜란드의 저널리스트 이안 부르마는 《아이슈비츠와 히로시마》를 비교·분석하면서 두 나라의 전후 과거사에 대한 서로 다른 이해에 대해 이렇게 이야기하고 있다. "독일은 2차대전 후 나치즘의 완벽한 청산을 위해 노력하는 데 비해 일본은 인류 최초의 원폭 희생자라는 점만을 강조할 뿐 한국 등 여러 나라에 행하여졌던 잘못을 인정하지 않고 있다." 이것이 일본의 본 모습이다.

그럼에도 히로시마는 또 다른 모습으로 우리를 맞이한다. 잿더미 속에서 재건된 계획도시는 깨끗하고 세련되게 잘 정돈되어 있다. 좁은 도로는 그 나름의 질서와 리듬을 유지하며 원활하게 움직이고 있다. 이곳은 아직도 전차가 도로를 달리고 있어 히로시마의 명물이자 낭만적 추억의 거리가 되었다. 용도와 노선에 따라 달리 디자인된 전차의 모양과 색깔은 그 자체만으로도 향수를 불러일으킨다. 어린 시절 들뜨고 설레던 마음으로 잠시 돌아가게 해준다. 항구도시답게 개방적이고 화려하기도 하다. 새로운 도시를 향해 떠나는 이와 잠시 머무는 나그네들로 거리는 항상 북적거린다. 한낮의 단아하고 한적한 모습보다는 밤의 야경과 활력이 더욱 빛을 발하는 곳이다. 환락과 유혹의 도시라고나 할까. 본시 화려함 뒤에는 은밀한 무언가가 항시 도사리고 있는 법이다. 소박한 수줍음 속에 감춰진 욕망과 탈선이 꿈틀거린다. 한 번쯤 그 유혹에 마음을 빼앗기고 싶은 달콤한 설렘이 여행객들의 표정에서 전해진다.

히로시마의 야경은 매우 환상적이고 매혹적이다. 하늘 가득 뿌려 둔 별 씨앗이 막 피어나기 시작한 듯 반짝거리며 번져가는 네온사인은 온 도시를 금방 별천지 꽃밭으로 만들어 버린다. 어둠에 떠다니는 불빛들의 향연, 황홀한 밤 풍경에 취해 넋을 놓게 된다. 밤에야 본색을 드러내는 요조숙녀의 교태처럼 활기와 생명력으로 부활하는 히로시마의 다른 얼굴이다. 섬나라 특유의 자유분방함이라 해도 무방한 순박한 무채색의 얼굴에 겹쳐진다. 도발적이고 고혹적인 미소의 유혹과 뜨거움이 흥건한 얼굴이다.

일본은 성문화가 상업적으로 가장 발달한 나라이기도 하다. 그것으로 돈을 벌어들이는 성 산업의 발전은 수동적이지만 개방적인 국민성도 한몫하는 건 아닐까 생각한다. 와인의 우아함보다는 칵테일의 경쾌함이 더 어울릴 듯한

히로시마의 야경에 마음을 빼앗겨 하룻밤 이국의 항구도
시에 추억 하나쯤 풀어 두고 와야 할 듯 하다. 그러기엔 아
픔과 상처가 너무 깊은 도시 히로시마. 과거의 왜곡된 진
실이 아닌 미래를 향한 희망으로 남겨지길 바라는 마음이
다. 원한보다는 용서와 화합을 기대하기에 평화공원이 진
정한 평화공원으로 남겨지길 소망해본다. 더 나은 내일을
위한 희망적 생명력으로 히로시마의 밤은 오늘도 깊어가
고 있다.

여행에서 배우는 것들

캐나다는 세계에서 자연환경이 가장 잘 보존되어 있어 누구나 살고 싶어 하는 나라다. 지구 환경보호에도 모범적으로 앞장서 나가는 나라다. 생태계를 가능한 파괴하지 않고 자연 친화적으로 가꾸어나간다. 어느 곳을 가더라도 청정하다. 인공적인 손길이 거의 없는 자연 그대로의 도시 풍경이 무척 아름답다. 자연과 함께 어우러지며 여유롭게 환경의 혜택을 즐기는 사람들의 모습이 부럽다. 인간답게 산다는 건 이런 삶은 아닐까 생각해보게 한다. 잠시 머물다 가는 이방인의 눈으로 일상의 삶 깊숙한 속사정까지 살피고 성찰해 볼 방법은 없겠지만 눈에 보이는 그대로의 생활방식은 부럽게 비친다.

캐나다는 자연생태계 보존에 관하여 국가와 환경단체

가 함께 협력한다. 한 방향의 정책으로 소신껏 목소리를 내고 있다. 2010년 동계올림픽 개최지인 밴쿠버 휘슬러는 준비하는 단계에서부터 생태계 파괴에 대한 우려를 다양한 방법과 대안으로 잠재웠다. 이들이 환경보호에 얼마나 심혈을 기울여 노력했는지를 알 수 있다. 2018년 동계올림픽 개최지인 우리나라의 평창을 떠올려 보면 아쉽게도 차이가 좀 난다.

국가마다 처해있는 문제점과 자연환경의 여건은 다를 수밖에 없다. 그래도 앞뒤 고민 없이 이것저것 허물고 부수면서 길부터 뚫고 보는 행정 편의적인 성급한 판단과 정책은 조금 아쉽고 안타까웠다. 환경보호 단체의 목소리를 진지하게 귀 기울여 수렴하고 가장 적은 범위 안에서 가능한 자연의 훼손을 최소화하려는 노력은 필요하다. 눈에 보이는 현재의 경제적 논리와 시간에 쫓기는 속도전에 맞추어져 있으니 안타까운 마음 감출 수 없다. 평창 올림픽이 성공적으로 치러지길 바라는 마음이 당연히 크다. 올림픽 이후에도 자연 친화적 환경의 아름다운 평창으로 남아 국민 모두 더 나아가 세계 각국의 관광객들이 함께 즐길 수 있는 명소가 되기를 희망하기 때문이다.

내가 잠시 머물렀던 곳은 밴쿠버 도심에서 조금 떨어져

있는 '포트 코키틀람(port coquitlam)'이다. 주변 환경이 무척 아름답고 환상적이다. 매일 이른 아침 산책을 했는데 깨끗하고 맑은 아침 공기와 쾌적한 환경은 매일 산책을 나서지 않을 수 없게 만들었다. 맑은 날씨뿐 아니라 비가 오면 오는 대로 간단한 방수 우비만 걸치고 집 근처를 걸었다. 인상적인 것은 이곳 사람들은 비가 와도 우산을 쓰지 않는다. 그냥 무심히 비를 맞거나 가벼운 방수 겉옷을 입고 가볍게 다닌다. 그만큼 환경이 깨끗하고 좋다는 얘기다. 조금만 비가 와도 한 방울의 비라도 맞을까 우산으로 가득한 우리나라의 비 오는 날이 떠올라 더욱 그렇게 느꼈는지도 모른다.

집 앞에서 몇 분만 걸어 나가면 아름다운 강이 흐르고 있다. 산책길 도중 누군가 기부한 텅 빈 나무 의자가 무심히 놓여있다. 사람의 손길은 조금도 닿지 않은 자연 그대로의 풀과 나무와 들판이 넉넉하고 편안하다. 저절로 자연 앞에 고개 숙여 경의를 표하게 된다. 온 우주를 감싸 안고 품어주는 정령들에게 감동적으로 손을 내밀게 된다. 인간이 자연 앞에 서면 왜 순수하고 맑게 정화되는지 욕심 없이 정직해지는지 '포트 코키틀람'에 머무르는 동안 매일 이른 아침의 산책을 통해 피부로 느끼며 실감했다.

오래전 일이지만 1990년대 즈음 캐나다를 포함한 외국으로 아이들의 조기 유학과 더불어 이민이 유행처럼 한창 붐을 이루었던 적이 있다. 생활에 지치고 경쟁에 치여 도피처로서뿐 아니라, 취업이민과 투자 이민으로 자립적 요소를 충분히 갖추고 떠난 경우가 많았다. 내가 아는 주변의 인척과 친구들, 이웃 중 많은 분이 한국을 떠났다. 지금 우리나라는 어떤 의미로든 너무 살기 좋은 나라이다. 돈만 있으면 가장 살기 좋은 나라라는 말도 한다. 자부심과 긍지를 가지고 외국을 드나들 수 있는 막강 부국이 되었다. 재미있는 에피소드는 국적기인 대한항공에서 먹었던 기내식 중에 '된장 덮밥'이라는 기내식 메뉴가 있었다. 걸쭉하게 끓인 된장찌개로 밥에 비벼 먹을 수 있는 음식이다. 너무 맛있기도 했지만, 외국인을 옆자리에 앉혀놓고 먹는 방법을 설명까지 하며 한국식 된장을 당당하게 비벼 먹을 수 있는 쾌감이라니. 뿌듯하고 자랑스러운 마음에 아주 기분 좋게 맛있는 식사를 했었다.

이제는 우리나라도 외국인들이 살기 좋아 찾아오는 나라가 되었다. 비록 땅덩어리는 작고 인구는 많아 서로 경쟁하며 밀고 밀릴 수밖에 없다지만 환경에 대한 인식과 노력은 필요하다. 경제적 논리가 아닌 삶의 질을 높이고 사람이 사람다워질 수 있는 문화적 나라를 만들려는 솔선수범이 필요하다. 아름답고 깨끗한 나라, 유전자 변형 사료의 수입품보다 신토불이로 먹고 쓰고 살아갈 수 있는 나라, 다음 세대를 위해 살피고 아껴서 남겨두는 모두의 노력이 필요한 시점이다. 이미 실천하고 있으며, 앞으로도 계속 실천해야 할 우리의 과제이자 지켜야 할 약속이다. 나부터 더욱 마음을 다져볼 일이다.

우리 인간은 자연과 더불어 살아야 하는 필연성을 가지고 있다. 자연이 파괴되고 훼손되면 우리도 함께 죽게 되어있다. 지금의 우리는 한 시절 짧게 살다 가면 그만이지만 후손과 내가 모르는 무언가로 남아있을 이 아름다운 지구별을 살리고 지켜내야 한다는 생각은 변함없는 소신으로 가지고 있다.

3부

세상은 공평한가

지금 밖은 봄이 한창이다. 과일과 채소도 때를 잘 만나야 제철 구실을 하는 법이다. 계절 역시 가끔 당황스럽고 비정상적이긴 해도 제철이 있으니 요즈음이 딱 그렇다. 목련은 봉오리의 여린 꽃잎이 적당히 단단해져서 탐스럽게 피어나고 있다. 산수유도 잔잔하게 몽글몽글 피어 노란 나무 전체가 한 그루 꽃다발로 착각할 정도다. 봄은 온몸을 자극한다. 개나리와 진달래, 홍매화와 서두르게 꽃망울 터트리는 벚꽃까지 한동안은 꽃 잔치에 매일 초대된 기분으로 한껏 들떠서 지낼 것 같다.

이렇듯 신나고 화사한 분위기에도 언뜻 스치는 풍경이 있다. 무심코 지나칠 수도 있으나 사실은 누구에게나 눈에 띄는 모습이다. 본격적인 봄이 오기 전부터 꾸준히 양질의 햇볕과 돌봄의 사랑을 듬뿍 받았던 꽃나무들은 봄이 오자 마자 금방 제 모습을 갖춘다. 그러나 항상 볕이 모자란 응 달 자리의 핼쑥하고 초췌한 나무와 꽃들의 안색은 영 볼품 이 없다. 겨우 꽃봉오리가 올라오거나 아직도 꽃샘바람에 치여서 상처투성이다. 언젠가 때가 오면 제 모습을 보여주 겠지만 한편은 너무 빠른 것만큼 너무 느린 것도 뭔가 불 편하고 측은하다.

다른 이야기지만 서양의 청소년들이 빠른 발육으로 인 해 노화도 빠르다는 사실과 그에 따른 부작용이 상당하다 는 얘기를 상기해보면 빠름은 절대 유익하지만은 않다. 그 렇지만 늘 뒤쫓아 가는 기분으로는 절대적 의미의 권력이 나 혜택처럼 느낄 수가 있다. 억울할 수도, 불공평해 보일 수도 있는 세상살이 속 시선으로 보면 말이다. 가진 자와 없는 자의 불균형, 비범함과 평범함 속에서의 좌절감, 힘 의 본색이 드러나지 않는 폭력성, 여성과 남성에 대한 여 전한 성적 고정관념들, 외모 지상주의와 자본주의 빈부차 의 우울감 등등 드러나는 상실감에서 벗어날 수 없다는 불 행한 생각을 떨치기 쉽지 않을 때가 많다. 아파트 화단 큰 꽃나무의 그림자에 눌려 제때 꽃 피지 못하는 봄꽃들을 보 며 떠오른 애틋한 성찰이다.

세상은 공평한가. 언젠가는 공평해질 것인가. 어린 시절부터 끊임없이 떠오르던 의문이다. 왜? 세상은? 삶은? 그러나 세상은 공평할지도 모른다는 체념 섞인 결론을 만들게 되는 나이가 되었다. 학부형끼리 모이면 하는 우스갯소리로 하는 얘기가 있다. "별걱정 없이 쉽게 원하는 대학교 간 놈들은 분명히 취직할 때 애먹일지도 몰라요.", "결혼해서 맨날 투닥거리며 잘못살거나 효도를 안 할지도 몰라요." 등 설득력 없는 너스레를 떤다. 그런 말에 소소하고 유치한 위안을 나누며 서로를 위로하기도 한다. 황당한 얘기처럼 들리지만 설득력있는 호응을 얻는다. 현실 속에서 실제 가능성이 없지는 않다는 얘기다.

세상을 살다 보면 늘 내가 속해있는 세상만 불공평해 보인다. 주관적 관점이 필요한 판단이지만 살수록 사실은 공평한 구석도 많다. 훨씬 오랜 세월을 겪어본 선배와 어르신들이 인생은 총량의 법칙이 있다고 말해준다. 공평의 이득과 손해에 따른 계산은 자신 생각의 몫이기도 하니까. 자신의 삶에 대한 태도와 의지, 노력 여하에 따라 세상은 살만하기도 하고 아니기도 하기 때문이다. 삶의 기준에 따라 공평하기도 하고 불공평한 것 같기도 하다. 그늘져 안쓰럽던 작은 꽃 몽우리가 늦봄까지 가장 오랫동안 봄의 향기를 전해주었음을 바라본다. 삶에 대해 세상은 공평하다고 순정하게 받아들여 보기로 한다.

거꾸로 보는 세상

옛 사자성어 중에 역지사지(易地思之)란 말이 있다. 바꿀 역, 땅 지, 생각할 사, 어조사 지, 말 그대로 풀면 나보다는 상대의 처지에서 생각해보자 정도의 뜻이 되겠다. 이것을 나는 거꾸로 보는 세상의 이치로 확대하여 해석해 보았다. 인간은 유인원으로부터 진화를 거듭하며 직립 인간이 된 이후부터 신체적으로 많은 결함과 문제점이 생겼다고 한다. 그래서 가끔은 물구나무서기를 해주어야 모든 신체적인 기순환과 생물학적 원리에 부합하여 건강을 유지할 수 있다는 근거가 있기도 하다.

내게는 책을 읽을 때 재미있게 즐기는 습관 하나가 있다. 책을 맨 뒤쪽부터 읽을 때가 있다. 줄거리나 맥락을 이해하는 데 아무 지장이 없는 책의 경우 일부러 그렇게 읽는 때도 많다. 시집의 경우는 당연히 이렇게 많이 읽는다. 소설도 쪼개서 뒤쪽부터 읽기도 한다. 늘 앞에서부터 목차와 머리말 등을 읽거나 지은이의 소감까지 감상하고 나면 정작 읽어야 할 본론에서는 어슬렁거리기에 십상이다. 흥미를 잃은 책이나 두꺼운 책은 그 정도에서 접는 경우도 많다. 가수들이 음반을 낼 때 타이틀곡인 소위 히트 가능성이 가장 큰 노래를 맨 앞에 소개하는 것도 이런 우리의 심리를 알고 있기 때문일 것이다. 많은 책 역시 중요한 내용이나 가장 의미 있게 꼭 읽어 주길 바라는 부분을 앞쪽에 두는데 모두 같은 마음이다. 어떤 책들은 늘 작품 전체보다는 예상된 들러리 독서만 하다 마는 경우가 허다하다. 다양하게 숨겨놓은 작가의 애씀과 꼭 읽어야 할 정서를 놓치는 경우가 많다.

우연히 시작된 거꾸로, 엄밀히는 뒤쪽부터 책 읽는 재미에서 기대 이상의 많은 장점을 발견하게 된다. 말 그대로 페이지를 거꾸로 넘기는 데서 오는 즐거움이 먼저다. 어떤 작품은 일부러 토막이 난 채 읽고 처음부터 다시 읽기도 한다. 이런 경우 색다른 시각과 느낌이 들 수 있다. 물구나무설 때처럼 좀 불편해도 순간적으로 머리가 시원해지는 느낌이랄까. 온몸으로 피돌기가 활발히 일어나는 건강한 생체적 물리현상처럼, 내 의식에 갇혀있던 걸쭉하게 응고돼가는 고정관념들이 무너져 내리는 소리를 들을 수 있다. 그 소리는 어떤 하나의 소재가 아닌 다양한 각도의 시선과 시도를 가져봄으로써 자각할 수 있다. 작은 소득이라면 작가의 뒷모습, 즉 내놓고 대접하고 싶은 것들과 그저 조용히 곁들여 놓은 것들의 순서를 바꿔 즐겨본다는 것이다. 고급과 저급, 무거움과 가벼움, 혹은 즐거움과 썰렁함까지 로또 기계처럼 한 통에 섞어 마구 흔들어 놓은 무작위의 감성을 선택하게 하는 그런 느낌이라면 과장된 것일까. 지극히 개인적인 정서와 취향이지만 말이다.

거꾸로 보는 세상의 한 방법으로 거꾸로 책 읽기, 신문 읽기의 일독을 권해보는 것은 작은 변화이자 재미이다. 가끔 뒤로 걸어보면 확연해진다. 오른손잡이가 왼손을 쓸 때의 어색함도 마찬가지다. 그때의 불안하고 불편한 감각 속에서 똑바로 걸었을 때의 균형감이 더욱 감사하지 않았던가. 필수적이고 습관적일 필요는 없지만 가끔은 뒤집어 보는 세상 이치가 지혜롭고 열린 눈을 가지게 하기도 한다.

술에 만취한 이들이 길바닥에 누워 "내가 누운 것이 아니라 땅바닥이 내게로 왔다"라고 말하는 넉살스러움으로 우리 역시 우리만의 방식대로 자신 있게 세상을 살 일이다.

공부 잘하는 약

  오래전 고교 시절 가끔 이런 상상을 한 적이 있었다. 캡슐 타입의 약 한 알로 공부를 잘하게 된다든지, 식사 한 끼를 대신할 수 있는 신기한 마법의 알약이 있었으면 좋겠다고 말이다. 친구들과 곧잘 공부에 지치거나, 살이 찔까 봐 예민하던 청소년 시절 생각만으로도 신나고 즐거운 상상 속의 이야기였다. 그런데 실제로 요즘 '공부 잘하는 약'이 있다는 이야기를 최근 들어 본 일이 있다. 특목고나 대입을 준비하는 입시생들과 각종 시험을 준비하는 대학생 이상 일반인들이 이 약을 먹는다는 기사를 접하고 너무도 큰 충격을 받았다. 실제로 많은 학생과 일반인이 복용하고 있다는 사실도 뉴스를 통해 직접 확인했다.

  신경정신과에서 ADHD(주의력결핍 과잉행동장애)의 치료 목적으로 사용되는 향정신성 의약품이라고 한다. 이 약을 먹으면 공부할 때 집중력이 생기고 정신적 불안감에서 벗어날 수 있다는 목적으로 일부 몰지각한 정신과 의사들이 처방해준다고 하니 생각할수록 어처구니가 없다. 더욱 놀라운 것은 어설픈 학원이나 어설픈 과외보다 효과가 있을 거라는 의사의 말을 믿고 제 자식에게 몇 년씩 약을 먹인 엄마들의 무지한 욕심이다. 향정신성 의약품으로서 약의 부작용 또한 만만치 않아 수면장애나 소화불량, 우울증 등 정상적인 사람들이 복용할 수 없는 약인데 말이다. 돈을 위해 공부 잘하는 약이라고 처방을 해주는 의사나 공부를 잘하게 하기 위해선 수단과 방법을 가리지 않는 끔찍하게 일그러진 부모도 상상을 초월하는 이해 불가의 세태다.

상식만으로는 이해할 수 없는 사건들이 너무 많은 세상이다. 학창시절 유쾌한 상상 속의 꿈이 무지막지한 현실 속의 경악할 사실로 실현되고 있는 현재를 살면서 많은 상념에 젖는다. 어떻게 사는 게 잘사는 것인가. 올바르게 참되게 산다는 것조차 추상적인 개념이 되어 버린 세상이다. 희망을 품자는 얘기도 공허하고 대충 묻어가며 살자는 얘기도 씁쓸하다.

어느덧 적지 않은 나이로 세상을 안고 가는 나로서 보

면 상상이 현실이 되는 삭막하고 소름 끼치는 세태에 조금씩 지쳐가는 걸 느낀다. 비록 내 마음 같지 않은 이해할 수 없는 세상이라 해도 내 몫의 삶은 부지런히 살 일이다. 공부 잘하게 하는 약이 생겨나는 우울하고 비뚤어진 세상 속에서도 꿈을 잊지 말고 간직하고 싶다. 하늘의 별처럼, 스쳐 가는 바람처럼, 산 너머 무지개처럼 그런 꿈 말이다

소문의 시대

소문은 재미있다. 극적 상상력과 호기심을 충족시키기에 충분한 은밀함과 쾌감이 있다. 익명성을 가진 인터넷의 리플만큼 공격적이고 자극적인 것이 없다. 그런 측면에서 보면 누구나 근거 있든 없든 떠도는 소문에 자유롭지 못하다. 타인의 시선이나 관점에 의존해 자기 생각을 만들어낸다. 근거 없는 알리바이나 개연성을 가지면 금방 믿어버린다. 인간의 집단주의적 심리상태가 소문을 만든다. 그렇게 만들어진 소문에 인간은 열광한다는 어느 심리학자의 말이 설득력이 있게 들린다.

무자년의 새해를 강타한 메머드급 소문 하나가 있다. 소문의 주인공이 워낙 연예계의 거물이라 파급효과는 상상을 초월한다. 나이보다 정열적이고, 섹스어필하는 무대 매너와 신비주의 전략으로 자신을 완벽하게 관리하는 초

특급 트로트 대형가수이다. 공중파 정규 9시 뉴스에서 기사를 다루고, YTN에서 기자회견을 긴급 생방송으로 보내고 소문의 원인에 대한 경찰 수사가 이루어지고, 로이터 통신을 통해 전 세계에 알려진 뉴스가 되었다. 이쯤 되면 소문은 진의를 떠나 소문은 꼬리에 꼬리를 물며 이어져 한동안 가라앉지 않을 것이다.

얼마 전 세상을 떠들썩하게 했던 S양 스캔들을 기억할 것이다. 학력위조와 계획적인 사랑놀이를 이용한 고위층과 권력 관계의 뒷얘기로 지저분한 치부가 온 천하에 드러났었다. 그때 S양 때문에 더욱 유명해진 '성곡미술관'이 광화문 내수동에 있었다. 그 미술관 근처에서 아는 후배가 아담하고 멋스러운 카페를 운영했는데 나름대로는 다양한 단골손님이 모이는 곳이다. 얼마 전 작은 모임에서 만나 안부를 묻던 중 알게 된 재미난 사실이 있다. S양 스캔들이 한창일 때, 카페에 오는 많은 손님이 끊임없이 묻는 말이 이랬단다.

"이 가게 S양이 주인이라면서요?" "이 가게 B 차관 그 사람이 차려준 거라면서요?"

소문은 이렇게 가지를 뻗어 끊임없이 자라난다는 것을 새삼 알게 되었다.

당신은 소문 혹은 풍문의 유혹으로부터 얼마나 자유로울 수 있는가. 때로는 소문이 사실이자 진실이 되는 경우도 많아서 호기심 이상의 관심이 생기기도 한다, 그러나 소문은 소문일 뿐이다. 그것이 진실이라고 해도 그건 당사자의 문제다. 개인이 지키고 싶어 하는 사생활과 자존감은 사회에 위악(僞惡)한 것이 아니라면 존중하고 배려해줘야 한다. 칼날의 양면성을 지닌 언론과 우리가 모두 생각해 볼 문제이다.

속도위반

경부고속도로에서 무인 카메라로 찍힌 6만 원 과속 과
태료 딱지가 날아들었다. 우리나라 대부분 고속도로는
110km를 넘으면 속도위반에 해당한다. 흔한 말로 운전
경력 30년이 훨씬 넘었으니 운전에는 어느 정도 도를 튼
것도 사실이다. 그러나 속도를 내는 편이니 숨바꼭질하듯
숨겨놓은 무인 카메라를 모두 피해갈 수는 없는 일이다.
아주 가끔은 카메라에 영락없이 찍히고 만다.

젊은 나이에 운전면허증을 취득한 편이라 나는 한때 속
도광이었다. 기질적으로 속도의 전율을 즐긴다기보다 속
도가 주는 순간 집중력에 매료되었다는 표현이 더 적합하
다. 과장되게 표현하면 명상할 때의 집중력과 비슷하다.
운전해본 사람은 알겠지만, 속도가 그렇다. 처음에는 속도

의 변화를 감지하지만, 어느 정도 속도가 올라가면 그때부터는 별반 속도감을 느낄 수가 없다. 속도에 대한 감각도 무뎌지고 겁도 없어지기 때문이다. 속도위반, 실수하기 딱 좋은 쾌감이다.

얼마 전, 흉허물없이 지내는 오랜 친구가 손녀를 얻었다. 친구의 외아들은 아직 대학원 학생 신분이고 박사과정까지 한동안 공부를 계속해야 하므로 결혼 계획은 아예 없었는데 아이가 덜컥 생겨버린 것이다. 요즘 유행하는 말그대로 속도위반!

당연히 모든 것이 갑작스러워 놀라웠지만, 과속을 했으니 '책임'이라는 딱지를 끊어야 하지 않겠는가. 6만 원도 아니고 애 아빠이자 부모라는 엄청난 삶의 무게 앞에 서게 된 것이다. 스물여덟 살이면 철없는 나이는 분명히 아니다. 예전 같으면 대학을 졸업하고 취직을 하여 자연스럽게 결혼을 했기 때문에 그 나이는 결혼 적령기인 셈이다. 아이 아빠가 되는 건 당연한 순서였다.

다행한 일은 결혼하기로 마음먹고 사귀고 있었던 여자친구와 사이에서 생긴 일이라 서둘러 결혼을 시켰다. 친구는 놀라움과 충격으로 한동안 진정을 못 하고 흥분해 울기만 했다. 세상눈도 불편하고, 하나밖에 없는 외아들의 대학교수가 꿈인 인생 진로도 결정된 게 없고, 아직은 결혼을 시킬 마음의 준비가 전혀 안 되어있었다는 얘기다.

"이게 무슨 날벼락이니?"라며 나를 붙들고 답답한 하소연을 했지만, "이왕 그렇게 된 거 기쁜 마음으로 축복해줘야 하지 않겠니."라는 위로밖에 해줄 말도 그때는 없었다.

요즘은 결혼 풍속도가 달라졌다. 취업의 어려움과 육아에 부담을 느끼는 경제적인 문제 등 여러 가지의 이유로 젊은이들이 결혼을 미루고 있다. 세 가지를 포기한다는 삼포 세대를 너머 칠포 세대라고 하지 않던가. 서른 전에 결혼은 너무 빠른 남의 일이며 자식을 낳지 않으려는 젊은 층이 늘어나면서 초산 산모의 나이도 점점 늦어지고 있다. 결혼도 안 한다, 아이도 안 낳는다, 야단법석을 떨기 때문인지 소위 말하는 혼수품으로 혼전 임신을 축복하자는 말까지 있다. 참 웃지 못할 세태이긴 하다.

나 역시 자식을 둘 키우는 엄마로서 건강한 연애를 하고, 축복받는 결혼과 계획된 자녀를 출산하기를 당연히 바라고 있다. 결혼과 출산에 대한 보수적인 모범답안만 가지고 있었기 때문이다. 이제는 여러 경우의 답안을 준비해두어야 할 때다. 인생이란 누구도 미래를 알 수 없다. 그들의 인생이기 때문이다. 삶에는 이렇듯 의도하지 못한 일들로 가득하다. 운전 경력 30년에 과속딱지 몇 개 정도야 애교로 봐 줄 일이다. 정해진 110km의 속도가 답답하여 액셀러레이터를 밟을 때의 순간적인 쾌감은 속도위반에 따른 벌금이라는 책임만 지면 된다. 브레이크를 밟으면 속도는 곧 줄어든다. 규범 속도로 되돌릴 수 있는 것이다.

인생의 속도위반은 어떻게 해야 하나. 이제는 시대적 환경도, 세대 간의 사고방식도 모두 바뀌었다. 개방적이고 자유로운 성문화와 거침없는 연애관, 결혼에 대한 현실적인 조건들로 혼전 임신은 아무 문제도 되지 않는다. 방송에서는 유명 연예인들의 속도위반 소식이 대단한 이슈인 듯 환영하는 분위기로 요란을 떤다. 새로운 세태가 만든 새로운 풍속도이다. 혼전 임신도 이제는 기쁘게 받아들여야 하는 분위기다.

세상에서 가장 큰 축복은 무엇일까? 가슴 뭉클한 설렘과 희망이 물밀듯 밀려드는 감동을 선물 받는 순간은 언제일까? 임신과 출산이다. 생명은 아름다운 것이고, 탄생은 거룩하고 위대한 일이다. 그런 감격스러운 소용돌이를 경험해보아야 한다. 아슬아슬하고 위험한 속도위반이 보다는 찬란하게 빛나는 환희로운 기다림이면 더욱 좋다.

아직 박사과정에 있지만, 너무도 훌륭하게 첫 아이를

잘 키우고 있는 아름답고 용기있는 씩씩한 젊은 부부에게 둘째가 생겼다는 축하의 소식을 들었다. 아들 같은 그놈이 하는 말, "첫 아이가 너무 예뻐서 하나 더 기르고 싶어졌어요." 기쁘다. 육아로 힘은 들겠지만 나는 무조건 축복만 해 주리라! 진심으로 축하한다.

손금

대학교 2학년 때로 기억된다. 친구들과 오후 강의를 마치고 약간은 들뜬 기분으로 교문 앞을 내려오고 있었다. 교문 입구에는 손금이나 가벼운 관상을 봐 주며 늘 우리의 호기심을 자극하던 할아버지가 앉아서 자리를 지키고 계셨다. 그날도 밥상 크기의 작은 책상을 앞에 놓고 우리를 은근히 자극하고 계셨다. 호객행위를 노골적으로 하지 않는데도 우리는 항상 그 앞을 지나칠 때 이상한 호기심과 끌림에 곤혹스러워하곤 했다.

주말을 앞두고 수업을 마친 친구들과 나는 유쾌한 해방감 때문이었을까. 누구랄 것도 없이 할아버지의 작은 책상 앞으로 몰려가서 빙 둘러앉았다. 할아버지께서 커다란 돋보기를 들고 펼쳐진 손바닥의 이곳저곳을 심각하게 살피는 동안 얼마나 조바심을 치며 깔깔대고 살짝 떨기까지 했던가. 할아버지의 한마디 한마디에 귀 기울이며 그분이 들려주는 확인할 길 없는 미래에 대한 환상과 그리움에 기묘한 설렘과 두려움을 느끼고 있었다.

모두 행운의 말만 예언하지는 않았으므로 진지하기도 하고 심각해지기도 했지만 우리는 또래 특유의 발랄함과 당돌함으로 웃어넘겼다. 한 명씩 돌고 돌아 내 순서가 되었을 땐 긴장감으로 손바닥은 땀이 촉촉이 배었다. 내 손바닥을 펼치신 할아버지께서 제일 먼저 하셨던 말은 지금도 기억이 생생하다.

"학생은 코즈모폴리탄(COSMOPOLITAN)이네."

"무슨 뜻인데요?"

"그냥 좋은 뜻이라 알아서 해석해. 허허허."

코즈모폴리탄의 어원적 의미를 몰라서 물었을까마는 그 깊은 삶의 예언에 대한 의문은 아직도 모호하다. 그냥 친구들이 "넌 성격이 너그럽고 따뜻하니까 세계 평화주의자란 말인가 보다" 하며 깔깔거렸다.

그다음 들려주신 나의 미래는 무척 희망적이고 신나는 것들도 있었다. 학생은 손금이 손가락 사이로 새지 않아서 어쩌고저쩌고하면서 내가 나중에 잘 살 것이라는 예언해

주었다. 자식은 둘인데 둘 다 아들일 거라는 정도가 기억
난다.

　새삼 20년도 훨씬 넘은 희미한 추억의 한 토막이 떠오
른 것은 이제 뒤돌아 살아온 삶을 이야기해도 되는 나이가
되어서일까. 그건 아닌 것 같다. 인생에 대해서는 아직도
정확히 답을 모르겠으니까. 세월이 주는 그리움에 이끌린
것인가. 사라진 젊음을 되새기고픈 쓸쓸함인가. 무엇이 되
었건 오래된 기억이 문득 떠오르는 건 눈부신 봄 햇살 때문
인 건 분명하다.

　스쳐 보냈던 삶의 긴 시간이 얼마나 다양하고 변화무쌍
한 것인지를 스스로 알고 있다. 그날의 한 친구는 예언과
관계없이 국회의원의 부인이 되었고, 또 다른 친구 역시
독신녀일 거라는 예언과 다르게 졸업과 동시에 결혼하여
지혜로운 현모양처가 되었다. 부자가 될 거라는 나 역시
전혀 부자도 아니며, 앞으로도 상관이 있을지 잘 모르겠
다. 한 가지는 아주 정확하게 예언대로 되었다. 아들이 둘
이라는 사실은 적중했다. 어쩌면 코즈모폴리탄이라는 예
언도 맞는 것일지 모른다. 나는 더욱이 시인이 되어있으니
말이다.

　대학 시절 내내 보육원 봉사활동에 푹 빠져 있었다. 처

음에는 선배의 권유로 좋은 일을 한다는 교만한 마음으로 시작하였다. 동아리 활동에 적극적으로 개입하면서 폭력과 억압, 소외와 차별, 가난과 상대적 박탈감, 힘없는 고민과 울분이 컸다. 아동과 청소년들의 행복과 안녕에 대해 관심이 많은 것도 대학 시절 봉사활동과 무관하지 않다. 세상 모든 존재의 행복을 늘 기원하고 나누고 싶은 마음은 진심이니까.

개인적인 어려움과 고비는 누구에게나 있다. 각자의 삶 속에서 겪은 고뇌와 아픔, 좌절과 타협, 내 가치관과 무관한 삶의 행로, 순간순간 세상을 향한 망설임과 굴복, 치열한 삶 속에서 사회관계망을 통해 세계에 눈뜨고 성숙해진다. 인생의 의미를 조금알 것도 같은 이제야 품을 수 있는 여유와 너그러움이다. 그날 할아버지의 예언대로 내 삶이 탄탄대로의 성공적이기만 했다면 아마도 삶에 대한 축복과 감사의 지혜를 얻지 못했을 것이다. 하루하루에 대한 성찰과 겸손을 배우지도 깨달음의 통찰도 얻지 못했을 것이다.

화사한 봄 햇살이 나를 작은 옛 추억의 소요 속으로 불러내었다. 그때의 예언대로 살아졌건 아니건 그것이 뭐 그리 대단한 일인가. 오늘도 난 내 방식대로 살아가고 있다.

여전히 한 치 앞도 알 수 없는 내일이지만 스스로가 펼쳐
놓은 생에 대한 꿈과 희망의 손금을 펴고 열심히 살아가면
그만이다. 내 인생이 내 손금 안에 있었던 것은 당연하다.
오늘 하루도 나의 삶은 손아귀에서 내가 움켜쥐고 야무지
게 살아가면 그뿐이니 말이다.

시한부 할머니의 이혼

　신문에서 눈길을 끄는 기사를 접하고 많은 생각이 머리를 스친다. 시한부의 말기 암 환자가 얼마 남지 않은 생의 마지막을 남편과 함께 지내고 싶어 하지 않는다. 그것도 단순히 눈앞에서 보이지 않는 물리적 행동으로서가 아니라 법적인 관계의 헤어짐을 가진 서류상의 이혼을 원한다. 남편과 어떤 식으로든 연결된 끈을 완전히 끊으려 한다. 상식적으로 흔하게 받아들여질 내용의 이야기는 아니다. 젊은 날 모진 풍파와 고난을 겪어도 나이든 노년에는 서로 용서하고 마음을 비우는 게 인생의 이치라고 생각했는데 죽을 날을 앞두고 이혼이라니. 마음에 쌓인 응어리는 무엇일까. 남편에 대한 배신감이나 분노만은 아닐 게 확실하다. 오히려 그런 치사하고 더러운 역경은 용서해주면 끝날지도 모른다.

칠순을 넘긴 할머니가 서류상의 이혼을 감행한 이유는 무엇이었을까? 개인적 추측으로는 아마도 자신하고의 약속이 아니었을까. 젊은 날 한 남자만 믿고 의지하며 평생을 살아오면서 얼마나 눈물 나고 치욕스러운 일이 많았을까. 남편의 외도나 가족들의 무관심으로 상처받았던 여인의 영혼은 절대 아물지 않는다고 한다. 자식을 키우고 가족과 집안의 영광을 위해 묻어 두었을 고통과 인내의 눈물이 얼마나 많았을까.

중년의 나이가 된 우리도 이제는 많은 이야기를 꺼내놓기 시작한다. 친구나 지인들 모임에서 조금씩 마음의 문을 열고 그동안 살아온 여자로서의 이야기를 털어놓는다. 서로에게 공감하고, 위로를 주고받고, 함께 분노하고 나아갈 방향까지 나눈다. 그만큼 삶의 이면에 담긴 여성들이 살아온 이야기는 남다른 무엇이 있는 것이다. 서로에게 자존감을 가지라고 용기를 주고 주체적으로 살라고 격려해준다. 자기 자신을 먼저 사랑하고 인정해주라는 덕담을 주고받기도 한다.

요즘 젊은 여성은 주체적이고 자유분방하다고 한다. 이미 남편과 자식만을 위해 희생하는 고전적 사랑의 미덕의 가치는 넘어섰다. 가족의 소중함이나 아내와 엄마로서의 소중한 역할을 가볍게 여기거나 소홀히 한다는 게 아니다. 가족은 삶의 기본이고 원천이지만 그 이상의 주체적이고 자기 주도적인 성취를 위해 일하는 진취적 여성이 많다. 왠지 칠순 시한부 할머니의 황혼 이혼도 조금 이해할 수 있겠다. 죽기 전에 한 번은 자신의 의지와 자신을 위한 주체적이고 단호한 결심을 하고 싶었던 것이 아니었을까.

자식을 위해 수없이 망설였을 이혼 결심, 두려움과 삶의 무기력함으로 몇 번씩 마음을 돌렸을 이혼 결심, 수많은 고뇌와 망설임 속에서 꼭 한번은 죽기 전에 나 자신의 의지대로 판단하고 실천하고 싶었을지 모른다. 한 명의 여성으로서 칠순 시한부 할머니의 용기에 박수를 보낸다. 그리고 생을 마치실 때까지 외롭지 않고 고통없이 자신 있게 사시다 가시길 기도한다.

꿀벌에 대하여

우리는 늘 자연에서 인생을 배운다. 대단해 보이는 인생 철학이나 깨달음마저도 사실은 자연 생태계의 법칙과 지혜 속에서 얻는 경우가 많다. 인간만이 유일하게 이 세계를 지배하고 있다는 자만심에 빠져 큰 우주의 중심인 양 살고 있지만 우리는 자연과 더불어 사는 존재다.

얼마 전 가족같이 지내는 지인들과 저녁 식사시간을 가졌다. 화기애애하게 돌던 이야기가 세대 간의 갈등, 고부관계, 부부 사이의 힘의 논리와 역할에 대한 이야기로 이어지자 의견이 분분해지며 모두의 목소리가 커지기 시작했다. 미묘한 입장 차이를 보이며 각자의 사고방식과 위치에 따라 제각각 견해가 확연히 달라졌다.

문득 직접 꿀벌을 키워본 지인이 해준 꿀벌의 세계가

떠올랐다. 신기할 정도로 인간이 지닌 삶의 태도나 습성이 닮아있다. 예를 들면 누구나 알고 있듯 여왕벌은 하나의 왕국을 건설하고 수벌과 일벌을 거느리며 자기만의 왕국을 지켜낸다. 로열젤리만을 먹음으로써 자신의 지위와 신분에 대한 권위와 힘을 획득한다. 그녀만의 오만하고 우아한 카리스마를 스스로 관리한다. 시간이 흐르면서 왕국에 새로운 변화가 찾아든다. 꿀벌의 숫자가 급증하면서 왕국이 비좁기 시작한다. 당연히 새로운 신왕국의 건설이 필요해지고 자연 발생적으로 새로운 여왕벌이 탄생한다. 그러면 꿀벌의 세계는 갑자기 혼란에 빠진다. 일시적으로 지금 왕국은 하나이고 여왕벌은 둘이 존재하는 시대가 온 것이다. 인간인 당신이라면 이럴 때 어떤 방법을 취하겠는가. 아니 당신이라면 어떻게 이 혼란한 세상을 평정할 것인가. 아마도 인간이라면 기존의 권력의 논리로 볼 때, 기득권 세력은 쉽게 왕국을 내주지 않을 것이다. 상상 그 이상의 유혈과 힘에 의한 파괴가 이루어졌으리라 짐작한다.

꿀벌의 나라는 이 혼란을 이렇게 평정한다. 현재 여왕벌인 구세대는 말 그대로 자연스럽게 자신의 왕국을 떠나고 모든 권력과 신분을 평화적으로 이양한다. 새로운 여왕을 맞은 신세력은 무혈로 이미 건설된 개미 왕국으로 입주

함으로써 모든 힘과 권력을 획득한다. 우리는 여기서 흥미로운 상황을 하나 더 발견할 수 있다. 구 여왕이 모든 것을 버리고 떠날 때 그녀를 위해 밤낮없이 희생하던 모든 일벌은 여왕을 따라 왕국을 탈출해 버린다. 맹목적인 충성을 맹세하듯이. 얼마나 흥미로운가. 상상해보라. 그녀의 왕국에 길들여진 일벌들은 새로운 여왕의 존재를 인정할 수 없는 것이다. 구 여왕을 위해 꿀을 따러 드나들었던 일벌들은 절대로 새로운 왕국에 남아 있지 못한다. 더 재미있는 것은 새로운 왕국에 살게 된 신 여왕을 추대하고 그녀의 일벌이 된 꿀벌들도 다른 세상은 경험해보지 못한 경우이다. 촌뜨기 신인인 셈이다. 여하튼 꿀벌 세계에서의 권력 이양은 너무도 평화적으로 이루어진다.

꿀벌 이야기를 통해 몇 가지의 삶에 교훈을 배운다. 첫째로 인간도 어떤 관계에서든 힘의 균형과 질서를 유지하려면 물이 위에서 아래로 흐르듯 아주 자연스러운 '버림과 비움'이 필연이라는 것이다. 옛날 시어머니가 새로 며느리를 맞이하면 곳간 열쇠를 며느리에게 넘겨줌으로써 자연스럽게 구세대와 신세대의 권력 이양이 이루어지듯이 말이다. 그것이 평화적으로 물 흐르듯 이루어질 때 그 가문은 성공적으로 대를 이어간다. 자연스럽다는 말은 그대로 자연스러운 것이다. 순리대로 순환하는 것이다. 몇억 광년을 거슬러 가도 자연 속 법칙은 자연을 안정적으로 유지하고 보존시킨다.

둘째로 여왕벌 냄새와 그녀의 날갯짓은 일벌들에게 잊을 수 없는 우정과 의리의 관계로 남는다. 고부간의 갈등이나 부부간 가치관의 차이로 형성된 마찰과 갈등에 적용해본다. 부부의 관계는 언제든지 그 인연이 끊어질 수 있다. 사랑과 신뢰로 엮어져 있지 않으면 언제든지 남이 될수 있는 사이다. 그만큼 더 노력하고, 희생하고, 배려해 주지 않으면 관계는 견고히 유지되기가 어렵다. 인간의 인연도 여왕벌과 일벌의 의리에서 그 지혜를 찾아보면 좋겠다.

마지막으로 벌의 태생에 대한 비밀이다. 인간도 태어날 때부터 금수저, 흙수저 운운하며 신분이나 환경에 대한 차별 이야기가 아직도 논란이 되는데 꿀벌의 세계도 마찬가지라 한다. 벌이 태어난 지 한 달 안에 어떤 먹이를 선택해 주느냐에 따라 신분의 차이가 생긴다고 한다. 로열젤리만 계속 먹이면 여왕벌로 자라나고 그냥 꿀을 먹이면 일벌이 되는 것이다. 곤충의 세계에서도 태생과 사회적 환경에 따라 많은 부분 영향받는 것을 무조건 부인만 할 수 없어 약간 씁쓸하기도 했다. 어쨌든 꿀벌 흥미로운 곤충이다.

인생은 역도다

2004년 올림픽 때보다 그녀는 더 성숙하고 여유롭게 보였다. 물론 2년이라는 시간 동안 자기 자신과 외롭고 혹독한 훈련 덕분에 생긴 지구력과 뚝심인지도 모른다. 까맣고 긴 생머리를 다부지게 올백으로 쓸어 올려 묶었다. 귀엽고 여성스러워 보였다. 언제나처럼 눈을 감고 자신만의 호흡과 긴장감으로 정신을 가다듬고 마음을 모으는 듯하다. 저 순간 그녀는 무슨 생각을 할까? 금메달을 반드시 따겠다는 결의를 다지거나, 부모님을 떠올리고 있을까? 아무 생각도 하지 않거나 아무 생각도 나지 않을 것 같다.

그녀의 도전은 지금 다시 시작됐다. 결의에 찬 비장함으로 무대에 오른 그녀는 잠시 호흡을 고른다. 허리에 찬 벨트를 풀어 다시 한번 단단히 조여 맨다. 눈빛은 날카롭게 빛나고 있다. 아주 짧은 몇 초 동안 보이지 않고 들리지도 않는 수많은 이야기와 기도들이 허공을 떠다닌다. 송진 가루를 손바닥에 묻힌다. 자꾸 배어 나오는 땀만큼이나 두렵고 긴장되는 자신을 스스로 쓰다듬는다.

얍~! 순간 그녀의 목구멍을 타고 나오는 한 마디의 기합 소리. 얼마나 많은 시간을 저렇게 자신과 싸워 왔을까. 한창 자유로운 젊은이로 지낼 저 나이에 나라를 위해, 국민을 위해, 자신의 목표를 위해, 개인적인 것을 포기하고 보냈을 시간이 떠오른다. 도전할 무게를 위해 얼마나 많은 쇳덩어리를 들었다 내려놓았겠는가. 수천, 수만 번을 들었다 내렸다 하면서도 얼마나 오랫동안 자기 안의 자신과 싸워야 했을까. 깊은 산속에서 홀로 수양하여 득도한 도인과 다를 바 없다. 어쩌면 고고한 척 자신 속에 침잠하여 뭔가 터득해가는 산속 도인들보다 깊이가 있어 보인다. 소금보다 짠 땀과 눈물을 흘려가며 오늘에 선 그녀가 경건해 보인다. 우리는 잠깐 환호하고 관심을 가지다 말겠지만, 그녀는 훈련 시간의 무게에 모든 인생을 걸었다.

우리 삶의 무게도 저러하리라. 무수히 많은 삶이라는 무게의 역도를 들었다 내렸다 하며 살고 있다. 오늘은 좀 가볍게 내일은 좀 더 무게를 올려야 하나 고뇌하면서 매일 삶에 기합 소리를 넣는다.

역도선수 장미란 그녀를 보며 난 인생을 읽는다. 그녀의 앙다문 입매에서 가야 할 삶의 길을 만난다. 그녀의 반짝이는 두 눈에서 삶의 희망을 본다. 그녀가 야무지게 동여매던 벨트의 단단함에서 삶이 주는 목표를 세운다. 그녀의 당찬 기합소리에 세상은 끊임없이 도전하고 살아 볼 가치가 있음을 깨닫는다. 감동의 전율을 느낀다. 삶이란 그렇게 정해진 무게만큼 들어 올릴 수도 있고 실패할 수도 있지만 포기는 하지 않는다.

그녀가 시합 후 인터뷰에서 말했다.

"그 중국 선수에게 두 번 이겼으니 한 번 질 때도 있지요"

그렇다. 인생은 저토록 아름다운 것이다. 항상 이길 수 없듯이 져 줄 수도 있는 것이다. 내가 짐으로써 상대 중국 선수가 행복했다면 그것조차 여유롭지 않겠는가.

인생은 역도다. 무수한 삶의 무게를 들었다 놓았다 하면서도 도전의 끝이 없다. 목표만큼 무게를 들어 올릴 수도 실패할 수도 있지만, 그것이 끝이 아님을 알고 있다. 다시 허리띠를 조여 매고 땀이 나는 손비닥에 송진 가루를 묻힌다. 얍~ 하는 뱃속 저 밑바닥의 소리를 토해내며 무대로 걸어간다. 헤드라이트 앞에 놓인 저 들어올려야 하는 삶의 바벨의 무게를 향해서 말이다. 인생을 사는 동안 우리의 도전도 계속될 것이다.

우리가 먼저 승희에게 손 내밀었어야

"우리가 먼저 승희에게 손 내밀었어야…."

버지니아 공대 총기 난사 사건의 33명의 추모석 앞에서 버텍대학 경영학과 3학년 학생이었던 로라 스탠리라는 여대생이 쓴 편지의 일부다. 몇 해 전 미국에서 발생했던 충격적인 총기 사건이다. 대한민국은 나라 전체가 잠시 살인마의 부모와 형제가 된 양 수치심으로 가득차 있었다. 한국과 미국이라는 국가의 다른 관점의 가치관 차이와 미국의 개인주의적 견해에도 분노는 가라앉지 않았다. 집단 살인과 자살의 사건이 주는 충격적 결말에 대한 분분한 해석과 다양한 논의로 요란했다. 흥분이 가라앉은 사건은 사회가 그를 완전히 방치했다는 동정론으로 초점이 '광신적 살인마'에서 한 '인간' 자체로 여론이 형성되고 있다.

로라 스탠리라는 여대생의 편지를 읽으며 생각에 잠긴다. 수렁에 빠져 살려달라고 외쳤지만 아무도 오지 않아 며칠, 몇 달, 몇 년을 갇혀 지냈다고 생각해보라. 승희가 그런 상황이었을 거라고 한다. 그러나 누구나 소외된 환경에서 집단 살인을 계획하지는 않는다. 그를 탓하기 전에 우리가 그에게 도움의 손길을 뻗치지 않은 걸 뉘우쳐야 하는지 혼란스럽다. 용서와 포용이 답인가 도저히 용서할 수 없는 끔찍한 살인마로 기억하는 게 답인가.

흥미로운 것은 얼마 전 SBS 방송 〈그것이 알고 싶다〉에서 긴급하게 만든 이 사건의 전말에 대한 내용 중에 이런 게 있었다. 경찰청 소속 범인 심리학자인 한 법의학자의 인터뷰 내용이다.

"조승희가 기숙사에서 옛 여자 친구를 포함해서 2명을 사살한 후 2시간 동안의 행방을 추적해 보면 그는 기숙사로 돌아와 DVD를 만들었다. 육성으로 메세지를 녹음하는 일련의 과정들이, 캠퍼스 밖에 있는 우체국에 가서 DVD를 방송국에 보낸 과정들이, 심리학적으로 볼 때 누군가가 나를 알아봐주기를, 얼른 본인을 찾아 2차 범행을 하지 못하도록 시간을 준 것일 수 있다는 분석이다."

다시 말하면 철저하게 소외되고 방치된 한 인간이 보여 주는 마지막 관심이나 어리광같은 행동일 수 있다는 해석이다. 어린아이도 관심을 끌기 위해 심하게 떼를 쓰거나 상상 이상의 엉뚱한 사고를 치지 않는가. 비슷한 심리라는 것이다. 그만큼 조승희는 철저히 소외되었고, 자신을 심하게 자폐적으로 가두었다. 이런 악순환의 고리가 하나의 광신적 살인극으로 끝을 보았다는 해석이다. 추측성에 불과한 한 법의학자의 견해에 나는 순간 멍해졌다.

2시간의 행방이 그런 인간의 심리로도 분석해 볼 수 있는 것에 놀랐다. 조승희라는 이름은 영원히 희대의 집단 살인 사건으로 미국 역사의 한 페이지로 남을 것이다. 한국계 미국인이라는 사실만으로 한국의 역사에도 한 페이지를 장식할 것이다.

범죄는 어떤 이유로도 용서되거나 미화될 수 없다. 다만 소심하고 내성적인 한 '인간'이 끔찍한 광신적 살인마로 병들어간 소외된 환경과 이웃의 무관심에 잠시 머리 숙여 묵념한다. 넓은 의미의 용서와 포용을 해보려 한다. 제2의, 제3의 조승희가 탄생되지 않으려면 우리 모두의 근원적인 인간애와 따뜻한 심성의 사랑을 깨워 주변을 살펴볼 일이다. 미국의 총기문화가 준 재앙인지 한국 사회가

밀어낸 교육을 위한 이민의 결과인지 무엇이 되든 책임보
다는 용서가 필요한 사건인 것 같다.

익명의 이중성

익명(匿名)은 말 그대로 자신의 본래 이름을 숨긴다는 뜻이다. 아주 오래전 일이지만 처음 인터넷을 접하였을 때 아이디(ID)라는 용어가 낯설었다. 그랬던 아이디가 이제는 나의 표식이 되어 다양하게 사용되고 있다. 처음엔 거슬리고 어색했지만, 영어 혼합형 아이디가 곧 편리하고 익숙해졌다. 언제부터는 오히려 실명을 밝혀야 하는 사이버 공간은 불편하게 느껴지기도 하였다. 무의식적으로 저항 없이 받아들인 인터넷 시스템에 완전히 길드는 순간이었다.

얼마 전 꽤 알려진 젊은 여가수와 탤런트가 갑자기 목을 매 자살을 했다. 한참 동안 매스컴이 떠들썩했다. 자살 원인에 대한 이유도 분분하였다. 그럴 때마다 빠지지 않고 나오는 이야기가 인터넷 리플에 대한 추측이다. 악성 댓글이라 칭하는 공격적이고 악의적인 인신 공격형 댓글이다. 연예인이라는 대상에 대한 호기심을 넘어 인격적인 폄하와 모욕도 거침없이 뱉어낸다.

익명성을 가진 댓글은 지금도 끊임없는 논란거리가 되고 있다. 나를 숨길 수 있다는 은밀함과 자유로움이 주는 부작용인 셈이다. 점점 실체보다는 그 거짓된 정보와 허상에 집착하게 한다. 나를 드러냄에 점점 소극적이고 무력한 존재를 만들어낸다. 청소년에 국한되는 정서의 문제가 아니다. 보이지 않는 무수한 은둔자를 양성해내는 사회적이고 국가적 문제가 되고 있다. 최근에는 정치적인 이유인지 이런 사회적 논란 때문인지 인터넷 댓글이 일부 금지된 것으로 알고 있다.

익명성을 좀 더 확대해석하면 결혼 전까지 당연히 불렸던 내 이름도 결혼 후에는 홀연히 사라지기 시작했다. '아가야' '형수님' '올케' '새언니' '계수씨' '형수님' '○○엄마'……. 심지어는 당연한 '아줌마'까지 끊임없이 생산되는 내 이름의 재활용에 적응하는 게 처음엔 쉽지 않았다. 다른 의미의 아바타이자 주체이기에 나름의 자부심은 있다. 그러나 마음 한구석 존재에 대한 공허함이 남아있다. 호칭으로 계속 불리고 있었지만, 실명이 지니는 주체적이고 독립적인 의미의 이름은 아니다.

　나는 문학을 통해 이름을 다시 찾은 셈이다. 진정한 의미의 실명이다. 내가 쓴 작품 밑에 배치함으로써 그 글을 책임져야 한다는 무게감을 느낀다. 익명이 주는 나를 숨길 수 있는 적당한 은밀함과 자유스러움이 조금씩 불편해지는 이유다. 나 역시 인간일진대 철저히 내 이름 석 자로만 살 수는 없다. 감추고 싶고 밝히고 싶지 않을 때도 있다. 삶 자체가 길 한 가운데 홀로 서 있는 것 같은 외롭고 두려운 것임을 안다. 더욱이 이름 석 자 당당히 세우고 살기는 더욱 허무맹랑함도 안다. 그러나 내 이름 석 자로 당당하게 나를 알리고 표현할 수 있어야 한다. 이름의 익명성에서 벗어나 솔직한 나를 자신 있게 찾아가야겠다.

자살 사이트

　내가 사는 아파트 앞 동에서 19살짜리 재수생이 투신 자살을 했다. 월요일 아침이라 여느 때보다 유난히 분주했던 부엌 앞 창문으로 '툭'하는 둔탁한 무게가 느껴졌다. 동시에 본능적으로 불길한 공포가 온몸을 훑고 지나갔다. 소스라치는 놀라움도 잠깐, 무엇이 이 소년을 이른 아침부터 죽음으로 몰고 가야만 했는지 궁금했다. 왜 하필이면 늘 까치가 날아와 울어 대던 그 나뭇가지를 부러뜨리며 작은 날개를 꺾었는가 말이다.

　잠시 소란스러웠다. 119의 사이렌이 잠시 아파트의 아침을 흐트러놓았을 뿐이다. 차라리 내가 기대했던 구경거리와 수런거림도 없었다. 경찰차가 달려와 사건 경위를 조사하는 동안에도 아파트 앞 도로에는 출근 시간에 쫓긴 사람들의 자동차가 끊임없이 사라지고 있었다. 오가는 학생과 주민들의 표정 역시 잠깐 호기심만 나타낼 뿐 별반 특별할 게 없어 보인다. 사람이 죽었는데 말이다. 사실 놀랄 일도 아니다. 투신자살은 심심찮게 일어나는 작은 소요에 불과하다. 죽음도 특별한 것이 되지 못하는 세상이다. 열아홉 살 소년이 미술 대학을 가기 위해, 여자 친구 문제로 왜 부모와 다퉈야 했는지 아무도 알 수가 없다. 자살 말고는 다른 소통의 통로는 없었는지 궁금해하지 않는다. 의문도 슬픔도 없는 죽음은 하나의 이벤트에 불과하다. 흥미롭지도 새롭지도 않다. 죽음이 고작 이렇다.

우리 인간에게 목숨은 얼마나 귀하고 죽음은 얼마나 무겁고 힘든 주제인가. 죽음은 자연적 순리였다. 종교에서 자살은 가장 큰 죄악이고 삶이 있는 한 영원한 우리의 숙제다. 이제 현대인에게 죽음은 이제 특별한 두려움의 대상이 아니다. 이벤트다. 섬뜩하다. 요즘 인터넷을 통한 일명 '채팅'이라 일컫는 사이버 공간의 대화방은 하나의 문화다. 그런 사이버 공간에 '자살 사이트'라는 죽음을 함께 할 동호인을 찾는 사이트가 생겨났다. 실제 그곳에서 만난 젊은이들이 자살하는 기막힌 일들이 현실이 되고 있다. 더욱 안타까운 것은 그들이 아직은 세상을 제대로 살아 본 적

없는 청소년이라고 한다.

그들의 죽음을 우리는 무어라 설명해야 하나? 고생을 모르고 자란 나약한 물질 만능 세대의 비극이라고 몰아붙일 것인가. 허약한 정신과 인내심 부재만을 탓하고 있겠는가. 죽음이 죽음으로서 가치를 상실하면 삶 또한 삶으로서 그 가치가 사라진다. 생명은 어떤 경우에도 보호받아야 한다. 죽음은 최선을 다해서 맞이해야 한다. 청소년들이 특히 죽음을 두려움 없는 하나의 놀이나 반항의 몸짓으로 이해한다면 이것은 어느 부분 기성세대의 책임이다. 부모나 선생님과의 대화 단절로 막힌 미숙하고 여린 영혼의 정서는 인터넷이라는 가상적이고 비현실적인 공간을 통해 대화하고 화해한다. 가상의 공간에서 무엇이든 얻으려고 한다.

우리는 공부는 하나의 부수적 요소라고 솔직히 이야기해주지 못했다. 가치 있는 삶과 보람된 인생에 대해 제대로 말해주지 못했다. 너희들이 얼마나 아름답고 무한한 가능성을 가진 위대한 존재인가에 대해 이해시키려고 더 노력해보지 않았다. 미안하다. 삶이란 어떤 고통이 온다 해도 죽음 앞에 그렇게 쉽게 결코 굴복해서는 안 된다고 더 진지하게 이야기 해주지 못했다. 공부와 성적과 대학이 그들의 미래를 결정짓거나 핑크빛 인생을 보장해주는 듯 가르쳐야만 했는가. 땅은 작고 사람은 많은 나라이니까 경쟁만이 살길이다. 공부와 좋은 대학이 살길이라고 그들은 이해했을 것이다. 그렇지만 우리는 포기하지 말고 보듬어야 한다. 젊음이 옳다. 우리의 미래다. 청소년과 젊은 세대를 보호할 책무가 우리에게는 있다. 다음 세대의 안녕을 위해 물을 아끼고 환경을 얘기하듯 청소년들을 희망과 꿈으로 가득한 그래서 한번 살아볼 만한 가치가 있는 세상으로 이끌어야 한다. 살아있음의 감사함에 대해, 죽음은 얼마나 경건해야만 하는지에 대해, 아직 늦지 않았다. 지금부터라도 시작하면 된다. 청소년들이여! 힘과 용기를 내봐. 무서울 게 없는 위대하고 더없이 귀한 존재임을 잊지 말자.

4부

국제시장

우리의 삶에 녹아있는 '인생'이란 어떤 이야기들일까. 어렸을 때 특히 엄마에게 자주 들었던 말이 "내가 살아온 이야기를 글로 쓰면 소설이 몇 권인지 모른다"라는 거다. 21세기를 사는 요즘 세대는 상상조차 할 수 없는 파란만장한 삶의 어두운 굴곡들이 우리의 윗세대에는 분명하게 있었다. 장년층이 된 우리가 부모 세대가 살아왔던 영화나 드라마 속 이야기에 마음으로 뭉클하게 공감하는 것은 우리도 그들의 격랑 속에 함께 숨 쉬고 있었기 때문이다.

영화의 시작은 6·25 전쟁 당시 중공군의 공격으로 피란을 떠나는 피란민들로 인해 아수라장인 흥남 부두에서 시작된다. 우여곡절을 거쳐 퇴진하는 미국 군함에 힘겹게 올라타게 된 피란민과 주인공 덕수(황정민 분)의 가족들, 그

과정에서 등에 업었던 여동생 막순을 놓치게 된다. 막순이를 찾으려고 배에서 다시 내린 아버지, 그리고 생이별. 그 시절의 이별은 특별히 애달파할 일도 아니었다. 너무 많은 이별과 죽음, 손을 놓쳐버린 부모 형제와 생이별, 부부 간의 이별 등 한가롭게 슬퍼할 틈도 없이 생존이라는 환경 안에서 무념하게 흘러가야 했다. 이곳이 현실인지 꿈인지 정신을 가다듬기도 전에 굶주림과 가난의 시간은 무감각하게 속절없이 흘러가는 것이다. 그 시절 삶이란 하루하루의 비루함과 처절함조차 사치스러운 몽상에 불과한 것이었다.

이북에 아버지와 여동생 막순이를 남겨 둔 채 고모가 있는 부산 피란민촌에 정착하게 된 덕수는 동생을 놓쳤다는 자책과 상처로 마음이 괴로움으로 가득하다. 와중에도 장남으로서 아버지를 대신해 어머니와 동생들을 책임져야 하는 막중한 책임감에 슬퍼하거나 불평할 틈이 없다. 구두 닦이와 모진 막노동의 시련을 견뎌내며 청년으로 성장해 간다. 황망한 가운데서도 삶은 살아지고 시간은 빠르게 흘러간다.

남동생이 서울대학교에 입학하게 되면서 가장으로서 삶의 무게는 더욱 그를 짓누르지만, 희망의 끈을 놓치지 않는다. 덕수에게는 엄마를 지켜내고 동생들을 보살피며 언제 돌아오실지 모르는 아버지와 약속이 있기 때문이다. 동생의 대학 입학금 마련과 공부 뒷바라지를 위해 독일에 광부로 이역만리 길을 떠나는 덕수. 그곳에서 만난 간호사 영자(김윤진 분)는 타국에서의 외로움과 고달픔을 달래준 첫사랑이다. 덕수가 갱도가 무너지는 사고로 인해 생사의 갈림길에 섰을 때 두 남녀는 서로가 사랑하고 있음을 확인한다. 하룻밤의 만리장성으로 아기가 생겨버린 두 청춘 남녀는 천생연분 부부가 되어 한국으로 돌아온다. 또 억척스럽게 살아간다. 삶은 또 그렇게 행운처럼 어느 때는 무던하고 덤덤하게 흘러간다. 선장이 꿈이었던 그는 해양대학교의 합격통지서를 받고도 가족을 위해 또다시 기술 근로자로 타국 베트남 전쟁터로 떠난다. 전쟁터에서 아찔한 생사의 고비를 한 번 더 넘기고 그는 오른쪽 다리에 의족을 차고 귀국한다. 산다는 게 뭘까? 영화를 보는 내내 설명할 수 없는 통증이 가슴을 찌른다. 슬픔과 비애 비슷한 무거운 감정들이 솟구쳐올랐다.

영화는 1984년도에 전 국민을 울리고 대한민국을 흔들어 놓았던 '이산가족찾기'를 집어넣었다. 스크린 화면 속이지만 지금 보아도 가슴이 먹먹해지는 영상은 민족의 아픔과 상처를 고스란히 드러내 보이며 온 국민의 눈물 바람을 일으켰다. 세계적인 관심을 받으며 매일 매 순간 이산가족들의 상봉 장면은 전국으로 생방송 되었다. 대한민국을 눈물바다와 감동의 도가니로 몰아넣었다. 흥남부두에서 놓쳤던 여동생 막순이와 극적 상봉을 통해 이 영화는 주인공 덕수에게 삶의 눈물겹고 지난했던 시간을 보상해주는 듯하다. 그가 살아온 피눈물 나는 파란만장한 삶에 대한 작은 위로와 경의를 표하는 마음으로 영화는 그를 보듬는다.

부모들과 그 윗세대의 삶은 참 위대하고 경건하다. 일본강점기와 해방, 6·25전쟁과 남북분단, 돈을 벌기 위해 서독으로 떠난 광부들과 간호사들, 베트남 전쟁, 이산가족 찾기 등 비극적인 삶의 연속이다. 이 영화가 7080세대에 눈물로서 공감되는 데는 이유가 있다. 우리의 아버지이고, 우리의 어머니이기 때문이다. 영화 장면 속에 실존하는 인물들 역시 우리와 동시대의 삶을 함께 살아가는 사람들이다. 영화적 재미를 위해 등장하는 인물이지만 정주영 회장, 디자이너 앙드레 김, 가수 남진과 나훈아, 천하장사 이만기 등 모두 지금 현재를 사는 우리의 모습이다. 격동의 시대를 함께 지나온 산증인들이다.

사람이 살면서 일생에 한 번 겪을까 말까 한 일들을 모두 겪어내는 영화 속 덕수를 바라보기가 조금 버거웠다. 그러나 그게 우리 아버지와 어머니들의 삶이었음을 부인할 수 없다. 이 영화는 그때 그 시절의 모진 삶을 굳건하게 살아오신 평범한 아버지들에게 특별하게 바치는 오마주라고 말하고 싶다. 관객 수가 800만을 넘어 곧 1000만을 예상한다는 것은 무엇을 의미하는가. 그 시절의 회한을 안고 보러 오시는 부모님들과 그들의 삶과 무관하지 않게 엮여 있는 7080 세대의 공감이 큰 이유이기도 할 것이다.

사진작가 '최민식'이 피란 시절 부산에서 찍었던 작품 속에 등장하는 자갈치 시장의 어린이와 흑백사진의 주인공들을 모티브로 한 인물 군상이 영화의 배경에 사실적으로 등장한다. 외발 다리의 신문팔이 소년, 굶주린 어린아이들, 짐꾼의 풍경 등이 눈물겹다. 영화가 갖는 무겁고 절절한 삶의 무게에도 웃음과 감동을 잘 버무려 넣으려는 애쓴 흔적이 곳곳에 배어있다. 젊은 세대에게 그 시절 삶의 감동을 강요할 필요는 없지만, 세대를 아우르며 가족이 함께 보면 좋을 영화다. 그 시절을 헤쳐나오신 모든 부모님, 애쓰셨습니다. 사랑합니다. 당신들은 위대합니다.

〈윤제근 감독, 2014〉

거인

가슴이 먹먹하고 오히려 담담하다. 세상은 늘 이렇게 우리를 시험하고 힘든 문답을 던져놓고 무정하게 고개를 돌려버린다. 나는 우선 〈거인〉이라는 이 영화의 제목이 궁금했다. 17살의 주인공 영재(최우식 분)와 28살의 김태용 감독이 만들어 낸 영화는 가슴이 터질 듯 영재의 삶의 무게가 느껴져 상영시간 내내 가슴을 짓누르는 답답하고 먹먹한 기분을 내려놓기가 어려웠다. 살얼음 위를 건너는 듯 위태로웠다. 조바심으로 손바닥에 땀이 배었다. 온몸이 저리는 상처투성이의 감정들을 침착하게 담담하게 받아들이기 어려웠다.

열일곱 살의 영재는 무능하고 무책임한 아버지와 병들어 아픈 엄마, 부모의 합의하에 버려져 집을 떠나게 된다. 다른 몇몇 청소년들과 함께 복지시설에서 자활꿈터 생활을 하는 고등학교 남학생이다. 그는 다른 아이들에 비해 약삭빠르고 눈치가 빨라 원장부부의 가장 큰 믿음과 혜택을 누리는 안정적이고 모범적인 학생이다. 이면에는 사회 각지에서 조달된 기부 물품을 몰래 훔쳐 팔아먹기도 하고 친구에게 억울한 누명을 씌우고도 모른 척하는 이중적인 생활을 하는 비행 청소년이기도 하다. 부모로부터 버림받고 정착한 시설에서도 열일곱 살이 되면 나가야 하는 위기상황에서 어떻게든 이 질서 속에서 살아남으려고 안간힘을 쓴다. 영재에게 있어 신발을 훔쳐서 판다거나 거짓말을 한다거나 친구를 고발한다거나 하는 것들은 양심의 가책을 가질 이유가 되지 못한다. 그에게 그 모든 것들은 생존이며 삶의 이유이니까. 단지 오랫동안 쫓겨나지 않고 살 수 있는 집에 머물 수 있기를 바랄 뿐이다. 성인이 되어 성공하면 언제든지 돌아갈 가족이 있는 집을 꿈꾼다. 늘 신학대학에 가서 신부가 되겠다고 자신에게 다짐하며 모든 이들을 거짓으로 설득하지만, 막상 자신이 왜 무엇 때문에 신부가 되려고 하는지에 대한 의미나 이유를 알 수는 없다.

이쯤에서 나는 이 영화의 제목에 대한 의문을 풀기로 했다. 마음의 먹먹함으로 막중하게 느껴지는 〈거인〉이라는 제목이 왜 이들에게 필요했으며 오히려 적합하게 느껴지는지를 알 것 같기 때문이다. 무기력하고 파괴적인 가정과 사회는 아무런 양심의 가책이나 작은 미안함도 느끼지 않고 가족의 단위를 아주 쉽게 해체해버린다. 서로가 공생하는 악어와 악어새의 관계처럼 이제 가정은 필요충분의 구조가 아니다. 언제든지 해체하고 분산시킬 수 있는 무력한 단위가 되어 버렸다. 영재가 그토록 상처와 절망의 시간 속에서도 고통스럽게 품으려고 했던 것은 가족의 의미였다. 비록 무능하더라도 가족의 최소 기본구성인 아버지와 남동생을 어떻게든 함께 살게 해보려는 것은 영재가 다시 돌아가야 할 희망이기 때문이다. 마지막 보루처럼 남겨두고 의지하려는 동아줄인 것이다.

나는 대학 시절 4년 내내 보육원 봉사활동을 정말 가슴 뜨겁게 열심히 했다. 그 당시 사회복지 시설은 대부분이 고아원의 형태였고, 생활하는 원생들은 대부분 실제 고아인 경우가 많았다. 그때도 부모가 이혼하며 가정의 해체에 따라 맡겨진 아이들과 미혼모의 원아들도 있었지만 극히 적었다. 정기적으로 방문하여 아이들과 함께 먹고, 놀고, 공부도 가르치고, 목욕도 시켜주고, 운동도 함께 했다. 영화를 보는 내내 영재를 보는 내 마음이 그 당시 아이들을 보는 듯 안타깝고 안쓰러워 가슴이 먹먹했다. 여담이지만 영재를 보면서 그 당시 작은 소동 하나가 떠오른다. 우리는 사춘기를 겪고 있는 중학생들과 몇 명의 고등학생들의 진학 상담도 하고 입시 공부도 가르치고 했다. 원생 중에 열일곱 살의 영수(가명)는 공부도 잘하고 워낙 모범적이라 장래가 촉망되는 희망이자 기대주였다. 보육원의 모든 이들의 관심을 한 몸에 받았다. 유일하게 대학생을 꿈꾸는 키가 작고 말수가 없는 소심한 성격의 남학생이었다. 하루는 원장님이 대학생 봉사자 모두를 긴급하게 호출했다. 모두 잠든 새벽에 여학생 방을 교묘하게 침범하여 성추행하려던 원생을 잡고 보니 놀랍게도 바로 영수라는 것이다. 그때의 놀라움이라니.

결국 남동생마저 그룹홈 시설에 보내려던 아버지로 인해 영재는 세포 구석구석까지 퍼져있던 상처와 서러운 분노를 자해를 통해 폭발시킨다. 슬픈 영혼의 가슴 저림을 어떻게 껴안고 치유해줘야 할지 속상하고 슬펐다. 함께 생활했던 그룹홈 룸메이트까지 궁지로 몰아넣으면서 영재가 지키고자 했던 것은 무엇이었을까. 복지시설 원장의 발 밑에서 울부짖으며 영재가 지키려고 했던 것은 무엇이었을까. 친아버지로부터 버림받고 또다시 버림받을지 모른다는 불안함과 두려움이 빤질빤질 세상 때가 묻어가는 영재를 만들었다. 그에게 윤리적 도덕적 잣대의 이성적 판단 기준을 들이대면 안 되는 이유다. 영재는 마지막으로 남동생에게 자신이 입고 신던 신발과 생필품을 전달해주고 지방의 또 다른 시설로 떠난다. 동생에게는 아빠와 울지 말고 잘 버티라는 격려의 말을 던지고 돌아서는 영재의 눈물을 마주하며 왜 영재가 〈거인〉이며 앞으로 〈거인〉으로 성숙해지며 살아갈 것인가에 대한 해답을 찾을 수 있었다. 가슴이 먹먹해지는 영화다.

남자주인공 영재역의 배우 최우식은 '올해의 배우상'을 수상했을 정도로 탄탄하고 깊은 울림을 주는 연기력을 보여주었다. 부산 영화제 개막 당시 이미 전회 전 좌석이 매진되는 기염을 토했던 영화라 이미 기대가 컸었음에도 기대 이상의 여운과 감동을 충분히 남겨준 영화다. 28살의 새파란 감독 김태용의 향후 행보가 더욱 궁금해진다. 감독 자신의 자전적 영화라고 한다. 자신의 영화를 통해 특히, 최우식(영재) 방식의 연기를 보면서 상처를 치유해갔다는 인터뷰를 듣고 치유로서의 문학, 영화, 음악, 미술 등 예술의 위대함을 다시 느껴보는 시간이다.

〈김태용 감독, 2014〉

기화

평소에 시간이 나면 독립영화를 즐겨 보는 편이다. 바쁜 일상 때문에 자주 보기가 쉽지는 않다. 대부분 한정된 아트 전용 극장에서 상영한다. 상영시간도 하루에 한두 번으로 제한되어 있어 기회를 놓치는 경우가 많다. 이 영화 역시 저예산 독립영화로서 고군분투하며 관객들이 많이 찾아 봐주기를 눈 빠지게 기다리고 있었다. 영화는 내가 관람했던 날짜를 기준으로 관람 총관객 수가 730명으로 집계되어 있었다. 곧 영화관에서 막을 내릴 것이다. 상업적 경제 논리와 대중적 인기에 밀려 이토록 아름답고 가슴 찡한 영화가 1000명(총 822명 집계)도 관람을 못 하고 막을 내린다는 게 가슴 아프다. 열정과 재능으로 똘똘 뭉친 가난하지만 패기만만한 젊은 영화예술인들을 보면 진심으로 박수와 격려를 보내고 싶다. 참고로 내가 관람한 날 극장 안 관객은 13명 정도였다. 모두 힘내시길!

이 영화는 화면 속 영상이 참 소박하고 편안하게 느껴지는 로드무비다. 등장인물부터 예사롭지 않다. 우리들의 소시민, 일명 찌질이라 불리는 그늘진 골목처럼 눈에 띄지 않는 사람들이다. 영화 속 세 주인공의 면면은 이렇다. 스포츠 도박이나 사기와 절도 전과 5범으로 점철된 한탕주의의 무기력하고 개념 없는 아빠 희용이(홍희용 분), 옷차림부터 시대에 역행하는 촌티와 순수함을 지닌 의리 있고 인정 많은 희용의 고향 선배 승철이(백승철 분), 살인죄로 교도소에 4년 동안 복역하고 막 출소한 희용의 아들 기화(김현준 분), 이들 세 주인공은 통영을 향해 일생의 처음이자 마지막인 즉흥 여행을 떠난다.

희용을 중심으로 엮어가는 이야기의 흐름을 따라가다 보면 특별하게 도드라지거나 불편한 극적 갈등 없이 세 사람 모두의 과거와 현재를 유추할 수 있다. 나이를 먹으면 철이 든다는 말이 희용이의 삶을 보면 틀린 말인 것 같고, 희용의 아들 기화를 보면 맞는 말 같다. 세상 상처 없는 영혼이 어디 있을까 싶지만 가끔은 삶이 참 가혹하고 불공평하다고 느껴질 때도 있다. 아버지의 부재로 아버지를 배우지 못하고 아버지가 되어버린 기화 아버지 희용. 부탄가스 마시고 노름하고 사기 치는 희용이는 아들에게 사랑을 나눌 줄 모른다. 방법을 모른다. 사랑을 준다는 게 어떤 것인지 받아본 적이 없으니까. 늘 일정한 거리를 유지하고 기화를 살피지만 쉽게 다가가지 못한다. 영화 안에서 나는 그 감정이 그대로 느껴져 정말 마음이 아팠다.

휜칠하게 잘생긴 기화의 반항적 이미지는 어떤 짓을 해도 밉지 않다. 기화 역시 사랑을 받아 본 적이 없으니 당연히 사랑을 줄 수 없다. 어떤 게 사랑인지 미움인지 분간을 못 한다. 사랑의 감정이 뭔지 모른다. 기화의 눈빛에서도 희용에게 느꼈던 똑같은 숨겨진 감정을 나는 보았다. 그런 두 사람 사이를 조율해주는 고향 선배 승철의 활약이 매우 크다. 왜소한 체구에 여자만 보면 침을 흘리지만, 마음만은 진국인 승철이 없었다면 통영으로의 여정은 불가능했다. 우리네 인생에 이런 따뜻한 인간을 선후배, 혹은 친구로 두었다면 꽤 괜찮은 삶을 산 것이리라.

로드무비는 스크린 속 카메라 동선이 시공간 안에서 인물들과 계속 함께하기 때문에 산만하거나 지루할 수도 있다. 그런데도 소소하고 재치있는 웃음 코드와 말재간을 곳곳에 장치해두어 맛깔나는 장면이 많다. 사계절 내내 털목 도리를 하는 희용이와 승철의 시대착오적 촌티 의상, 기화의 때 묻은 교복 등 의상 소품에서도 고심했을 연출 의도가 보인다. 이 영화는 18세 이하 관람 불가 판정을 받은 가스흡입과 성 매춘 등 노골적인 장면들이 있다. 고단하고 비루한 그들 삶의 슬픔과 사연을 표현하기 위해서다.

고향 근처에서 만난 앳된 티켓다방의 성매매 아가씨를 수렁에서 잠시 구해주면서 이들 여행은 더욱 활기차고 자유롭고 행복하다. 희용의 중독적 가스흡입의 이유도 알게 되고 기화가 왜 살인을 했는지 그 진실도 알게 된다. 여행은 모든 속박에서 벗어나 자신을 벌거벗겨 치부를 보여주는 고백의 용기를 주기도 한다. 세상의 때와 슬픔이 몰려오기 전의 천진난만한 어린아이로 돌아간 듯 아이 같은 어른의 웃음소리에 나도 함께 참 행복했다. 벌거벗고 헤엄을 치는 두 성인 남자의 알몸에서도 치기 어린 호기심보다는 흐뭇한 미소가 나왔다. 노숙자 할아버지의 밝아진 표정과 생기발랄한 여자애의 티 없는 모습들을 통해 우리가 살아가면서 순수한 처음을 간직하는 게 얼마나 어려운 일인가를 생각했다. 개인적으로 영화에서 가장 아름답게 빛나는 장면은 강가에서 물장구치며 노는 장면이다.

우여곡절 끝에 도착한 아름다운 풍광의 통영은 많은 비밀을 간직하고 있는 곳이다. 왜 희용이 그토록 통영에 가야 한다고 떼를 썼는지 모든 실마리가 한꺼번에 풀린다. 희용의 아들 '기화'의 이름이 왜 '기화'였는지도 결말 부분에서 영화는 작은 반전을 선사한다. 가장 극적이고 가슴 아픈 영화의 명장면은 희용의 임종 장면이다. 위암의 마지막 발작으로 피투성이가 된 희용이 건네주는 피 묻은 돈뭉치를 집어 던지며 오열하는 기화. 내가 원하는 것은 돈다발이 아니라 아버지 당신이고 한 달이라도 같이 살아보는 거라고 울부짖는 장면은 다시 봐도 가슴이 먹먹해진다. 고통스러워하는 희용을 위해 아들 기화가 뛰쳐나가 사가지고 온 부탄가스 한 통이 바닥으로 떨어질 때, 내 가슴도 함께 땅바닥으로 내동댕이쳐졌다. 기화의 오열은 정말 처절했다. 관객들의 마음을 후벼 파며 함께 울지 않을 수 없게 진하고 슬펐다.

우리는 누구나 이 세상에 태어난 이상 죽음을 맞이한다. 수많은 누군가의 특별한 죽음도 곧 일상이라는 삶 속에 묻혀 잊힌다. 죽은 사람은 죽고 산 사람은 또 살아간다. 그러나 사라졌다고 해서 잊힌 것은 아니다. 이 영화가 관객에게 전하고 싶어 하는 이야기다. 영화의 제목 '기화'는 여러 가지의 의미 내포하고 있다. 가족이라는 이름으로 만난 우리는 영화 속 주인공들처럼 결코 잊히거나 사라지는 존재가 아니라 마음에 남아 함께 존재한다.

영화를 만든 문정윤 감독과 열연한 배우들의 열정과 정성이 그대로 보여진 영화다. 이런 영화를 1000명도 관람하지 못하는 현실, 홍보 부족과 영화에 대한 관객들의 감식안 부족 등 아쉬움이 많았다. 이 영화에 참여한 감독과 배우를 포함한 모든 스텝들에게 진심어린 박수를 보낸다.

〈문정윤 감독, 2015〉

내일을 위한 시간

　우리는 늘 어떤 판단과 선택의 기로에 서 있다. 그것이 나를 위한 나의 문제일 수도 있고 나와 직결된 타인의 문제일 수도 있다. 어느 날 갑자기 직장동료인 누군가에게 거절하기 힘든 제안을 받는다면 우리는 어떤 선택을 해야 할까. 반대로 우리가 누군가에게 정말 간곡하고 절절하게 그의 희생을 답보로 무언가를 간곡하게 부탁해야만 한다면 어떨까. 희생이 그나마 가능한 혈연으로 엮인 가족이 아닌 정말 나와 아무런 상관도 없는 타인에게 말이다.

　병가를 내어 휴직하고 있던 주인공 산드라(마리옹 꼬띠아르 분)는 한 통의 전화를 받는다. 복직을 앞두고 열여섯 명의 직장동료들이 천 유로씩의 보너스를 받는 조건으로 그녀의 복직을 반대한다는 것이다. 다행스럽게도 그들의 부당한 투표과정이 인정되어 재투표의 기회를 얻게 되지만 그녀에게 주어진 시간은 이틀의 낮과 밤뿐이다. 그녀에게는 아주 간단하게 현실을 받아들이고 복직을 포기하는 방법과 자신의 복직을 위해 공정하게 재투표해줄 직장동료들에게 호소하는 방법이 있다. 후자는 이미 보너스를 받기로 한 열여섯 명의 직장동료를 일일이 찾아다녀야 한다. 나름대로 개인적 힘든 사정이 있는 그들의 보너스를 포기하고, 자신의 복직에 찬성표를 던져 줄 것을 설득하고 부탁해야만 한다.

하루에도 몇 번씩 신경 안정제를 먹으며 불안과 두려움으로 수시로 울기만 하는 샌드라는 극도로 예민해져 우울증까지 겪고 있다. 그녀는 이미 상실된 자존감과 엄청난 스트레스로 시작도 하기 전에 지레 포기하고 주저앉고 싶다. 그러나 실직은 곧 그녀에게는 대출금을 갚을 수 없는 현실적인 경제문제다. 그냥 당할 수만은 없는 진퇴양난의 문제이다. 남편 마누(파브리지오 롱기온 분)의 격려와 친한 동료 줄리엣(캐서린 살레 분)의 도움으로 드디어 그녀는 일생일대의 용기와 자존감의 총대를 메고 열여섯 명의 직장동료를 설득하기 위해 그들을 찾아 나선다. 그들에게 천 유로는 큰돈이지만 나는 실직하는 것임으로.

이 영화의 매력은 여러 가지에서 찾아볼 수 있다. 2014년 칸 영화제 경쟁부문 진출과 영화제 최고의 화제작이라는 명성 때문만이 아니다. 이미 이 시대의 마스터로 인정받은 '다르덴' 형제 감독의 신작이라는 것과 프랑스 출신 대표 여배우 '마리옹 꼬띠아르'가 주연을 맡았다는 것부터가 화제였다. 반응은 역시 다르덴~, 역시 마리옹 꼬띠아르~ 였다. 아름다운 프랑스 여배우는 청바지 한 벌과 민소매 옷 두세 벌로 이 영화의 의상을 모두 해결했다. 자연스럽고 꾸밈없는 아름다움은 어떻게 치장하느냐의 외적인 꾸밈이 아니라, 얼마만큼 진지하고 깊이 있는 향기를 지니는가의 내적인 아름다움에 있다는 걸 다시 느끼게 해준 좋은 예이다.

영화를 보는 내내 배경 음악 하나 없는 롱테크 카메라 시선이 아주 느리고 일상적이어서 그녀와 함께 고민하고 함께 호흡할 수밖에 없다. 직장동료들을 만나 설득하는 과정에서의 단순한 동선과 반복되는 대사에는 그녀의 표정과 감정선으로 극복해야 한다. 사실적인 연기가 필요했는데 그녀의 연기는 뛰어났고 영화에 집중할 수 있게 하는 힘이 있었다. 한 명 한 명에게 같은 부탁과 설득을 해나가는 과정에서 그녀의 편을 들어주기도 하고, 자신의 사정을 이야기하며 거절하기도 하는 반복적이고 단순한 행동의 과정에서 관객들은 함께 긴장하고 함께 실망하고 함께 마음을 졸이는 신선한 경험을 하게 된다. 이것이 감독의 깊은 내공의 연출력이며 뛰어난 여배우의 연기력 덕분이 아닌가 생각한다.

그녀는 결국 과반수의 표를 얻지 못해 실직하고 만다. 그러나 영화가 이야기하려는 것은 그녀가 과반수 직장동료의 선택을 얻어 회사에 남게 되느냐에 있는 것이 아니다. 우리도 삶에서 어떤 선택을 당하기도 하고, 반대로 선택을 해야만 하는 상황에 놓이기도 한다. 나의 선택이 타인의 인생을 결정짓기도 하고 타인의 선택이 내 인생을 결정짓기도 한다. 역지사지의 성찰을 안겨준다.

반전은 영화의 후반부에 있다. 산드라는 사장에게 새로운 제안을 받는다. 회사의 정서적 안정을 위하여 직원 모두에게 보너스도 그대로 주고, 그녀도 두 달 후에 복직시키기로 했다는 것이다. 조건이 있는데 임시 계약직의 다른 직원을 재계약시키지 않음으로써 그 자리를 충당하겠다는 것이다. 자신이 쫓아가 구구절절 부탁했던 직장동료의 자리를 자신이 빼앗게 되는 것이다. 공교롭게도 재계약을 고민하던 그 동료는 자신의 복직에 찬성하는 한 표를 던져주었는데 말이다. 인생이 참 아이러니하다.

그녀는 직장동료와 똑같은 제안을 받은 셈이지만 그녀의 선택은 자신 있고 명확해졌다. 당연히 거절이다. 그런데도 그녀의 발걸음이 가볍고 힘차다.

"우리 열심히 싸운 것 맞지?"

라고 남편에게 전화하며 환하게 웃는 그녀의 뒷모습이 오랫동안 여운으로 남는다. 산다는 게 늘 남는 장사는 아니라지만 늘 밑지는 장사도 아닌 것 같다. 이 영화를 보고 난 소감이다. 누구에게나 삶은 치열하다. 제각각 의미를 가지며 타당한 이유와 가치를 지닌다. 소중하고 귀하다. 누구를 위한 누구의 삶이 아니라 나를 위한 나의 삶을 살아야 하는 것이다.

〈장-피에르 다르덴, 뤽 다르덴 감독, 2015〉

님아, 그 강을 건너지 마오

부부가 백 년을 해로한다는 이야기의 진실이 늘 궁금했다. 나 역시 남편과 결혼식을 할 때 '기쁠 때나 슬플 때나 남편은 아내에게, 아내는 남편에게 서로를 믿고 의지하며 배려하고 죽을 때까지 행복하게 살겠습니다.' 뭐 이런 비슷한 내용의 혼인서약을 했다. 남남이 만나 부부의 인연을 맺고, 자식을 낳고 키우며 세상의 파도를 헤치며 두 손 맞잡고 백 년을 산다는 게 쉽지 않음을 안다. 늘 서로를 배려하고 사랑하며 한 방향을 보고 걸어간다는 것은 더욱 어렵다. 흔한 말로 지지고 볶고, 싸우고 서로의 존재를 존중하기보다는 상처를 주고받는다. 무수히 많은 삶의 곤궁과 비루함을 함께 경험한다.

강원도 횡성의 시골 마을에는 89세의 강계열 할머니와

98세의 조병만 할아버지가 칠십육 년째 소꿉장난하는 연인들처럼 한결같이 사랑하고 서로를 보듬으며 소년 소녀의 모습으로 살고 계신다. 텔레비전 매체를 통해 이전부터 사랑스러운 노부부의 모습을 몇 번 본 적은 있다. 볼 때마다 천진하면서도 서로를 한없이 사랑스럽게 바라보고 살피는 눈길에 감탄하곤 했다. 영화 속 할머니, 할아버지의 사랑놀이란 서로 마주 보고 웃어주고, 쓰다듬고, 만져주고, 아웅다웅 낙엽 던지며 놀고, 물장난하며 놀고, 눈이 오면 눈사람 만들면서 놀고, 빗소리 들으며 놀고, 노래 부르며 놀고, 강아지 키우며 놀고, 서로 쌀 씻어 밥해 먹으며 놀고, 주거니 받거니 먹여주면서 놀고, 먹는 거 보면서 깔깔거리고 하루하루를 소풍 나온 듯 논다. 친구처럼 연인처럼 부부처럼 가족처럼 오누이처럼 순간순간이 놀라워 화면에서 눈을 떼지 못했다.

어떻게 살면 저토록 어린아이처럼 천진하고 경건하기까지 한 표정을 가질 수 있을까. 칠십 년을 함께 살면 그리 될까. 불가능한 얘기다. 영화적 장치겠지만 짝꿍처럼 똑같이 차려입은 커플 한복을 입고 두 손을 꼭 잡고 다니는 모습이 젊은 청춘들의 모습만큼 사랑스럽다. 마음 한구석 애잔하기도 한 뭉클한 감정이 동시에 일어난다.

생로병사. 그것으로부터 우리는 절대 자유로울 수 없다. 태어나 건강한 삶을 누리다가 아프고 병들어 죽음에 이르는 시간의 연속성을 영화 속 앵글은 참 잘 잡아냈다.

할아버지의 거친 숨소리와 죽음 앞에 거의 당도한 듯 괴로워하는 모습을 보면서 안타깝고 깊은 슬픔을 안고 관객도 울고 할아버지와 이별을 준비한다. 죽음을 앞두고 여섯 마리 강아지의 탄생과 '꼬마'라는 강아지의 죽음들을 통해 이 영화는 삶과 죽음의 순환을 보여준다. 아주 자연스럽고 일상적으로 죽음과 삶이 교차하며 만나는 것이다.

열두 명의 자녀를 낳아 어릴 때 병으로 여섯 명을 잃은 할머니의 한(恨)도 할아버지와 이별을 준비한다. 저승에 가면 먼저 떠나보낸 아이들을 만나 내복 한 벌씩 꼭 입히라는 말이 너무 담담해서 가슴 저렸다. 할아버지 수의를 깨끗이 빨아 의식을 치르듯 깔끔하게 의복을 준비한다. 저승에서 입을 수 있게 죽으면 태워줄 거라고 담담하게 말한다. 먼저 가 있으면 내가 곧 따라갈 테니 아이들하고 기다리라는 말, 내가 너무 늦게 가면 나를 꼭 데리러 오라는 말을 고요하게 뱉는다.

영화의 장면들은 순간순간이 인생이고 삶이고 우리들의 이야기다. 모든 것이 요란하지 않았다. 임아, 그 강을 건너지 마오. 그러나 임은 그 강을 건너 가버렸다. 무덤을 바라보며 울던 할머니의 너무나도 절절한 울음소리가 한동안 맴돌았다. 죽음은 곧 이별을 의미한다. 사랑하는 사람과의 이별, 서로 의지하고 살았던 배우자와 이별은 슬픔의 크기와 상실감이 상상하기 어려운 고통일 것이다. 건강하게 늙어감에 감사하고 함께 있음에 기쁨으로 축복하자.

배려와 존중으로 서로에게 마지막까지 고마워할 수 있기를. 죽음의 이별 앞에서도 멋지고 담담하게 보낼 수 있기를. 인생의 깊은 슬픔이 스며드는 아름답고 감동적인 영화다.

〈진모영 감독, 2014〉

마더, Mother

봉준호 감독의 영화에 관심을 가지기 시작한 때가 언제부터였을까. 아무래도 2003년 개봉되어 화제를 모으며 흥행 돌풍을 일으켰던 〈살인의 추억〉이 아닌가 싶다. 누구나 궁금해하지만 쉽게 건드리려 하지 않는 불편한 진실을 영화로 만든다는 생각이다. 그가 만들어 개봉한 영화들을 거듭해 볼수록 대단한 연출력에 참 섬세하고 독한 신경 줄을 가진 감독이라는 데 감탄한다. 알면서도 표현할 수 없었던 것, 몰라서 발견할 수 없었던 것, 느끼기는 하는데 그걸 어떻게 표현할지에 대한 보여주는 방식을 잘 알지 못할 때 한 방 먹여주는 영화 명장면들이 그렇다. 관객인 내가 철저하고 예민해서 감독의 연출 의도와 메시지를 모두 꿰뚫어 보는 혜안이 있어서가 아니다. 영화를 감상하다 보면 순간순간 다가왔다 물러서는 감정의 희로애락에 사로잡히면서 전율하기 때문이다.

〈살인의 추억〉에서 송강호가 나오는 마지막 장면은 선명하다. 늦가을, 누렇게 익어가는 벼 이삭이 바람에 쓸리며 무심하게 이리저리 흔들리는 풍경과 살인 사건 현장의 평화스럽다 못해 싸한 슬픔과 묘한 쓸쓸함에 소름이 돋았던 그 장면 역시 추억이다. 모든 것은 흘러가고, 흘러간 시간은 사라지지만 기억은 더욱 오롯해진다. 추억이 남는 것이다. 너무도 강렬해서 오히려 잊힌 것처럼 희미해져 살지만, 사실은 일부러 덮어 놓은 강렬한 추억 같은 거다.

연이어 흥행에 성공한 천만 관객의 〈괴물〉을 지나 드디어 〈마더, Morther〉가 개봉되었다. 봉준호 감독의 화제성이 풍부한 영화였기에 기대감이 컸는데 이미 매스컴을 통해 배우 김혜자의 연기는 찬사로 가득했다. 또 한 명의 주인공 원빈도 한층 성숙해져 표현하기 어려웠을 순수한 눈빛의 깊이로 충분히 제 몫을 연기했다. 영화를 감상하고 난 후 충족감 역시 매우 컸다. 역시 봉준호 감독이다.

〈마더, Morther〉이면서 〈살인자, Murder〉일 수밖에 없는 엄마, 한국 엄마의 강인하고도 징그럽기까지 한 삐뚤어진 모성애를 이만큼 끌어낼 수 있는 감독이 몇이나 될까. 엄마(김혜자 분)에게 이 세상 전부인 스물여덟 살 도준(원빈 분)은 어리숙하고 제 앞가림이 안되는 좀 모자란 아들이다. 어느 날 어떤 소녀가 살해당하고 당연히 어리숙한 동네 사고뭉치 도준은 범인으로 몰린다. 이때부터 아들을 구하기 위한 엄마의 활약은 시작된다. 처음부터는 아니었다. 경찰이든 변호사든 믿을 사람이 없다는 걸 알고부터 직접 범인을 찾아 나선다.

'아무도 믿지 마…. 엄마가 구해줄게'

그 과정에 살인을 저지른 범인이 진짜 자신의 아들 도준이라는 걸 알게 된다. 이때부터 아들을 지키기 위해 그의 살인 흔적을 지우고 알리바이를 만들기 위해 미친 여자처럼 처절하게 고군분투하는 엄마. 그는 사실 매우 평범하고 나약한 엄마다. 읍내 약재상에서 일하며 아들과 단둘이 사는 평범한 엄마였다.

우리에게 엄마란 어떤 존재일까. 누구나 엄마가 있다. 모든 엄마는 다르다. 따뜻하기도 거칠기도 사랑스럽기도 지긋지긋하기도 하다, 애증으로 가득하고 슬픔과 뿌듯함을 동시에 안겨준다. 그런 다중적인 엄마가 영화 안에서 놀랍게 변신하고 활약한다.

아들이 범인이라 몰아붙이는 사람들에게 보여주던 눈

동자가 뒤집히며 던지는 한 마디

"내 아들이 죽이지 않았어."

아들 대신 살인 누명을 쓴 지체 장애아에게 던졌던 한 마디.

"너는 엄마 없니?"

영화 속 가장 명장면은 아무래도 마지막 끝의 실루엣이 아닐까. 묻지만 관광을 떠난 관광버스 안에서의 막춤과 억새밭에서의 넋이 나간 듯, 모든 걸 초월한 듯, 춤을 추는 무아경지의 텅 빈 표정의 김혜자 연기는 압권이었다. 오랫동안 잊히지 않는 여운으로 남아있다.

산다는 게 무엇인지, 무슨 마음으로 우리는 사는 것인지에 대해 잠시 기도처럼 깊은 사색에 빠졌다. 엄마란 무엇일까.

누군가 그렇게 말했다.

"엄마는 그냥 엄마야."

"엄마니까 모든 게 가능한 거야. 엄마니까."

그래, 나도 엄마다. 신기한 건 〈마더〉에서 김혜자가 연기한 그 엄마를 이해할 수 있겠다는 거다. 저런 상황에서 나였어도 저랬을까 잠시 머릿속으로 되뇐다. 비도덕적이고 윤리적 가치와 무관하게 잠시 그 미친 모성 본능의 감정을 충분히 알겠다는 것이다.

그것만으로도 봉준호 감독은 천재 감독이란 말을 해주고 싶다. 어떤 형식으로든 인간의 본성, 모성 본능은 고귀하고 아름답지만은 않다는 것을 느끼게 해준다.

그런데도 모성 본능은 적어도 나에게 가치 있는 욕망이자 품고 싶은 본성이라는 것이다. 적어도 내가 엄마인 이상 부인할 수 없다.

〈봉준호 감독, 2009〉

먹고 기도하고 사랑하라

줄리아 로버츠 주연의 영화 〈먹고 기도하고 사랑하라〉
는 존재에 대한 정체성을 찾아 나서는 영화다. 진정한 행
복 찾기라는 주제를 아주 느리고 사색적인 화면으로 보여
주고 있다. 영화 속 주인공 리즈(줄리아 로보츠 분)는 서른한
살의 결혼 7년 차 잘 나가는 저널리스트이다. 사랑해서 결
혼했던 남편과 안정적인 결혼생활에도 불구하고 문득 사
랑과 삶에 대한 회의를 느낀다. 새로운 사람과 짧은 사랑
도 일탈 이상의 가치를 가지기엔 공허하다. 그래서 선택한
것은 자신의 진정한 자아를 찾고 정체성 발견을 위해 일
년 동안 여행을 떠나기로 한다.

이탈리아에서의 몇 개월은 강박적이고 습관적으로 갖
고 있던 다이어트에 대한 스트레스에서 벗어나는 계기가

되었다. 마음껏 피자나 스파게티 등 좋아하는 음식을 먹으며 음식이 주는 일상적인 행복과 카타르시스를 마음껏 즐긴다. 먹는다는 자연스러운 욕구에 지극히 당연한 행복감을 느낀다. 문화적 포만감에 또 다른 차원의 행복을 경험한다.

인도에서는 세계적인 명상센터 아쉬람에서 명상과 요가, 육체적 노동을 통해 존재에 대한 깨달음을 얻으려 했다. 타인을 통해 마주할 수 있었던 자신의 내면 아이를 통해 사랑과 관계 속에서 생긴 상처들을 치유한다. 알아차림을 통해 진심으로 뜨거운 눈물을 흘린다. 자신을 깊게 들여다보는 것, 마음을 비우고 내려놓는 것, 모든 집착과 굴레로부터 진정 자유로워진다는 것, 존재하는 모든 것은 끊임없이 고통스럽고 슬픔과 불안함에서 벗어날 수 없다는 해답을 얻는다.

신이란 무엇인가. 종교로서의 신, 그 믿음의 실체는 자기 자신 안에 있었다. 깨달음과 발견의 시간이다. 사랑과 행복과 환희와 감사의 열정에 믿음으로 보답한다. 인도에서의 시간은 깊은 내적 향기와 아름다움으로 귀한 시간을 보낸다.

리즈는 영화의 출발점이었던 발리에서 이전의 삶과 다

른 나만의 삶을 만들어간다. 자신이 만들어 놓은 삶의 평형을 유지한다. 나의 행복을 넘어서면 타인을 위한 행복이 된다. 그 기쁨이 얼마나 큰 감사인가 알게 된다. 진정한 의미의 행복과 평화를 얻지만, 다시 찾아온 새로운 사랑에 마음을 닫게 되는 두려움은 무엇이었을까.

우리는 많은 시간을 공들이며 무언가를 성취하기 위해 끊임없이 노력한다. 그러나 익숙함과 습관적인 타성에 곧 길들어버린다. 편안함의 균형이 깨지는 것을 실패나 불행이라고 말하며 두려워한다. 유지되기를 바라는 희망이 더 강렬하게 작용한다. 그래서 다시 찾아온 사랑에도 용기가 필요하다. 영화 속의 점술가 캐 투의 진지한 조언이 가슴에 와닿는다.

"우리는 힘들게 만들어 놓은 삶의 균형들이 깨질까 무척 두려워하지만, 그것은 더 큰 균형을 만들어나간다."

즉, 우리가 겪게 되는 삶의 모든 다사다난함은 또 다른 삶의 균형을 잡기 위한 하나의 과정이다. 어쩌면 인생은 평생 평형을 유지하기 위한 줄타기인지도 모른다. 행복하게 마음껏 먹고 절실하게 기도하고 후회 없이 사랑하라.

로드 무비 형식의 카메라 동선이 워낙 느리고 일상적이라 취향에 따라 조금 지루할 수도 있다. 개인적으로는 주

인공 리즈와 함께 이탈리아, 인도, 발리로 함께 내면 여행
을 다녀온 듯 편안하고 행복한 시간이었다. 리즈처럼 나도
언제 한번 혼자 떠날 수 있을까? 그래도 떠나야겠지?

〈라이언 머피 감독, 2010〉

목숨

이 영화는 죽음에 관한 이야기다. 엄밀히는 죽음을 앞두고 삶의 마지막을 정리하고 받아들이는 임종시설(호스피스) 병동에 있는 대부분의 말기 암 환자의 모습을 담은 다큐멘터리 영화이다.

그들이 죽음을 준비하는 시간은 평균적으로 21일 정도라고 한다. 이곳으로 들어오면 환자 대부분이 한 달 이내에 죽음을 맞이한다는 얘기다. 나는 이 영화를 감상하는 동안 스크린 안에서 맞이하는 두 번의 환자 임종을 함께 나눌 수밖에 없었다. 아무 일면식도 없는 영화 속 주인공들의 고통과 숨소리의 마지막을 함께 들으며 그들의 죽음을 눈으로 직접 봤다.

가능하다면 가까이 두고 싶지 않은 죽음이다. 그러나

인간으로 태어난 이상 결코 벗어날 수 없는 죽음이다. 죽음을 맞이하고 준비하는 사람들을 통해 삶에서 죽음으로 옮겨가는 과정을 우리는 어떻게 받아들여야 하는지 어떤 관점에서 죽음을 이해해야 하는지 성찰하게 한다. 이 영화가 갖는 미덕이다.

인간은 생로병사라는 인간의 태생적 운명으로부터 절대 자유로울 수 없다. 세상에는 정말 온갖 죽음들로 가득하다. 죽음은 이별을 뜻한다. 갑작스러운 죽음은 고통과 회한으로 미칠 듯이 가슴 아프고 슬픈 것이다. 그런 의미에서 어쩌면 병동에서 죽음을 기다리는 사람들은 차분하게 사랑하는 사람들과 이별을 맞이할 시간이 주어진다는 측면에서 경건하고 의미심장한 임종이 다행처럼 생각된다. '탄생'이 울음으로 시작된 축복이라면 '죽음'은 웃음으로 끝나는 축복이면 좋겠다는 것이 내 생각이다.

우리는 누구나 한 번의 탄생과 한 번의 죽음을 맞이한다. 그렇다면 준비된 죽음은 탄생만큼의 아름다운 축복이어야 하지 않을까. 이 영화는 삶과 똑같은 무게로 적나라하게 죽음을 보여준다. '지금, 이 순간' 삶의 무게를 온전히 감사한 마음으로 느끼고 진지하게 되돌아보게 한다. 숨을 쉴 수 있다는 살아있음이 얼마나 큰 축복인지 담담하게 카메라에 담아냈다.

작은 에피소드가 하나 떠오른다. 영화 관객은 나를 포함해 10명이 채 안 되었다. 앞 좌석 몇 명의 관객들이 영화가 상영되기 직전까지 시끌벅적 떠들썩하게 이야기를 하고 있었다. 불이 꺼지고 몇 분 후 영화 속에서는 일면식도 없는 환자가 임종을 맞았다. 당황스러웠지만 관객 모두는 함께 영화 속 환자의 임종을 봐야 했다. 그때 앞 좌석의 일행 다섯 명이 단체로 우르르 자리를 박차고 나가면서 한마디 했다. 이런 사람 죽는 영화를 재수 없게 왜 보냐고 잘못 알고 들어 온 것을 후회한다며. 죽음은 아직 그들과는 먼 곳에 있는 것이었으리라.

이 영화를 만든 이창재 감독은 자신이 만든 〈사이에서, 2006〉, 〈길 위에서, 2012〉와 〈목숨, 2014〉을 '존재의 틈 3부작'이라고 표현했다. 존재의 틈에서 나오는 떨림, 불안, 두려움, 갈등이 〈사이에서〉는 신과 인간을, 〈길 위에서〉는 속과 비속을, 〈목숨〉은 생과 사를 다루고 있다. 그것은 자신의 오랜 숙제 같은 것이었다고 말한다.

호스피스 병동 내 하루 일과와 생활을 12개월 내내 촬영했다고 한다. 일상적이고 평범한 사람들은 쉽게 접할 수 없는, 어쩌면 평생 마주치고 싶지 않은 말기 암 환자의 모습은 충격적이었다. 마음은 내내 애잔함과 엄숙함으로 무겁고 불편했다.

영화 속 자원봉사자로 나오는 27살의 젊은 신학도 정민영 스테파노도 인상적이다. 신의 존재에 대한 스스로 확신이 없어 임종시설에서 죽음을 앞둔 말기 환자들을 돌보며 자신의 문제에 대한 해답을 찾으려 고민한다. 그는 매일 도망치고 싶어했다, 두려웠던 세상 속으로 몸과 마음이 지치는 긴 여행을 떠났다가 다시 돌아오고 싶다고 했다. 스테파노는 의문으로 가득한 신의 도구로 쓰일 자신의 소명을 환자를 돌보며 매일 고민한다. 환자들은 그를 보면서 위로받고, 의지하고, 확신한다. 매일 신의 존재와 마주하고 있었다고 말한다. 이제는 어느 곳이든 쉽게 도망쳐지지 않을 것 같다며 고뇌하는 건강한 청년 스테파노의 뒷모습이 여운으로 남는다.

삶이 아름다운 이유는 우리가 숨 쉬고 있기 때문이다. 자신의 숨을 가만히 느껴보라. 내가 살아있음의 증거가 되는 섬세하고 고요하지만 가장 뚜렷하고 확실한 숨소리가 들릴 테니까 말이다.

목숨이 붙어 있다는 말이 주는 강렬하고도 끈질긴 욕망은 우리가 하루하루를 어떻게 살아야 하는지를 잘 드러낸다. 당연히 최선을 다해 정성껏 살아야 한다. 죽음을 맞이하는 자세 또한 아름다울 수 있어야 함을 영화는 묵직하게 일깨워 준다. 우리는 죽음에 익숙하지 않다. 틈만 나면 삶을 희망하고 죽음을 거부하고 불가능한 영생을 꿈꾸는 어리석은 자들이다. 어떻게 죽을 것인가에 대한 명쾌한 정답은 없다. 우리는 태어나면서 이미 죽음을 향해 걸어가고 있는 거라는 말처럼 죽음은 삶의 또 다른 이름이다. 탄생이 아름답듯이 죽음 또한 아름답기를 바라며 죽음을 맞이하는 태도에 대한 통찰의 기회를 이 영화를 통해 얻을 수 있었다.

〈이창재 감독, 2014〉

Boy Hood

우리는 단 한 번의 인생을 산다. 거미줄을 쳐 놓은 듯한 일상의 가늘고 복잡한 삶을 자기 방식의 길찾기로 살아간다. 길목마다 마주치는 아주 많은 시행착오와 선택의 순간을 거쳐야 한다. 그 길은 매우 고단하거나 지쳐서 상처투성이의 여정이 될 가능성이 농후하다. 우리들의 일생은 한 편의 영화와 당연히 다를 바 없기 때문이다.

이 영화는 리처드 링클레이터 감독이 무려 12년 동안 쉬지 않고 한 남자아이의 성장 과정을 지켜보며, 카메라에 이 소년이 커가는 모든 과정을 담았다. 한 소년의 생생한 성장영화다. 이 대단한 감독은 한 편의 영화를 찍은 것이 아니라 12년 동안 흘러가는 시간을 찍은 것이다. 시간은 잠시도 멈추지 않고 계속 흘러갔고 소년은 필름의 한

컷 한 컷에 담겨 우리들의 기억 속 영상으로 남았다.

주인공 메이슨(일다 콜드레인 분)은 실제 여섯 살 때부터 이 영화에 참여하여 열여덟 살이 될 때까지 성장 과정을 이 한 편의 영화에 모두 담았다. 영화는 여섯 살 남자아이가 열여덟 살의 성년으로 커가는 과정을 일상적이고 평범한 시선으로 세심하게 쫓아간다. 여섯 살의 맑고 순수한 메이슨은 어린이에서 사춘기의 청소년으로 자라고 젊고 열정적이며 독립적이고 주체적 성년으로 성장한다. 한 편의 영화 안에서 이 과정을 모두 지켜볼 수 있다는 것은 놀랍고 경이롭기까지 하다. 인간과 인생에 대한 깊은 통찰, 시간에 대한 기다림의 인내, 현실이 영화이고, 영화가 현실이다.

영화는 첫 장면부터 공감과 감동의 물살을 타고 내게 거침없이 다가왔다. 실제로 나 역시 두 명의 아들을 키워낸 엄마였기에 영화가 주는 시간적 연대기는 설명하지 않아도 그냥 그 자체로 나의 삶, 우리들의 이야기였다. 잔잔하게 솟구치던 뭉클한 정체는 그런 정신없던 육아 시절을 거치며 사내아이를 키웠던 엄마로서 진한 동질감을 느끼며 공감했기 때문일 것이다.

철없던 스물셋에 연애를 하고 느닷없이 생겨버린 아이를 낳아 기르다 무책임하고 현실감 없는 남편(에단 호크 분)

과 이혼하고 두 남매를 키우는 독신 엄마(패트리샤 아케이드 분)의 바쁜 일과로부터 시작된다. 영리하고 성장이 빠른 조숙한 딸 사만다(로렐라이 링크 분)와 다르게 순수하고 천진함을 간직한 아들 메이슨은 늘 엉뚱하고 사고뭉치의 개구쟁이다. 아빠는 한 달에 한 번씩 폐차 직전의 골동품 같은 자동차를 끌고 아이들을 만나러 온다. 가정 경제와 육아를 모두 책임져야 하는 엄마와 다르게 아빠는 여전히 자유분방하고 생활력도 현실감도 없는 철없는 아빠다. 그래도 바쁜 엄마와는 달리 아이들과 정서적으로 교감하려고 노력한다.

엄마는 더 좋은 직장과 경제적 독립을 위해 대학원에 진학한다. 그곳에서 역시 남매가 있는 이혼남 대학교수를 만나 결혼한다. 재혼이 주는 평화와 안정감으로 엄마는 대학 강사가 되었지만, 두 번째 남편은 알고 보니 알코올중독에 가정폭력까지 있는 형편없는 가정 파괴자였다. 세 식구는 다시 빈털터리로 낯선 곳으로 이사를 가고, 그곳에서 군인 출신의 연하남 남편과 결혼한다. 그러나 세 번째 남편 역시 무기력하고 권위 없는 열등감으로 파괴적이다. 또다시 세 식구만 남는다. 낯선 환경에서 메이슨은 점점 소극적이고 불안하고 우울한 외톨이로 자란다.

엄마의 인생 중심으로 흘러가는 삶은 전쟁터처럼 치열했다. 그 속에서 아이들은 힘없이 주어진 현실에 적응해야 했다. 이사, 또 이사를 반복하며 아이들은 정서적으로 불안하고 우울하고 마음은 상처로 가득하다. 그런 가운데 아빠도 재혼을 하고 어린 의붓동생이 태어난다. 시간은 무심히 흘러 아이들도 성장해간다. 토막토막의 기억으로 추억을 만들어가며 살아간다. 신기한 것은 어쨌든 아이들은 하루 한 뼘씩 커가고 어느새 다 자라버린 것이다.

시간은 어른인 엄마와 아빠를 중심으로 흘러가고 아이들은 그저 양육된다. 의도한 대로 흘러가는 삶은 하나도 없었으나 그것이 인생이다. 엄마의 자리에서 바라보면 아들을 키운다는 것이 얼마나 힘겹고 어려운 일일 것이다. 그러나 아들 메이슨의 입장에서 보면 스스로 자라지 못했다. 어느 것 하나 스스로 생각하고 판단하고 행동하게 내버려 두는 것이 없다. 어느 상황, 어떤 환경에서도 엄마의 간섭과 잔소리와 판단이 개입된다. 수동적 개체로서 자라게 된다. 육아에 대한 부모의 지나친 열정은 미국이건 한국이건 똑같은가보다. 그러나 수동적이고 나약해 보여도 아이들 스스로 보이지 않는 자신만의 성장력이 있다.

영화 '보이후드'는 말한다. 우리는 그렇게 한 명의 성숙한 인격체를 독립시키면서 붉은 석양처럼 저물어 간다. 젊음은 젊음에 맞는 옷을 입고 그들의 자리에서 이제 출발해야 한다. 풋풋하고 건강한 그들의 시간도 계속 흘러갈 것이다, 순간순간 기쁨과 행복을 누리고 즐기는 것이므로. 이 영화는 끝이 없다. 아직도 끝나지 않은 그들의 인생은 앞으로도 계속될 것이기에.

첫사랑에 실연당하고 고뇌하는 메이슨에게 아빠는 말한다.

"세상은 넓고 너에게는 기회가 참 많은 곳이야. 누구나 그 정답을 아는 사람은 없어. 그저 최선을 다할 뿐이지. 청춘답게 열정을 잃지 말아라. 그것이 곧 젊음이니까."

엄마는 짐을 싸고 집을 떠나는 아들을 향해 울부짖는다.

"오늘은 내 생애 최악의 날이다. 어쩌면 그렇게도 신이 나서 떠날 준비를 할 수 있었냐. 그저 난 뭔가가 더 있을 줄 알았어."

부모들도 그런 유년과 사춘기를 통과의례처럼 거쳐왔다. 사랑, 결혼, 출산을 거치며 아빠 엄마가 되었다. 미숙했지만 그게 인생이다. 보인 후드는 아이의 성장과 부모가 겪는 삶의 격동과 감동을 노래하는 시다. 지나가 버린 시절에 대한 향수다. 산다는 게 그리 특별할 것도 대단할 것도 없는 평범하고 소소한 것이기에 인생은 살 만한 것인지도 모른다.

〈리처드 링클레이터감독, 2014〉

연평해전

이 영화는 역대 최고의 크라우드 펀딩을 기록한 것으로 알려져 더욱 화제다. '크라우드 펀딩'이란 SNS를 이용해 소규모 후원이나 투자를 목적으로 인터넷 플랫폼을 통해 다수의 개인으로부터 자금을 모으는 것을 말한다. 7년의 제작 기간과 6개월의 대장정으로 탄생한 '연평해전'의 가장 큰 원동력은 바로 크라우드 펀딩에 참여한 예비 관객들이다. 이 영화의 제작 소식이 전해지면서 예비 관객들이 자발적으로 참여했다. 3차에 걸친 대규모 크라우드 펀딩이 진행됐다, 역대 최대 규모인 4,500여 명의 개인과 단체가 참여해 새로운 기록을 세웠다고 한다. 엔딩 크레딧에는 농부에서부터 해군 장병까지 7,000명 정도의 이름이 자막으로 올라갔다. 국민이 참여하여 함께 만든 영화라고 해도 무방하다. 영화가 주는 감동의 무게감은 이런 예비 관객들의 응원과 격려가 어우러져 더욱 의미 있게 전해진다.

2002년 당시 대한민국은 한일 월드컵의 4강 신화에 거의 미쳐 있었다. 나라 전체가 이성을 잃은 채 온통 붉은 악마의 핏빛 열기로 불타오르고 있었다. 대한민국과 터키의 월드컵 3.4위전이 있었던 6월 29일 오전 10시경, 서해 연평도 NLL 인근에는 대한민국 참수리 357호 고속정에 대한 북한의 등산곶 684호에서 기습 공격이 발발하였다. 북한의 고의적인 기습 함포 공격으로 시작된 상호 교전상태는 30분 이상 계속되었다. 이 과정에서 우리 357호 소속 해군은 20여 명의 사상자를 냈고 참수리 357호는 침몰했다.

영화는 가슴을 후려치는 울분과 슬픔 속으로 관객들을 몰아넣는다. 아마도 그날의 참상을 잊고 지냈던 우리 스스로가 너무 부끄러워서일 것이다. 건장하고 젊은 청춘들의 무고한 희생에 말할 수 없는 자괴감을 느낀다. 미안함과 죄스러움을 주체할 길이 없다. 가슴이 먹먹하고 너무 마음이 아프다.

영화는 의무병 박동혁(이현우 분) 상병이 참수리 357호로 전출되어 오면서 비극적 사건의 시작점이 된다. 남북 해상

군사 분계선(NLL)은 남북분단을 가장 실감나게 보여주는 곳이다. 357호 고속정 소속 군인들은 힘겹고 살벌한 군사 작전과 고된 훈련에 동고동락하며 가족처럼 서로를 챙기고 의지하며 생활한다. 해군 장교 출신 아버지의 자랑스러운 아들로서 빈틈없고 냉철한 참수리 357호 정장 '윤영하' 대위(이무열 분), 인간적이며 희생적인 든든한 남편이자 예비 아빠였던 참수리 357호 조타장 '한상국' 하사(진구 분), 해맑고 따뜻한 마음을 가진 농아 엄마의 효자 아들이자 참수리 357호 의무병 '박동혁' 상병(이현우 분) 등을 중심축으로 이야기는 전개된다. 실제로는 참수리 357호에 승선한 모두가 주인공이고 별처럼 빛나는 인물들이다.

마지막 교전 30분의 전투 신은 지금까지 봐왔던 영화의 전투 장면들과는 특별하게 다르다. 생생하고도 가슴 아픈 장면을 보여준다. 평소 실전에 대비하여 수많은 혹독한 훈련을 했지만 실제로 눈앞에서 벌어지고 있는 전투에서는 두려움과 공포로 혼비백산하는 젊은이들의 모습에서 나도 모르게 뜨거운 눈물이 볼을 타고 흐른다.

눈앞에서 동료들이 피투성이가 되고, 손가락과 다리가 떨어져 나가고 창자가 터져 빠져나오는 현장을 보게 된다면? 총알은 쉴새 없이 날아들고 옆에 함께 있던 동료가 총을 맞고 꼬꾸라진다면? 그래도 정신을 차리고 북한 적군을 향해 총알을 사정없이 난사해야 한다면? 총에 맞아 서서히 죽어가면서도 두 눈을 부릅뜨고 전시상황을 지휘하고 명령을 내려야 한다면?

현실은 수없이 했던 훈련과 달랐다. 실전에서의 전투는 연습 상황과는 달리 끔찍하고 무섭고 참혹했다. 아수라장이고 지옥이고 말할 수 없이 두렵고 고통스러운 것이었다. 전쟁이라는 말은 얼마나 비현실적인가. 먼저 총을 쏴서 죽여야 우리 편이 사는 적과의 전투는 얼마나 추상적인 단어인가. 목숨을 걸고 싸우는 전쟁터에서 죽음은 결코 의연하거나 고상한 것이 아니다. 꼭 살아남아야만 하는 처절함과 전우들의 죽음 앞에서 어떤 것도 할 수 없는 무력함과 공포감을 어떻게 극복할 수 있겠는가.

영화 속 357호 고속정 장병들의 너무 참혹한 현실을 관객석에 앉아 바라보면서 설명할 수 없는 분노와 슬픔으로 감정이 쉽게 가라앉혀지지 않았다. 월드컵 4강 신화로 온 나라가 흥청대던 그 날 찬란하게 빛나는 푸른 젊음의 희생이 너무 미안했다. 견딜 수 없이 속상하고 허망했다. 그들은 너무 외롭고 힘든 싸움을 하고 있었다. 진심으로 고개 숙여 그날의 그 순간, 그날의 그 교전에서 희생된 젊은이들에게 참회의 기도로 두 손을 모은다.

목숨을 바쳐 지켜야 했던 조국과 국민이란 우리에게 무엇인가 성찰해본다. 조국을 위해 국민을 위해 우리나라 젊은이들이 목숨으로 지켜오고 있는 이 순간에도 정치지도자들과 우리 기성세대들은 무엇을 하고 있는가. 아들을 군대에 보내 본 엄마로서 젊은이들의 목숨을 담보로 그들의 희생을 계속 보고만 있어야 하는가. 천안함이 그렇고, 연평해전이 그렇고, 조금 다른 측면이지만 세월호가 그렇고, 21세기의 유일한 분단국가 대한민국은 앞으로 무엇을 어떻게 해결하고 미래를 이루어나가야 할지 정치적 이해관계를 넘어 반드시 고민하고 해결해야 할 과제다.

젊은 연기자들의 연기는 훌륭하고 매력적이다. 바다를 지키는 해군의 엄숙하고 품위있는 태도와 늠름한 모습의 영상들이 인상적이다. 배경 음악도 웅장하고도 비장하여 영화를 더욱 묵직한 감동으로 이끌었다. 마지막 자막이 올라가고 그날의 현장에 있었던 생존자들의 육성 인터뷰까지 보고 듣는 것으로 영화는 막을 내렸다.

서해 NLL 교전에서 희생된 윤영하 소령(1979~2002), 한상국 중사(1975~2002), 박동혁 병장(1980~2002), 조천형 중사(1976~2002), 황도현 중사(1980~2002), 서후원 중사

(1980~2002), 2001년 6월 29일, 희생된 젊은 별들에게 진심
으로 명복을 빈다.

〈김학순 감독, 2015〉

자유의 언덕

인생은 퍼즐이다. 퍼즐 게임이 재미있는 것은 조각 조각들을 찾아내고 그것을 내가 원했던 곳에 맞추었을 때 꼭 들어맞는 쾌감 때문이다. 전체의 큰 그림판 안에 작은 퍼즐 조각은 무척 단조롭고 일상적이다. 잘 보이지도 않으며 작은 힌트와 불투명하고 애매한 표식에 불과하기에 늘 전체의 그림을 머릿속에 담아두어야 한다. 퍼즐을 완성하는 데 정해진 법칙이나 방법은 없다. 시간적 공간적 규칙은 중요하지 않다.

홍상수 감독의 16번째 영화 〈자유의 언덕〉은 그런 의미에서 흥미롭다. 종로구 계동 '북촌'이라 불리는 동네를 배경으로 인생에서 기억될 만한 몇 조각의 퍼즐을 찾아가고 그것을 기억해내려는 영화다.

주인공 모리(카 세료 분)는 2년 전 잠시 사귀었지만 청혼을 거절당했던 어학원 강사 출신의 권(서영화 분)을 찾아 한국에 온 일본 남자다. 그는 그녀를 떠올리면 행복해진다. 그녀를 만나고 싶은 잔잔한 열망으로 가득하다, 그녀를 찾으려 머물렀던 며칠 동안 북촌에서 있었던 일상적인 만남과 관계들이 카메라의 느린 동선을 따라 화면 가득히 흐른다.

　'자유의 언덕'이라는 이름의 카페주인 영선(문소리 분)과 연결된 개별적 관계도 퍼즐 조각이다. 두 번의 섹스 안에서 만들어진 그들만의 미묘한 감정선과 상황을 카메라는 퍼즐의 한 조각을 끼우듯 무심히 따라다닌다. 어슬렁거리며 움직이는 그들의 동선을 따라가면 관객들의 감정도 표정도 무료해진다. 일주일 동안의 일상은 순서나 방향 없이 시간의 경계를 허문다. 영화 속 화면은 천천히 느리게 움직인다. 권을 만나고 싶고 그녀를 찾으려는 그의 감정은 진실한 것이다. 그러나 그 진실과 별개로 모리는 막연한 기다림으로 우연한 만남의 퍼즐을 기대한다. 우리가 살아가는 하루의 토막 시간과 닮아있다.

　이 영화가 흥미로운 것은 시간의 배치가 뒤죽박죽 순서 없이 자유롭다는 것이다. 영화는 견고하게 짜인 줄거리나 어떤 선명한 맥락을 가지고 있지 않다. 그냥 화면 속 주인공들의 알 수 없고 무료한 동선을 무심한 눈길로 따라갈 뿐이다. 어디서 왜 무엇을 어떻게 하고 다니는지 모른다. 홍상수 감독 영화의 특징이기도 하다.

권이 떨어뜨리는 바람에 뒤섞여 버린 그녀와 주고받았던 편지에는 날짜에 대한 기록이 없다. 내레이션으로 시작되는 첫 장을 제외하고 편지는 순서 없이 뒤죽박죽이다. 편지의 내용은 시간적인 순서 배열과 상관없이 읽어가는 권의 상상 속에 속해있다. 한국에서 지냈던 일주일 동안 외국인 모리의 일상에서 일어났던 사건들이 순서 없이 뒤섞여 그만 아는 이야기가 될 것이다. 그게 무엇이든 상관없이 꿈과 현실이 뒤섞여 있는 퍼즐 같은 '시간'의 진실을 찾아내는 것은 관객의 몫이다.

시간은 우리에게 무엇으로 존재하는가. 과거 현재 미래로 이어진 영화적 결말의 위치는 어디쯤일까. 섞여버린 편지의 순서를 찾듯 영화의 장면들은 과거 현재 미래의 기억들을 순차적 배열로 맞춰 보려는 집중력을 필요로 한다. 영화를 감상하는 동안 화면 밖으로 시선을 뺏기지 않도록 긴장감을 유지해야 한다. 머리가 복잡해진다.

"작업 현장에서 상황에 맞게 즉흥적인 아이디어에 의해 시나리오를 바꿔쓰기도 하지만 우연성에만 의존하지 않는다. 영화는 전체 시나리오의 큰 틀 안에서 필연성을 갖고 움직인다"라고 홍상수 감독은 말한다. 꽤 변칙적으로 보이지만 관객들이 다양하게 사고하고 판단할 수 있는 생각의 틈과 비논리적 공간을 만들어주는 숨은 의도로 보인다. 곳곳에 배치돼있는 우연을 가장한 자연스러운 소품들의 연관성과 즉흥성도 재미있다. 영어 드림을 한국말로 바꾼 '꾸미'라는 이름의 애완견이나 영화 제목과 동일한 '자유의 언덕'이라는 카페 이름, 모리가 늘 손에서 놓지 않고 읽던 책의 제목 '시간' 등의 소품이나 이름, 음악, 모르는 척 보이지 않게 무심하게 숨겨둔 동일한 인물을 향해 매일 똑같은 질문을 던지는 카페주인 영선.

"어디서 오셨어요? 관광하러 오셨나요?"

이 반복되는 대사도 하나의 작은 퍼즐이다.

홍상수 감독의 영화는 짜릿한 쾌감이나 감탄을 주는 영화는 아니다. 늘 흥행에 성공하는 영화도 아니다. 영화가 끝나면 맥 풀리는 당혹감이나 언짢음을 선사하기도 한다. 그렇지만 분명히 말할 수 있는 것은 그만이 보여줄 수 있는 너무나 사실적인 주인공들의 모습, 엉뚱하거나 혼란스러운 복잡한 영화적 상상력이 마음 안 타성에 돌을 던져준다는 거다.

애타게 만남을 기다리며 권의 문 앞에 메모 쪽지를 붙이러 갈 때의 걸음걸이, 부재중이라 아직 그대로 붙어 있는 메모장을 발견했을 때 모리의 표정과 몸짓, 그녀의 흔적을 찾을 수 없을 때 짓던 무표정, 무덤덤한 동작과 표정에서 감정적 공감을 발견할 때 영화 속 주인공의 내면, 느낌, 마음, 알 듯 모를 듯 짜릿하다. 그래서 영화는 각각의 취향을 향해 임자가 있고 관객이 있는 것이다

자연스럽고 일상적인 표정의 남자주인공 모리 역의 일본배우 카 세료와 문소리의 연기 호흡도 좋았다. 조연으로 나오는 홍상수표 배우들의 연기 또한 늘 믿을 만하다. 일상이라는 무료하고 평범한 우리 삶의 주변을 맴돌며 내가 보지 못하고 놓치고 있었던 한 조각의 퍼즐을 이 영화는 찾아준다. 삶은 지극히 단조롭고 후줄근하다, 거창하지도 독창적이지도 않다, 그래서 소소한 우리들의 삶은 자유로워야 한다. 진실해야 한다. 세상을 바라보는 고정된 관념과 타인으로부터 자유로워야 한다. 나는 오늘도 사람들을 바라본다. 그리고 내 방식대로 내 마음대로 질문한다.

〈홍상수 감독, 2014〉

초콜렛 도넛

이 영화를 이야기하기 전에 잠시 침묵하려고 한다. 내가 살아온 세상에 대해 그동안 아는 척해 온 아주 많은 편견과 판단과 사람에 대하여. 지구라는 이 작은 별에는 얼마나 다양한 삶이 있으며 눈물과 웃음이, 끔찍하게 일그러진 우리가 존재하는 것일까?

동성애자인 루디(알란 커밍 분)는 게이바에서 립싱크 노래를 부르며 하루하루를 살아가는 소외된 계층이다. 그러나 그는 동성애자인 자신의 성 정체성을 인정하고 자유롭게 살아간다. 꿋꿋하고 밝은 영혼을 소유한 매력적인 남자다. 게이바를 찾아온 검사 출신의 폴(가렛 딜라헌트 분)과는 첫눈에 반해 사랑하는 사이가 된다.

남자와 남자가 부부처럼 사랑을 나누고 정서적으로 교

감하고 서로에게 집착하는 모습은 아직도 낯설고 불편하다. 그런데도 영화 속 두 남자 루지와 폴이 아름답다고 느껴지는 이유는 간단하다. 그들이 지닌 인간적이고 따뜻한 본성 때문이다. 마약을 잘해 철창에 갇힌 엄마를 대신해 다운 증후군 소년 마르코를 돌보며 계속 양육할 수 있기를 간절히 바라는 두 남자다. 그들은 최소한 사랑을 할 줄 알고 그런 사랑에 솔직하다. 그랬기에 마르코에게도 따뜻하고 깊은 사랑을 베풀고 품어준 것이다.

이 영화는 성 소수자들에 대한 영화가 아니다. 공공의 다수 편에 서 있는 우리를 향해 뭇매질하는 영화다. 사회적 제도와 편견으로 사회적 약자들에게 매섭고 공격적인 시선을 보낼 때 그들은 외롭고 공허하다. 마르코를 가슴으로 낳고 사랑으로 키우고 싶어한다. 루디와 폴이 동성애자가 아니었다면 영화적 결말은 아주 완벽히 간단했으리라. 그러나 우리는 편견과 판단의 독선에 빠져 소수의 희생 정도는 양심의 가책도 없이 당연하게 여긴다. 자신들이 불편하고 옳지 않다고 정해놓은 불합리한 방식의 법과 판단에 근거하여 등을 돌리고 귀를 막고 들으려 하지 않는다. 결국 소년은 집을 찾아 길을 헤매다 길거리에서 죽고 만다. 두 남자가 마르코와 나누었던 진심과 사랑의 의미에 대해 사회가 저지른 수많은 오류는 어떻게 회복할 것인가. 슬프게도 우리는 여전히 변한 게 아무것도 없다.

루디 역의 주인공 배우 알란 커밍은 실제 동성애자이다. 그래서 더욱 성 소수자들의 감정을 잘 연기했는지도 모른다. 아주 매력적이고 유쾌한 그의 연기는 스크린 안에서 빛났다. 다운증후군 역의 아이작 레이바 역시 실제 다운증후군 장애아이다. 초콜렛 도넛을 가장 좋아하는 사랑스럽고 순수한 미소를 가진 소년을 연기하며 영화의 온기를 더욱 느끼게 해주었다.

예전 아파트의 이웃에 실제 다운증후군을 앓는 소녀를 둔 부모와 가깝게 지낸 적이 있다. 장애아를 자녀로 둔 부모는 평범한 부모가 겪어보지 못하는 고통과 헌신을 필요로 한다. 인내와 사랑이 아니면 절대 키울 수 없다. 장애아를 가진 부모에 대해 얄팍한 동정심의 잣대로 판단하고 위로하면 실례일 수 있다. 자식은 머리로 키우는 게 아니라 사랑으로 몸으로 헌신하며 키우는 것이다. 단 하루도 키워보지 않고 눈에 보이는 대로 판단하면 안된다.

영화 속 루디의 대사가 떠오른다.

"부모가 마약해서 낳은 게 마르코의 잘못이냐고, 그렇게 태어나고 싶어서 그렇게 태어난 것이냐고…."

그렇다. 환경이 아이들을 키운다. 누군들 그런 운명을 원하고 희망했겠는가. 내게 생기지 않은 행운을 이야기할 것이 아니라 누구든지 그런 운명의 수레바퀴 안에서 삶을 살게 될 수도 있다. 마르코에게 루디와 폴은 하나밖에 없는 보호자였다. 유일하게 사랑을 받을 수 있는 안락한 집이자 부모였다. 이것은 '누구'의 문제가 아니라 '어떻게'의 문제다. 그들이 동성애자면 어떻고, 소외된 사회적 약자이면 어떤가. 내 기준의 삶이 모두 정답은 아니다.

이 영화의 또 다른 매력은 영화음악에 있다. 루디 역의 알란 커밍은 실제 가수이기도 하여 호소력 깊은 목소리로 멋진 노래 실력을 유감없이 보여준다. 줄거리에 찰떡으로 선곡한 노래와 가사들, 70년대의 향수를 불러일으키는 디스코 음악과 밥 딜런의 명곡 'I Shall Be Released' 등 OST는 그 세대의 감성을 느낄 수 있다.

1970년대 히트 디스코곡인 프랑스 졸리의 'Come to me', 3인조 여성 그룹 더 허니 콘의 'One Monkey Don't Stop the Show Part 1', 테디 랩의 'Getting Hot' 등 흥겨운 디스코곡과 마티 발른의 발라드 'Miracles', R&B 여가수인 셀마 휴스턴의 히트곡인 'Don't Leave Me This Way'까지 다양한 장르의 명곡들이 배경 음악으로 나온다.

영화 〈초콜릿 도넛〉은 나에게 편견없이 세상을 바라보는 다양한 방법에 대해 성찰케 했다. 너무나 많은 질문과 대답을 요구하는 영화다. 영화 속 마르코에게는 명복을, 루디와 폴에게는 용기와 격려의 박수를 보내주고 싶다.

〈트래비스 파인 감독, 2012〉

이끼

'이끼'의 원작은 '미생'으로도 유명한 윤태호 작가의 웹툰이다. 영화는 원작의 줄거리 짜임새를 따라잡기 힘들었겠지만, 강우석 감독은 흥행 보증수표라는 꼬리표를 달고 다니는 스타 감독이다. 이 영화로 청룡 영화제와 대종상 감독상을 받았다. 55억 제작비를 들인 블록버스터 스릴러로 340만 관객이 본 흥행에 성공한 셈이다. 상영시간도 무려 158분이다. 강 감독은 영화는 일단 재미있어야 하고 많은 관객이 봐줘야 한다는 지론을 가지고 있다. 작품성보다는 상업적 성공에 강한 감독이라는 이미지를 주는 것이 사실이지만, '실미도', '공공의 적', '투캅스' 시리즈 등 흥행에 성공한 몇 편의 영화를 나도 재미있게 봤다.

줄거리는 주인공 해국(박해일 분)이 오랫동안 단절상태로 지내던 아버지 유목형의 부고 소식을 듣고 고향 마을로 돌아와 장례식을 치른다. 아버지의 장례가 끝나고 해국은 서울로 돌아가지 않고 마을에 남겠다고 선언한다. 해국은 모든 마을 사람들 사이에 흐르는 기묘하게 비밀스럽고 불길한 기류가 있음을 감지하고 마을의 미스테리한 사건에 휘말리게 된다. 섬뜩한 카리스마를 지닌 천용덕 이장, 겉보기에는 평범한 시골 마을 사람들과 해국의 쫓고 쫓기는 이야기가 흥미롭게 전개된다. 기이한 인물들의 다양한 심리와 이야기 전개가 긴박하게 펼쳐진다. 손에 땀을 쥐고 영화에 몰입하게 하는 흡인력이 있다. 158분의 긴 상영시간이 길거나 지루하지 않다. 연출의 힘이다.

인간답다는 것은 무엇인가. 인간인 우리가 가진 특별하고 고귀한 무엇이 있다는 믿음을 가질 수 없을 때 더 그렇다. 인간은 끊임없는 흥미의 대상이지만 쉽게 정의 내릴 수 없는 존재다. 탐욕은 탐욕을 깨워 또 다른 탐욕을 계속 잉태한다. 두려움은 두려움을 부르고 공포는 공포를 불러들인다. 죄가 죄를 사하면 또 다른 죄가 죄를 만든다. 어디서부터가 용서이고 어디까지가 구원인가. 어디에서부터 우리가 잘못된 것인지 되돌아가는 길은 꽉 막힌 미로다. 내가 발견한 이끼의 색깔이다. 인간이라는 존재에 본질적 고민

과 원죄 의식, 구제 불능의 원초적 탐욕과 불감증의 타락,
인간의 가장 비열하고 사악한 잔혹함을 영화는 일깨운다.

영화는 맨 마지막 장면에 소름 끼치는 반전을 숨겨놓았
다. 관객 모두를 두 시간 전으로 되돌려 놓아야 할 것 같은
장면이다. 그래서 이 영화는 재미있다. 공포와 두려움에
휩싸인 맹목적인 인간들이 얼마나 비인간적일 수 있는지
에 대한 전율이다. 사악한 탐욕의 기운이 관객에게도 전해
졌다. 독하게 엉겨있는 세상을 향한 통렬한 목소리는 너무
공허하다. 왜? 우리는 이미 너무도 강한 독성에 변종의 내
성을 지니고 있기 때문이다. 무감각해졌다는 얘기다.

습한 바위에 붙어사는 이끼 같은 인간의 욕망 그 비루
함은 어디까지인가. 나이 들수록 세상이 측은해지고, 생각
은 비현실적으로 용감해진다. 정의라는 이름으로 꿋꿋하
게 당당하다고 믿고 사는 우리의 자리는 어디쯤일까. 인간
은 인간이기에 인간의 굴레 안에서 인간적으로 살다 갈 것
이다. 그 이상의 그 무엇은 없는 것인가. 나의 해답은 '일
체유심조', 모든 게 내 마음먹기에 달렸다. 장마와 무더위
로 텁텁하고 끈적했던 어느 하루, 작은 생각의 소요들이
상쾌하고 개운하다.

〈강우석 감독, 2010〉

아이 킬드 마이 마더

아들 키우는 이야기는 세계 어디를 가나 똑같다. 이 영화는 '엄마'가 바라보는 아들에 관한 이야기가 아니라 '아들'이 엄마를 향해 있는 영화다. 가슴 따뜻해지는 감동의 모자 관계를 그린 작품이 아니라 엄마를 죽이고 싶도록 싫어하는 영화다.

영화 주인공 후베르트(자비에 돌란 분)는 이렇게 말한다. "그 누구의 아들일 순 있지만 엄마의 아들이긴 싫다"라고.

열여섯 살 사춘기 소년은 엄마의 모든 것이 싫다. 입에 치즈를 묻히며 먹는 것도 아줌마처럼 말하는 것도 촌스러운 옷차림도 싫다. 그러면서도 경제적 독립을 할 수 없는 미성년자이기에 엄마로부터 자유롭지 못하다. 엄마를 향해 내내 징징대고 함부로 말하면서도 엄마를 너무 사랑하는 애증의 마음에서도 자유롭지 않다. 이래서 자식, 특히 아들 키우기 참 어려운 거다.

후베르트의 방황은 누구나 넘어가는 질풍노도의 그것과는 조금 다르다. 자식을 거부하는 자유분방한 프랑스식 개인주의자 아버지 덕분에 싱글 맘이 된 엄마와 단둘이 살고 있다. 네 살 때의 아름답고 평화롭던 따뜻한 기억을 제외하고 그는 늘 외롭고 혼자다. 스스로 버려졌다고 생각하는 소년이다. 더욱이 동성애적 사랑으로 성 정체성마저 평범하지가 않다. 학교 친구이자 동성애자 친구인 안토닌(프랑스와 아루노 분)과 사귄다는 사실을 엄마에게는 말하지 못하고 있다. 그러니 아들 후베르트가 동성애자임을 친구 안토닌의 엄마에게 전해 듣는 엄마의 충격과 상심은 얼마나 클까. 직접 말해주지 않은 아들에 대한 배신감, 아들이 게이라는 현실을 받아들여야 하는 엄마의 심정이 오죽하랴. 서로가 서로에게 이해받고 싶어서 이해해달라고 진심으로 원하지만 둘의 관계는 건널 수 없는 강이 될 판이다. 서로를 이해하고 받아들일 수 없는 시기다. 수식과 이론으로는 설명할 수 없는 질풍노도, 이해 불가의 시기이다.

영화 속에는 학교 담임 여교사 줄리에(쉬잔느 클레몽 분)가 등장한다. 엄마를 대신해 엄마와의 관계에 완충 역할을 해준다. 엄마에서 사랑하는 대상이 바뀌는 사춘기 소년들의 로망을 자극한다. 많은 부분 불안한 영혼의 정서적 허기를 채워준다.

대학 시절 교생실습을 나갔을 때다. 임시 담임을 맡았던 중학교 2학년 교실에 영화 속 후베르트처럼 잘생긴 남학생이 있었다. 교내에서 인기를 한 몸에 받고 있었지만 가장 큰 문제아로서 성적까지도 엉망인 소년이었다. 담임 선생님은 그런 전국구 꼴통을 교생실습 한 달 기간 내내 나에게 맡겼다. 비슷한 시기에 읽고 감명을 받았던 헤르만 헤세의 '데미안'을 읽어 보라고 선물해 주기도 하고, 교생실습이 끝날 때까지 매일 만나 이야기를 들어주었다. 후베르트의 담임선생인 줄리에와 비슷한 이야기를 나도 해주었던 것 같다. 놀라운 것은 그 학생이 모두 불가능하다고 했던 인문계 고등학교에 입학을 한 것이다. 교생실습이 끝난 이후에도 중학교 졸업 때까지 편지를 주고받고 가끔 만나 대화를 나누기는 했다. 사춘기의 소년 소녀들은 질풍노도 시기에 이런 역할을 해주는 누군가가 꼭 필요한 것이다. 지금은 캐나다로 이민을 가서 아주 잘 살고 있다.

영화 줄거리와 결론은 그리 궁금한 요소가 아니다. 중요한 것은 이 영화를 만든 감독의 나이가 19살이라는 데

있다. 천재 감독이라는 찬사와 함께 놀라운 영상미로 감각적인 연출을 하고 있다. 연출, 연기, 각본뿐만 아니라 음악, 미술, 패션, 소품 등 영상의 다양한 영역에서 재능을 발휘하고 있다. 이번 영화에서도 뛰어난 그만의 재능을 유감없이 발휘한다. 자신의 영화 속 주인공 '후베르트'로 출연하여 자연스럽고 아름다운 내면 연기까지 훌륭하게 소화했다. 방방 뛰는 다혈질 아들을 보면서 어쩜 저렇게 저 또래 애들은 하는 짓이 똑같지? 백배 공감, 열혈 공감, 그런 아들에게 대처하는 엄마(안느 도발 분)의 유치 빵구를 보면서 어쩜 저렇게 나랑 똑같을까? 천배 공감, 열혈 공감. 모두 돌란의 연출력 덕분이다.

유명한 추상화가 '잭슨 폴락'의 화풍을 닮은 물감을 뿌리는 페인팅 작업의 장면을 통해 혼란스럽고 통제 불능인 주인공의 마음을 잘 드러내 보여준다. 불편할 수도 있는 동성애 코드도 아주 자연스럽게 소품과 음악적 분위기로 잘 활용했다. 촬영 기법 역시 클로즈업된 과감한 앵글과 표정, 독백하는 목소리, 중간중간 노골적인 감정과 영상을 등장시키는 것이 재치있고 감각적이다.

흥미로운 사실은 프랑스 시인 '랭보'와 '자비에 돌란' 모두 19살에 이미 예술적 천재성을 보여주고 있다. 공교롭게도 두 사람에게는 공통점이 많다. 둘 다 동성애자 소년이며, 뛰어난 예술적 상상력과 자유분방하고 조숙한 영혼을 지녔다. 삶에 대한 천부적인 혜안과 통찰력을 보여준다. 다른 차원의 에너지와 영감은 새로운 형태의 광기와 신비로움으로 느껴진다. 굳이 두 사람을 함께 엮어 설명할 필요는 없으나 매우 젊은 나이에 발현되는 뛰어난 천재성과 예술적 천품은 역시 타고 나는 것 같다.

정말 자식 이기는 부모 없지 않을까 생각해보는 영화다.

"엄마, 내가 오늘 죽으면 어떡할 거야?"

라고 소리치며 아들이 떠나고 홀로 남은 엄마가 하는 혼잣말,

"그럼 나는 내일 죽을 거야."

철없는 아들들! 자신들이 엄마에게 어떤 존재인지 그놈들은 알 수 있을까. 아마 죽었다 깨어나도 모를 거다.

이 작품은 제62회 칸 영화제 3관왕을 비롯하여 유수의 영화제 여러 곳에서 수상하며 전 세계 이목을 집중시킨 자비에 돌란의 데뷔작이다. 영화 제작은 캐나다에서 했다는데 배우들은 모두 불어를 사용한다. 퀘벡 출신이라 그렇다는 후문도 있다. 마지막 엔딩 음악은 '제8요일'에 나왔던

'Maman la plus belle du Monde' 멜로디가 귀에 밟힌다.
"엄마, 사랑해요. 엄마가 세상에서 제일 이쁘고 엄마 얼굴
은 천사 같다고, 엄마 사랑해요."

〈자비에 돌란 감독, 2014〉

황금시대

우리의 황금시대는 언제였을까. 이미 오래전에 지나간
것은 아닐까. 아직 오지 않은 미래 속에 있는 것인가. 아니
면 지금 이 순간 지나가고 있는 중인가.

마지막 엔딩 자막이 다 올라갈 때까지도 객석은 자리를
뜨지 못한 관객들의 침묵으로 고요했다. 쉽게 사라지지 않
을 깊은 여운이 물보라처럼 남는 영화다. 한 인물에 대한
일대기의 연출방식과 스케일에 대한 호기심으로 선택한
영화다. 내가 살아보지 못했던 시대지만 역사책에서 고스
란히 공부하고 느껴봤던 그리 멀지 않았던 이전의 시대다.

여류소설가이자 수필가 샤오훙(탕웨이 분)의 파란만장한
삶이 178분 시간 속에 녹아있다. 1911년 6월 1일에 태
어나 1941년 1월 22일에 사망한 서른 살의 생을 마감할

때까지의 이야기다. 시대의 격변기에서 이토록 치열하게 살 수 있었던 원동력은 무엇일까. 문학이었을까. 사랑이었을까.

비범한 작가란 다른 특별한 생의 곡선을 태생적으로 가지고 태어나는 것인지도 모른다. 봉건적이고 폭압적인 아버지 밑에서 순응하며 평범하게 살지 못했다. 집안에서 정해준 약혼자를 두고 첫사랑이었던 사촌오빠와 애정의 도피를 시도했으니 이미 도발적이고 강렬하다. 그 이후 옛 약혼자에게 임신한 몸으로 버려졌지만, 사실은 자발적이고 주체적인 가출이다. 배고프고 비참했던 그 시절, 그녀의 삶을 지탱해주는 버팀목은 사랑도 배고픔도 추위도 아니었다. 문학에 대한 뜨거운 열정이었다.

샤오훙은 비참한 여관 생활을 하는 틈틈이 글을 써나갔다. 처절하고 비참한 삶의 막다른 골목에서 그녀는 신문사에 작품 원고를 보낸다. 그녀를 찾아온 문학 동지이자 애인 샤오쥔(풍소봉 분)의 도움으로 새로운 삶을 시작한다. 뼈가 부서지고 피가 말라간다고 표현했을 정도의 가난과 굶주림, 추위 속에서도 그들의 사랑은 뜨거웠다. 찢어지게 가난하지만 젊은 연인의 모습은 화면 속에서 아름답게 빛났다. 가장 뜨겁고 찬란했던 건강한 청춘의 시대였으므로.

다른 의미의 황금시대다.

샤오쥔과 샤오홍 두 남녀의 인생은 중국 문학사의 거목 루쉰을 만나면서 활짝 만개한다. 천부적 재능을 가진 샤오홍의 문학적 끼를 루쉰이 알아보면서 많은 격려와 직접적인 도움을 준다. 스승이면서 아버지 같은 존재 루쉰과의 인연은 그녀의 삶과 문학적 전반에 커다란 영향을 끼친다. 우리 인생에 나 혼자 이룩되는 역사가 있었던가. 그녀의 시간적 연대기 속에는 놀랄 만한 수많은 인연과 만남, 복잡한 관계들이 얽혀있다. 서로 영향을 주고받으며 삶을 완성해간다. 1930년대의 중국 문학계의 거물들, 루쉰, 당링, 메이쯔, 샤오쥔, 두안무, 니에간누, 바이랑, 뤄빈지 등, 수많은 시대의 지성과의 만남과 인연으로 샤오홍의 삶은 더욱 드라마틱해 보인다.

영화 화면 속에는 글을 쓰는 샤오홍의 모습이 생각보다 많이 등장하지는 않는다. 대신 영화 속 자막을 통한 내레이션 형식으로 그녀 자신이 직접 작품을 읽어내려가곤 한다. 얼마나 아름답고 사색적인 글이던지, 얼마나 삶에 대한 따스한 감동이 담긴 자유로운 글이었던지. 영화 자막이 한 편의 책을 읽은 것처럼 아름답고 사색적이다. 개인적 취향이 분명히 존재하는 영화이지만 지적이고 품격이 느껴지는 우아한 영화다. 그녀를 작가로서 훨씬 효과적으로 부각시켜준 영화적 기법이 마음에 들었다.

서른 살이라는 짧은 생애동안 그녀는 매 순간 최선을 다해 감정에 솔직했다. 사랑에 용감했다. 외롭고 혹독한 고통과 홀로서기의 고단한 삶 순간순간에도 그녀는 늘 글을 쓰는 천형을 품고 살았다. 그녀는 뜨거웠다. 외로워도 외롭지 않았고, 고통스러워도 고통스럽지 않았다. 모질고 척박한 삶의 역경을 지나온 그녀는 마지막까지 뜨겁고 치열했다. 삶, 목숨을 잡고 있으려는 욕망으로서가 아니라 마지막까지 자신의 생에 최선을 다하고 싶어했다. 그녀는 영화의 마지막 장면에서 이렇게 말한다.

"인간이나 자연에 속한 모든 것은 동일하게 흘러가고 동일하게 존재한다."라고.

우리는 누구나 지금 여기의 삶이 최고의 순간, 황금시대이기를 바란다. 격변의 시대를 살다간 비운의 천재 여성작가 샤오홍을 통해 자신의 삶을 성찰해보는 기회가 될 것이다. 시인이나 소설가로 살고 있건 자신의 이름으로 시대를 사는 문학인에게는 더 특별하게 여운을 남기며 오롯한 사색의 시간이 될 것이다. 그녀의 삶은 시 같고 소설 같은 자신만의 이야기로 남아 영원히 존재할 것이다. 잠시 눈을 감고 온전히 자신 안으로 침잠하고 싶은 촉촉한 밤이다.

〈허안화 감독, 2014〉

* 중국 현대문학의 보물, 샤오홍 蕭紅(1911/6/1~1942/1/22)

작품: 〈생사의 장〉, 〈후란강 이야기〉, 〈우차상〉 등

1930년대 중국 민국시기에 등단한 샤오홍은 동북 작가군의 대표
로 꼽힌다. 자의식을 가진 여성으로서 겪었던 고난과 자신의 눈으
로 본 농민의 고통을 특유의 섬세한 필체로 그려내 현재까지 찬사
를 받고 있는 천재작가이다. 중국 정부는 샤오홍을 기리기 위해 하
얼빈 제일여중을 샤오홍 중학교로 이름을 바꾸고, 그녀의 생가를
보호하고 있다.

5부

사랑은 외롭고 쓸쓸하지만 가볼 만한 길이다

베르벨 레츠《헤르만 헤세의 사랑》

누구에게나 사랑이 있다. 어디서부터 어떻게 시작되었는지는 모르지만 분명 가슴 벅찬 설렘과 흥분으로 들뜨던 설익은 열기를 기억할 것이다. 누군가에게는 가슴 아픈 상처로 남아있고, 누군가는 평생 잊히지 않는 마음의 서늘한 그림자의 흔적으로 있을 터이다. 사랑의 이미지는 충동적이고 환상적이기도 하지만 감동의 이미지로 남아 있기가 쉽다. 만약 당신의 사랑이 자신이 읽은 책 속의 주인공이며, 그 주인공을 만들어 낸 작가라면 어떨까. 어쩌면 일방적인 감정을 품고 살고 있으니 짝사랑에 더 가까울 수도 있지만 말이다.

자아가 막 형성되어 가던 중학생 시절 《데미안》을 통해 난 처음으로 헤르만 헤세를 알았다. 소설 속 주인공 데미안과 헤세를 동시에 사랑하게 되었다. 첫사랑이 생긴 것이다. 짝사랑임에는 틀림없지만, 아직도 나는 그에 대한 모든 것이 궁금하다.

베르벨 레츠의 《헤르만 헤세의 사랑》은 헤세의 진짜 삶을 공유했던 세 여인과 헤세의 사랑에 대한 전기에 가깝게 쓰인 책이다.

세계적으로 가장 많은 독자를 가지고 있는 작가 중에 한 명이지만, 헤세의 여인들에 대한 이야기는 그리 많이 알려져 있지 않다. 세 번의 결혼을 통해 세 명의 부인을 두었다는 이야기나 정신병에 걸린 첫 부인과의 이혼 등이 호기심을 불러왔지만 구체적인 사생활은 쓰여진 적이 별로 없다. 은둔적이고 순례자적 면모를 지닌 예민하고 까다로운 헤세는 어떤 여성들에게 매료되었을까? 결혼에 대해 부정적이었던 헤세의 마음을 그녀들은 어떻게 돌려놓았을까? 헤세에 대한 맹신적인 환상을 걷어내고, 인간적인 헤세의 맨살을 만져보고 싶은 호기심과 질투심으로 첫 장을 펼친다.

"나의 사상과 예술관 때문에 내 인생에서, 혹은 여성들과의 관계에서 종종 어려움을 겪는다. 나는 사랑을 부여잡을 수도, 인간을 사랑할 수도, 삶 자체를 사랑할 수도 없다."(헤르만 헤세)

헤세는 세 번의 결혼을 했다. 1904년 마리아 베르누이, 1924년 루트 뱅거, 1931년 니논 돌빈, 그가 선택한 공식적인 세 명의 부인들이다. 첫 부인은 바젤의 학자 집안 출신인 사진작가 '마리아 베르누이'다. 그녀는 헤세보다 아홉 살 연상이다. 1902년 마리아가 헤세를 처음 만났을 때 서른네 살의 노처녀였다. 그녀는 스위스에서 최초로 직업교육을 받은 전문 여류사진작가였다.

헤세는 피아노와 바이올린을 잘 연주하는 자그마한 체구의 활달한 마리아를 마음에 들어했다. 마리아와 헤세의 공통분모는 음악이었다. 체구나 기질, 음악에 대한 열정에서 마리아는 헤세의 어머니를 떠올리게 한다. 수많은 운명적 인연과 시간의 관계망 안에서 헤세는 사실 삶의 방관자였고, 소심한 왕자였다. 괴벽과 과민, 두통과 정신적 열병을 앓았던 헤세의 변덕과 화증을 이해하고 포용하기 위해 그녀는 부단히 노력했다.

헤세의 주변에는 언제나 많은 여성들이 있었다. 짝사랑하던 엘리자베트 라 로슈라, 일곱 살 연상의 엘리제는 헤세가 열다섯 살에 만난 첫사랑이다. 룰루는 헤세가 가는 단골 술집의 조카였으며, 연정을 품었던 젊은 시절의 열정이었다. 수많은 여성들과의 염문, 동반여행과 교류가 빈번했지만 헤세는 순례자나 방랑자처럼 고독했고 예민했다.

평범치 않은 마리아는 어머니 같은 모성으로 평온함과 고요함, 조화로움과 대리석 같은 매끈함으로 헤세를 보살피고 다스렸다. 그런 삶 속에서 마리아의 우울증과 정신분열은 가족력에 기인하기도 했지만, 쉰 살에 접어든 여인에게 갱년기는 또 다른 고통이었다. 그녀는 번민과 두려움, 불면증에서 벗어나보려고 노력했지만 헤세의 이기적인 태도에 절망했다. 그녀의 정신세계는 해체되었고, 남은 것은 궁극적인 이별, 이혼뿐이었다. 1923년 여름, 마리아와 헤세는 19년 만에 법적으로 이혼한다.

루트 뱅거는 삶의 안전한 테두리에 안주하며 경솔하게 행동하는 몽상가였다. 약간 수척하고 기품있는 분위기의 헤세에게 첫눈에 반했다. 다리를 꼬고 앉아 팔짱을 낀 채 흠모의 눈빛으로 헤세를 바라보던 그녀가 헤세의 두 번째 부인이다. 결혼 후 그녀는 자신이 늘 혼자라고 느꼈다. 다른 사람과 자신을 갈라놓는 공허한 벽을 참을 수 없어 했고, 며칠 동안 말 한마디도 없는 사람 옆에서 홀로 외롭게 지낼 자신이 없었다. 은둔자의 삶을 동행할 자신이 없었던 것이다. 그녀는 1924년 1월 11일 헤세와 정식으로 부부가 되었지만 1927년 4월, 3년 만에 이혼했다.

'헤르만 헤세의 인생에서 내가 가진 존재의 의미는 아무것도 없었다'(루트 뱅거)

1910년 헤세가 받은 편지 중에는 체르노비츠에서 보내온 열다섯 살짜리 여고생 편지도 있었다. 이름은 니논 아우슬렌더. 그녀는 계속해서 헤세에게 편지를 보냈고, 단 한 번도 그를 잊은 적이 없었노라고 고백했다. 1918년 니논은 다른 남자와 결혼했지만 여전히 헤세에게서 구원을 바라고 있었다. 절망에 빠져 자살충동에 사로잡힌 극도로 신경질적인 헤세를 그녀는 진심으로 사랑한다고 했다.

인생에는 설명할 수 없는 운명의 질긴 끈이 있는 것일까, 아니라면 필연은 인간의 집착과 욕망에 의해 만들어지기도 할까. 니논은 그녀만의 감정세계에 갇혀 살았으며, 속이 들여다보이지 않는 유리알의 중심에는 늘 헤세가 있었다. 헤세의 침묵도 거부도 그녀의 마음을 돌려놓을 수 없었다. 그녀는 사랑하는 사람의 작품을 읽고 또 읽었다. 그녀의 적극적인 구애에 거부감과 부담감을 느끼며 무반응과 소리 없는 메아리로 일관했던 헤세는 결국 1931년 1월 14일 니논 아우슬랜더와 세 번째 결혼을 한다. 그녀는 친구나 애인이 아닌 정식부인으로 인정받고 싶었다. 헤세와의 결혼은 오랫동안 꿈꾸어온 이상이었다. 그녀는 이제 노벨상 수상자의 부인이 된 것이다.

헤세가 진정으로 사랑했던 여인은 누구였을까? 연인이 아니라 일정한 거리를 유지하는' 마리아는 헤세에게 어머니 같은 여성이다. 루트는 그런 여인이 아니었기에 그의 곁을 떠났다. 니논은 자신이 헤세의 여비서라고 소개되는 걸 원하지 않았고, 헤세는 마지막까지 결혼을 원하지 않았지만, 결국 그녀와 결혼했다.

예술가의 삶에 결혼은 재앙이며, 상상력과 영혼의 생명력도 죽이는 거라고 생각했던 헤세. 평생 순수하고 자유로운 방랑자의 삶을 열망했던 헤세. 그러나 그는 세 여인을 남겨두고 1962년 8월 9일 아침 이 세상을 떠났다.

사랑이란 무엇인가. 누군가를 사랑한다는 것은 가슴 시린 외로움과 살을 저미는 고통과 희생을 연민으로 감당해야 가능한 것인가. 헤세를 소유하고 사랑했지만 결코 행복하지 않았던 여인들, 생의 가장 깊숙한 곳에 사랑의 칼끝을 들이밀어 생피를 흘리면서도, 기억 속에서 헤세와의 사랑을 지우고 싶어 했던 여인들. 예술가에게 사랑과 결혼은 치명적이고 덧없는 욕망의 잿더미인지도 모른다.

헤세의 작품들은 아직도 나를 설레게 한다. 잊을 수 없는 첫사랑, 여전히 짝사랑의 감정으로 내 마음에 살아있는 헤세. 이 책을 통해 나는 헤세를 더 많이 이해하고 사랑하게 되었다. 용기 있고 비범했던 헤세의 그녀들에게도 뜨거운 마음을 전하고 싶다.

사랑은 누구에게나 강력한 추억이자 과거로의 소환이다. 사랑은 현재 진행형의 영원한 생명체 같은 감정이다. 사랑은 외롭고 쓸쓸하지만 가볼 만한 길이다.

아름다운 이름, 아름다운 인생

존 윌리엄스 《스토너》

누구에게나 이름이 있다. 탄생의 축복으로 지어진 이름은 가장 사랑하는 이들에 의해 최초로 불리고 자신의 분신이 된다. 이름을 갖는다는 건 자신의 삶을 살아간다는 뜻이기도 하다. 이름이 모든 것을 규정짓는 것은 아니지만 이름값이 주는 무게감 때문에 우리 삶은 어떤 의미로든 결코 가볍지 않다. 자신의 이름을 가지고 사는 동안 우리는 모두 살아가는 존재이며 살아있는 존재가 된다. 이름은 어느 한 인간의 일생을 대신하며 이름과 함께 태어나 이름과 함께 죽음을 맞이하는 존재로서 남는다.

소설 《스토너》는 우리 자신들의 삶일 수도 있는 문학과 책을 사랑했던 한 사람의 아름다운 이름, 아름다운 인생에 관한 이야기다.

"스토너 군, 이 소네트의 의미가 뭐지?"

"이것은 소네트야, 스토너 군."

"14행으로 이루어진 시라는 얘기지. 이건 자네가 오랫동안 사용해 온 언어지. 저자는 윌리엄 셰익스피어. 이미 세상을 떠났는데도 몇몇 사람의 머릿속에 여전히 남아있는 시인일세.

"그대 내게서 계절을 보리

추위에 떠는 나뭇가지에

노란 이파리들이 몇 잎 또는 하나도 없는 계절

얼마 전 예쁜 새들이 노래했으나 살풍경한 폐허가 된 성가대석을

내게서 그대 그날의 황혼을 보리

석양이 서쪽에서 희미해졌을 때처럼

머지않아 암흑의 밤이 가져갈 황혼

모든 것을 안식에 봉인하는 죽음의 두 번째 자아

그 암흑의 밤이 닥쳐올 황혼을.

내게서 그대 그렇게 타는 불꽃의 빛을 보리.

양분이 되었던 것과 함께 소진되어
반드시 목숨을 다해야 할 죽음의 침상처럼
젊음이 타고 남은 재 위에 놓인 불꽃
그대 이것을 알아차리면 그대의 사랑이 더욱 강해져
머지않아 더 나야 하는 것을 잘 사랑하리."
-셰익스피어 「일흔세 번째 소네트」

"셰익스피어가 300년의 세월을 건너뛰어 자네에게 말을 걸고 있네, 스토너 군, 그 목소리가 들리나?"

문학과의 운명적인 조우, 그의 인생에 가장 결정적이고 중요한 선택의 전환이 시작된다. 스토너가 다시 되돌아갈 수 없는 인생의 강을 건너고 있는 순간이다. 우리는 살면서 저마다 자신만의 운명적인 이런 순간을 맞이한다. 그래서 이 대목은 시를 쓰는 나에게도 300년의 시공을 넘어 세익스피어가 말을 걸어온 듯 감동적이고 전율에 휩싸이는 감정이입이 되는 순간이었다.

이 소설의 줄거리는 간단하다면 간단하다. 농부의 아들로 태어나 더 나은 농부로 살아가길 바랐던 부모님의 권유로 농업대학에 입학하지만, 문학에 눈을 뜨게 되고 한평생을 미주리대학 영문과 교수로 재직하다 죽음을 맞이한 평범한 한 대학교수의 삶에 관한 이야기다.

지은이 존 윌리엄스는 1922년생이다. 1942년(20세)부터 1945년(23세)까지 미국 공군소속으로 전쟁에 참전하면서 첫 소설의 초안을 써냈다. 전쟁이 끝난 후 덴버대학교와 같은 대학원을 졸업했고 이 시기에 첫 소설《오직 밤뿐인》을 출간한다. 1955년부터 모교인 덴버대학의 문예창작학과 교수로 재직, 1985년 덴버대학을 은퇴할 때까지 30여 년을 한 학교에서 재직했다. 1965년 미주리대학 영문과 조교수의 삶을 그린《스토너》를 발표한다. 1994년 향년 72세로 아칸소 페이예트빌 자택에서 숨을 거두었다.《스토너》는 1965년 초판이 출간되었으나 2천 부 정도를 팔지 못한 채 절판되며 잊힌다. 그러나 2006년 뉴욕에서 재발행되며 "어떤 의미에서는 평범한 사람이지만 다른 누구 못지않게 풍부한 삶을 살아가는 당신에게"라는 문장을 달고 다시 세상 사람들의 주목을 받기 시작한다. 50여 년 만에 "당신이 들어본 적 없는 최고의 소설"이라는 찬사를 받으며 다시 살아난 것이다. 이후《스토너》는 전 세계적으로 변함없는 사랑을 받으며 판매와 작품에 대한 호평을 동시에 받는 영광을 누리고 있다.

소설 속의 주인공 스토너는 빈곤하고 희망 없는 부모님

곁을 떠나 미주리대학에 입학한다. 최소한의 대학공부를 마치면 돌아와 좀 더 전문적인 농부의 생활을 기대하는 부모님과 살아갈 예정이었다 그러나 운명은 예고편처럼 그의 코앞으로 다가왔다. 아처 슬론 영문학과 교수의 영문학개론 강의를 통해 '자신이 읽는 책의 단조롭고 무미건조한 말 속에서 자신이 가고자 하는 곳으로 이끌어 줄 열쇠를 찾아낼 수 있을지도 모른다'는 예감으로 스토너는 '문학과 영문학과 교수'라는 두 개의 선망과 미래의 꿈을 무의식적으로 가지게 된다.

그는 고향으로 돌아가지 않고 대학에 남는다. 부모님이 계신 고향은 이제 다시는 돌아갈 수 없는 곳이 되었다. 당연하다. 새로운 삶에 눈뜨면서 인생에 자기성찰과 정신적 고양을 깨달은 젊음이 어찌 다시 뒤로 돌아갈 수 있단 말인가. 운명은 앞을 향해서만 나가게 되어 있으니까.

스토너는 대학에서 두 명의 인생 친구를 만난다. 고든 핀치와 데이비드 매스터스, 그들은 제각각의 방식으로 스토너 인생에 영향을 끼친다. 1940년대는 한창 전쟁 중이었고 젊은이들은 나라를 위해 전쟁터로 몰려갔다. 두 친구도 각각의 명분과 젊은 혈기로 모두 전쟁터로 떠나지만 스토너는 학교에 무기력하게 남는다. '달빛 속에 알몸을 드러낸 채 회색을 띤 은빛으로 빛나는 순수한 기둥' 대학의 신전 기둥만이 스토너 자신이 받아들인 삶의 방식을 상징하는 것 같았다. 학교에 남은 것은 그가 대학에서 영문학을 공부하기로 한 최초의 결정 이후 그의 인생을 바꾸는 결정적 선택이 된다. 전쟁터로 떠났던 친구 매스터스는 전쟁터에서 전사하고 핀치는 살아 돌아온다. 그러나 생사를 넘나드는 전쟁을 겪은 고든 핀치와 스토너가 같은 삶을 살았고 같은 시간을 보냈다고 할 수는 없다.

우리에게 우정은 얼만큼의 무게로 작용하는가. 특히 문학 안에서 만나는 문우들과의 정신적 교감과 신뢰는 얼마큼 진실한 것일까. 죽음처럼 문학은 마지막까지 혼자 가야만 하는 길인지도 모르겠다.

스토너는 묵묵하게 자신의 길로 자신의 삶을 살아간다. 그는 교수가 되었고 그에게도 첫사랑이 찾아왔다. 첫사랑의 순수한 환상과 불투명한 청춘의 사랑은 현실 속에서 매우 달랐지만 결국 첫사랑의 그녀, 이디스와 결혼한다. 결론부터 말하면 당연히 이디스와의 결혼생활은 전혀 행복하지 않았다. 결혼하여 부부는 무엇으로 사는 것인가. 많은 우여곡절을 거치며 드디어 스토너가 그녀를 미음에서 포기하는 이 대목은 마음이 스산해지며 애틋한 슬픔이 밀려들었다.

"아련한 연민과 내키지 않는 우정과 친숙한 존중이 느껴졌다. 지친 듯한 슬픔도 느껴졌다. 이제는 그녀를 봐도 예전처럼 욕망으로 괴로워지지 않는다는 사실을 알기 때문이었다. 예전처럼 그녀의 모습에 마음이 움직이는 일도 다시는 없을 터였다."

그러는 사이, 분신처럼 사랑했던 딸 그레이스는 아픈 손가락이 되어 잘못된 결혼과 출산을 하고 자신만의 고통스러운 삶을 살아간다. 무기력하게 삶을 지켜보는 스토너는 가슴 아프지만 그 역시 딸의 삶이니 어쩔 수 없다. 딸 그레이스의 비극적인 몰락과 이디스의 히스테리는 그를 점점 더 자신의 내면으로 숨어들고 외부와 교통하지 않게 만든다. 그런 그에게 진짜 사랑하는 사람이 나타난다. 정신과 육체의 결합이 완전하게 가능한 인생 단 한 번의 짧은 불꽃이 그에게 피어올랐다. 불륜이라는 도덕의 틀 안에 가두기에는 심정적으로 이해하고 포용해주고 싶은 그들의 사랑은 나름대로 진실하고 충실했다. 그러나 모든 것에는 끝이 있는 법. 사랑도 결국 끝이 나버린다.

그러는 동안에도 스토너는 살아간다, 그의 삶은 조용하게 고요하게 자신 속으로 숨어드는 침묵과 침잠이다. 그래야 그는 견딜 수 있었고 지탱할 수 있었다. 무기력하지는 않지만 특별히 유능하지도 교활하지도 현실 순응적이지도 않다. 오직 책 안에서 살고 문학으로만 이야기한다. 문학의 자폐적 부분이다.

이 소설은 전지적 작가 시점으로 쓰인 작품이다. 주인공 스토너를 타인의 눈으로 들여다보고 있지만, 그는 자신을 이야기하고 있다. 말기 암과 투병하는 그는 육체적 고통 속에서도 점점 자신의 내면 안으로 침잠해 들어간다. 그는 냉정하고 이성적인 타인의 눈에 틀림없이 실패작으로 보일 자신의 삶을 관조했다.

그는 우정을 원했다. 자신을 인류의 일원으로 붙잡아줄 친밀한 우정, 그에게는 두 친구가 있었지만 한 명은 존재가 알려지기도 전에 무의미하게 죽음을 맞았고, 다른 한 명은 이제 저 멀리 산 자들의 세상으로 물러나있다. 혼자 있기를 원하면서도 결혼을 통해 다른 사람과 연결된 열정을 느끼고 싶었다. 그 열정을 느끼기는 했지만, 그것을 어떻게 해야 할지 몰랐기 때문에 열정이 죽어버렸다. 그는 사랑을 원했으며, 실제로 사랑을 했다. 하지만 그 사랑을 포기하고, 가능성이라는 혼돈 속으로 보내버렸다. 캐서린, 그는 속으로 생각했다. 유일했던 "캐서린."

그는 또한 가르치는 사람이 되고 싶었다. 실제로도 그렇게 되었지만, 거의 평생 무심한 교사였음을 스스로도 알고 있다. 언제나 알고 있었다. 그는 온전한 순수성, 성실성을 꿈꿨다. 하지만 타협하는 방법을 찾아냈으며, 몰려드는 시시한 일들에 정신을 뺏겼다. 그는 지혜를 생각했지만, 오랜 세월의 끝에서 발견한 것은 무지였다. 그리고 뭐가 있더라? 그는 생각했다. 또 뭐가 있지?

죽어가는 사람은 누구나 아이들처럼 혼자만의 순간을 원한다고 했던가. 숨을 거두기 전 마지막 순간까지 그는 책을 펼친다. 그곳에 그의 인생이 있기 때문이다.

"너는 무엇을 더 기대했나?"

여름 산들바람에 실려 온 기쁨 같은 감정을 느끼며 그는 숨을 거둔다. 스토너는 최선을 다해 자신의 삶을 살아낸 것인가. 아니라면 다른 더 나은 최상의 선택이 있었을까. 우리는 사는 동안 인생에서 무엇을 기대할 것인가? 누구에게나 아름다운 이름, 아름다운 인생이 있을 뿐이다.

이동주 시의 에로티시즘

《이동주 시선집》

이동주의 시를 읽는다는 건 나에게 흥미로운 도전이다. 그는 1920년생이다. 올해는 특별히 탄생 100주년을 맞은 작고 문인들에 대한 작품 세계를 새롭게 고찰해보는 연구가 학계와 시단을 중심으로 활발하게 일어나고 있다. 우리 고유의 정한을 바탕에 둔 새로운 관점의 한국 서정시의 전통을 좀 더 구체적으로 탐구하고 민족적 가치의 세계관으로 확대해석하려는 분위기도 감지된다.

이동주는 한국적인 전통을 가장 잘 계승한 시인으로 평가받고 있다. 이동주의 시를 읽고 해석한 비평가와 연구자들은 대부분 그의 시에서 '한으로 풀어낸 전통 서정시'라는 시적 분위기를 전한다. '한을 토대로 신명나게 놀고, 산

조와 율의 언어로 다시 한을 풀어내는 민족 고유의 전통적인 슬픔과 한의 정서를 품격있고 유연하게 형상화하고 있다.' 그러한 해석의 타당성을 인정하는 가운데 나는 조금 다른 관점을 덧붙여 말하고 싶다.

이동주의 시를 읽으면서 반복적으로 느낀 것은 결핍과 그리움의 서정이다. 내면 깊숙한 곳에서 본능적으로 분출되어 나오는 서늘한 감정 역시 한과 신명이다. 그러나 여기서 간과할 수 없는 것은 그의 시에 스며있는 요란스럽지 않은 에로티시즘이다. 성의 감각적 측면이라는 의미에서 드러내놓고 감정을 표출하거나 호들갑스럽고 화끈한 시적 표현을 의도적으로 배치한 시와는 차이가 있다. 젊은 나이에 고향을 떠나 물질적 정신적 결핍으로 점철했던 젊고 순수한 그리움의 에로티시즘이 어쩌면 그의 시 본질에 가까운 부분을 형성하고 있는 건 아닌가 하는 생각이다.

아버지의 부재와 헌신적이고 희생적인 어머니의 모습을 통해 모성에 대한 그리움과 동경의 대상으로서의 여성을 시의 소재, 그리고 주제로 파악하고 있음을 알 수 있다. 여성은 지적이고 고고해야 하며 아름다워야 한다는(어머니에 대한 회상으로 쓴 사모곡 참조) 여성성에 대한 시선이 형성되어 있다. 어린 시절 집을 떠난 그에게 어머니는 모성을 품은 여인이자 애인이며 흠모하는 여성의 아련하고 순수한 모습이다. 이런 시각에서 이동주의 시를 몇 가지 관점 아래 살펴보기로 한다.

1.

이동주는 어린 시절 유복했던 할아버지 덕분에 편안한 생활을 누렸지만, 아버지의 일탈과 부재에 가까운 존재감 때문에 더욱 어머니에게 마음이 기운다. 집착까지는 아니라 해도 어머니가 견디며 살아온 세상에 대한 안타까움과 연민으로 늘 마음이 아프다. 그랬기에 역설적으로 그런 풍경과 답답함이 있는 고향을 떠나 멀리 문학을 찾아 나선다. 22살에 혜화전문대학(불교학과)에 입학하지만 마음 한구석에 품고 있는 심정적인 허전함과 여성과 어머니에 대한 그리움은 점점 짙어간다. 젊은 시인 이동주에게 드러나 있는 여성성과 에로티시즘은 매우 얌전하고 은근하다. 그를 시단에 보내준 스승 서정주가 쓴 관능적이고 탐미적인 시어를 닮지는 않았지만 고요하게 슬며시 숨겨놓은, 때로는 역동적 모습으로 풀어놓은 그만의 품격있는 사랑법과 에로틱한 정한이 시 몇 편에 고스란히 들어있다.

첫 시집의 첫 작품으로 〈새댁〉을 선택한 것은 어머니의
삶 속에 녹아있는 슬프고 고단한 한국적 여성의 생에 대한
연민과 보답의 시라고 볼 수도 있다. 이 시에서도 이동주
특유의 단아한 여성성과 고고한 성적 이미지를 발견해 낼
수 있다.

친정에 가서는 자랑이 꽃처럼 피다가도
돌아오면 입 봉하고 나붓이 절만 하는 호접胡蝶

눈물은 깨물어 옷고름에 접고
웃음일랑 살몃이 돌아서서 손등에 배알는 것

(......)

애정은 법으로 묶고
이내 돌아오지 않는 남편에게
궁체로 얌전히 상장을 쓰는……

— 〈새댁〉에서

고이 쓸어 논 뜰 위에
꽃잎이 떴다
당신의 신발

동정보다 눈이 부신
미닫이 안에
나의 반달은 숨어……

이제사 물오른
버들 같은 가슴으로

나는 달무리 아래 선다

-〈뜰〉전문

벙어리 삼 년, 귀머거리 삼 년의 시집살이와 시누이들
의 등쌀에도 묵묵히 남편을 기다리는 어머니의 모습에서
한국적인 여인상을 발견한다. 친정에 가면 마음껏 어리광
과 발랄함을 보이며 본래 기질의 모습을 드러내다가도 시
댁에 오면 남편만을 기다리고 의지하는 전형적 여성으로
변모한다. 결핍과 기다림, 인내의 정한에 숨어있는 억제

된 여성성을 읽어낼 수 있다. 지금의 여성이라면 상상도 할 수 없는 수동적이고 체념적인 삶 속에서도 내면에 감춰진 원초적인 여성성을 이동주만의 시적 언어로 그려내고 있다.

육체적이고 애욕으로 들끓는 에로티시즘이 아니라 기다림의 에로티시즘이다. 힘든 살림과 바느질에 시간을 바치며 기다리고 기다리며 얌전하고 단정한 궁체로 상장을 쓰는 길고도 외롭던 그녀, 그 속에 감춰진 여성으로서의 성적 권리와 자유는 아득해 보인다. 이동주의 시에 드러나는 여인들은 다소곳하지만, 지적이고 능동적인 모습으로 자신의 여성성을 조용하게 드러내고 있다. 내숭스러움과는 다른 기다림과 인내의 정조가 몸에 밴 부끄러운 듯 기품있는 내적 에너지이다.

이동주가 사랑하는 여인들의 모습에는 언제나 지적 분위기가 들어있다. 책을 읽고 글을 쓰고 문학적 분위기가 풍기는 흠모와 선망이 있다. 시인이 특별히 좋아하는 '물에 젖은 포도알처럼 서글서글한' 커다란 눈망울조차 그리움과 동경이 억압된 삶과 닮아있는 성적 판타지로 환치된다.

금슬琴瑟은 구구 비둘기……

열두 병풍
첩첩 산곡인데
칠보 황홀히 오롯한 나의 방석

오오 어느 나라 공주오니까
다소곳 내 앞에 받들었소이다

어른일사 원삼을 입혔는데
수실 단 부전 향낭이 에릿해라

황촉黃燭 갈고 갈아
첫닭이 우는데
깨알 같은 정화情話가 스스로워……

눈으로 당기면 고즈너기 끌려와 혀끝에 떨어지는 이름
사르르 온몸에 휘감기는 비단이라
내사 스스로 의의 장검을 찬 왕자

어느새 늙어버린 누님 같은 아내여
쇠갈퀴 손을 잡고 세월이 원통해 눈을 감으면
살포시 찾아오는 그대 아직 신부고녀

금슬琴瑟은 구구 비둘기

-〈혼야婚夜〉 전문

이동주 자신의 신행 첫날 밤을 그려낸 시다. 원삼 저고
리에 족두리를 한 신부를 앉혀놓고 마주 앉은 새신랑의 설
렘과 뿌듯함이 손에 잡힐 듯 생생하다. 열두 병풍으로 둘
러쳐진 아늑하고 황홀한 공간에서 신랑이 느꼈을 감정은
어떤 마음일까. 마주하고 있는 신부의 모습은 어느 나라
공주인지 아름다움에 취하고, 향낭에서 살살 풍겨 나오는
향기에 취하고, 문밖 댓돌 위에서 문풍지에 침을 바르고
들여다보고 싶은 충동을 주는 풍경이다. 손가락 하나 크기
의 동그란 구멍 뚫린 곳에서 바라보는 풍경, 그 자체가 에
로틱하다. 카메라 줌을 가까이 대고 신부의 모습을 눈·코·
입 차례로 클로즈업하는 것이 아니라 문풍지를 뚫어 놓은
손가락 하나 정도 크기에서 바라본 신방의 풍경은 몸이 덩
달아 달달해지는 아득함과 황홀한 설렘이 있다. 한국적 에

로티시즘의 역사를 쓴 서정주의 시처럼 생생하고 관능적인 표현의 시어는 없지만, 이동주 방식의 황홀한 아름다움은 드러나 있다.

은근하게 보여준다. 읽고 느끼는 이의 상상 속에서 피어나는 에로티시즘이다. 다 들어내 보여주는 것이 아니라 숨겨놓은 인고의 세월과 투박한 삶 속에서 느끼는 연민의 감정이 슬픔으로 변신하고, 애정으로 변하고, 그것은 다시 생명력을 얻고 역동적 삶의 모습으로 전환되어 살아가는 힘이 된다. 신혼 첫날밤의 아내가 늙어 누님같이 변한 쇠갈퀴 손을 잡고 세월이 원통해 눈을 감지만 그런 아내의 모습에서도 그리운 신혼 첫날밤의 설렘과 연민을 느낀다.

사람들은 에로틱하면 관능적인 성적 에너지만 상상하는 경우가 많다, 그건 대부분 사실이지만 에로틱은 인간이 갖는 본연의 생명력이자 삶에 대한 욕구다. 살아있음에 대한 마음의 위로와 정신적 충만함이다. 내면의 격정적 에너지를 표출하기도 하지만 신비감으로 감춰두었던 역동적 생명력을 고요하고 얌전하게 드러내 보이기도 한다.

2.

　이동주의 시에 등장하는 여성상은 주로 어머니와 아내다. 간간이 어린 딸이 등장하기는 하지만 대부분은 한 많은 어머니와 안쓰러움으로 가득한 아내의 모습이다. 관습에 매인 억압적인 삶에 가슴 아파하는 연민과 안타까움으로 가득하다. 〈소복〉에 드러나 있는 표출되지 않은 여인들의 삶 속에 감춰진 비수처럼 날카롭고 섧은 삶의 애착을 본다. 오월에도 서리가 내리는 한과 슬픔으로 점철한 마을마다 흰옷 입은 여인들의 모습에서 여성으로서 억압되고 견딘 인고의 한 맺힌 삶, 분출되지 못한 여성으로서의 생명력과 서럽고 체념적인 마음이 한 서린 슬픔으로 드러나 있다.

　빈방에 백합百合이 쓰러진다

　반달 눈썹 물먹은 포도알
　야윈 두 볼에 아롱이 지네

　입술을 깨물어 피가 터지고

슬픈 매무새 고쳐 여미면
오월에도 내리는 싸늘한 서리

고이 사윈 청춘의 먼 후일에도
비수匕首 녹슬지 않으리

애닲기사 생대 같은 정절인데
마을마다 흰옷 입은 여인이여

-〈소복素服〉 전문

　　한편 이동주의 시 속에는 역동적인 여인의 모습이 등장
한다. 한과 신명으로 들뜬 여인들의 삶에 활력이 느껴진
다. 과거 전통적인 여성상에 나타나는 인내와 수동적 삶의
헌신만 있는 것이 아니다. 자발적이고 능동적인 삶의 역동
성이 숨어있다. 현대의 여성처럼 개방적이고 자기 주도적
인 삶의 선택과 방식이 없었던 그 시절에도 여성들은 결코
기죽어 있거나 포기하지 않는다. 이동주 시에서 발견되는
여성의 숨겨진 내발적 에너지다. 〈강강술래〉를 통해 나타
난 여성의 삶 속에 스민 능동성, 에로틱한 생명력과 자발
적이고 건강한 삶의 풍경에 감동한다.

개인의 삶도 여성이라는 본능도 억압받던 시절, 여성들은 원초적 생명력, 성적 에네르기를 어떻게 풀어내어 정서적·심리적으로 치유·안정시킬 수 있을 것인가. 시대와 풍습과 차별에 막혀 마음에 응어리져 있던 여러 의미로서 억눌렸던 모든 억압과 욕구불만을 어떻게 해소하고 풀어낼 수 있는가. 그것의 한 방법이 춤이고 노래이고 군무이고 타령이다.

단오나 정월 대보름 축제에나 남자를 볼 수 있다는 고전적 사실이 말해주고 있듯이 옛 여인들의 삶은 억압받고 갇혀있는 삶이다. 여성들만의 축제이고 한풀이이고 성적 억압에 대한 해소가 바로 〈강강술래〉다.

여울에 몰린 은어 떼

뼈비꽃 손들이 둘레를 짜면
달무리가 비잉 빙 돈다

가아웅 가아웅 수우워얼래에
목을 빼면 설움이 솟고……

백장미白薔薇 밭에
공작孔雀이 취했다

뛰자 뛰자 뛰어나 보자
강강술래

뇌누리에 테프가 감긴다
열두 발 상모가 마구 돈다

달빛이 배이면 술보다 독한 것

기폭이 찢어진다
갈대가 스러진다

강강술래
강강술래

                       - 〈강강술래〉 전문

〈강강술래〉는 몇 번을 읽어도 마음 밑바닥에서 요동치
는 감흥을 일으키는 시다. 이 시를 읽으면 마티스의 〈춤〉

이 떠오른다. 벌거벗은 여인들이 손에 손을 잡고 원형의 형태를 유지하며 매우 역동적이고 자유롭게 춤추는 그림이다. 명화의 반열에 올라 마티스를 더욱 잊을 수 없는 화가로 만든 작품 중 하나다. 이 그림에 남성은 등장하지 않는다. 모두 벌거벗은 여성들의 모습이다. 둥그런 원형의 형태를 가진다. 당연히 혼자서는 만들 수 없는 형태이기도 하지만 손에 손을 잡고 있으면 자연스럽게 원형의 형태가 만들어진다. 둥근 원은 원만함이고 물처럼 잘 흘러가는 뭉침이 없는 것이다. 어느 한 곳에 맺혀있거나 각져 모난 곳이 없다. 다시 말하면 본질적이고 원초적 모습의 단면이 된다.

〈강강술래〉는 역동적인 폭발력과 내재된 성적 판타지를 모두 담고 있다. 강강술래는 단체로 추는 군무이다. 군무가 주는 의미는 함께 무언가에 동참함으로써 그것이 갖는 공감과 위로가 있다. 나만 이렇게 외롭고 힘든 것이 아니구나, 동병상련의 아픔과 동지애를 가지며 마음에 응어리졌던 한과 슬픔, 원망과 고단한 삶의 막막함을 극복하고 털어낸다. 마티스의 〈춤〉이나 이동주의 〈강강술래〉에 등장하는 사람들은 거의 여성이다. 껑충거리며 뛰고 손을 잡고 돌고 도는데 남성은 없다. 그 의미를 성찰해야 한다.

이 시의 미덕은 시어가 갖는 아름다운 미감이다. 한 편의 움직이는 영상을 보는 것 같다. '강강술래'의 건조한 리듬이 아니라 '가아옹 가아옹 수우워얼 래'라는 리듬은 일품이다. 저절로 노래의 흥이 되살아나고 세포 하나하나에 숨어있던 여성적 에너지들이 분출된다. 삶의 역동성이자 여성성의 회복이다. 춤사위에서 느껴지는 것은 단순히 해소나 해결의 차원이 아니라 근원적인 발원지를 찾은 강의 원류 같은 것이다.

〈강강술래〉는 역동적이고 아름다운 에로티시즘의 발견이다. 이동주는 이 작품을 통해 격정적이고 노골적인 시어 없이도 생생한 이미지를 통해 자신이 사랑하는 여성들을 표현한다. 다소 소극적이고 내성적으로 느껴질 수도 있으나 엄청난 에너지로 점점 고조되고 촉발된다고 볼 수도 있다. 무대에서 상상을 초월하는 폭발적인 끼와 에너지를 발휘하는 배우들이 현실로 돌아오면 놀랄 정도의 내성적 이미지로 돌변하듯 숨겨진 에너지, 즉 숨겨두었다가 한꺼번에 폭발하고 해소하는 변증된 에로티시즘이 삶에 생명력을 부여하는 절정의 방식으로 나타난다.

이 시에 드러난 세부적인 에로티시즘을 읽어보자.

'여울에 몰린 은어 떼'

여울이라는 곳은 물이 티 없이 맑은 곳이다. 은어는 물이 맑고 차갑지 않으면 살지 못하는 물고기다. 이동주가 바라보는 여성들은 모두 맑고 깨끗한 물에 사는 청초하고 순수한 그러나 연약한 은어 같은 존재다. 은어는 화려하거나 힘 있는 물고기가 아닌 평범하고 작은 물고기에 불과하다. 맑고 깨끗한 물에 사는 연약하고 힘없는 물고기 즉, 여성인 것이다. 그런 여성들이 삐비꽃처럼 작고 거친 손들을 맞잡으면 달무리가 지듯 둥근 원형이 생긴다. 이미 신명과 들뜸의 에너지가 애무와 성적 전희의 과정처럼 목구멍까지 올라와 차오른다. 다잡아 목구멍으로 한 맺혀 고여있던 서러움의 때를 끌어 올리면 거친 '가아으 가아응…' 소리가 올라오기 시작한다. 처음에는 서툴고 거친 소리가 나지만 곧 물이 차오르듯 촉촉하고 매끄러운 소리들이 터져 나온다. 두 눈을 감고 잠시 그 장면을 상상해보라. 슬픈 은어 떼와 달무리의 노래와 춤을. 여인들이 함께 노래 부르며 서러움과 슬픔이 휘감긴 아름답지만 처연한 춤사위에서 억압과 인내로 억눌렸던 여성의 본성이 깨어난다.

'가아응 가아응 수우워얼래에'

'목을 빼면 설움이 솟고…'

마음속에 숨겨둔 감정을 건드리면 걷잡을 수 없는 설움
이 올라온다. 목 줄기가 뻐근해지면서 온갖 서러움과 슬
픔, 한스러운 감정들이 목구멍을 조이며 붉게 충혈시킨다.
얼마나 응어리지고 서러웠던 시간인가. 한은 그리움과 기
다림이 쌓아놓은 감정들이고 일렁임이다. 여성으로 존재
하고 여성으로서 사랑받고 싶은 생래적 본능이 '강강수우
얼래……' 춤을 추면서 맞잡은 손과 노래는 투박하게 잃어
버렸던 여성의 정체성으로 되살아난다. 서러움은 모든 인
내와 견딤의 마지막 감정들이다. 남편의 손을 잡고 첫날밤
의 신부처럼 사랑받고 살아가고 싶은 한국적 정한 앞에서
이동주가 그려낸 몇 편의 시들은 상당히 페미니즘적이다.

'백장미白薔薇 밭에

공작孔雀이 취했다'

라는 표현 속에 숨은 남녀상열지사를 끄집어내는 건 너
무 과한 시적 상상력인가.

'뛰자 뛰자 뛰어나 보자'

에서 치닫고 있는 성적 격정을 상상하는 건 지나친 오지랖인가.

'뇌누리에 테프가 감긴다
열두 발 상모가 마구 돈다.'

에서 절정을 향해 휘몰아치는 폭풍 같은 장단과 춤사위를 성적 에로티시즘과 맞물려놓은 것은 넘침인가. 그러나 춤과 함께 들려오는 꽹과리와 장구 피리 소리와 노랫가락 모두 함께 상상해보라. 한 곳을 향해 치닫고 있는 삶의 절정, 그 역동성에서 생명이 분출하고 다시 살아가는 삶의 기운을 회복하는 것이다. 인간은 삶이 성이고 생명력이고 새로운 도약이고 의미가 될 수 있다. 고요함 속에서 점점 촉발되어가는 춤과 어우러진 전통적 한국 여성의 삶이 한 편의 시에 고스란히 담겨있다. 이동주 시인이 얼마나 여성을, 어머니를, 아내와 딸을 사랑하고 귀하게 여기는지 알 수 있다.

'달빛이 배이면 술보다 독한 것'

휘영청 밝은 달빛 아래서 하얀 치마저고리를 입고 무아지경으로 춤추고 있는 이 지점을 절정의 순간이라고 말해도 되지 않을까. 삶의 절정, 생명력의 절정, 성적 판타지의 절정, 그리하여 드디어

'기폭이 찢어진다
갈대가 스러진다.'

삶이 다시 생명을 얻고 고단함과 서러움과 기다림과 한의 정서가 새롭게 시작된다. 다시 살아가는 의미가 되는 것이다. 이동주 시에서 발견한 에로티시즘은 이토록 깊고 아득하고 신명이 난다. 야한 시어 한 마디 없이 우리를 무아의 지경까지 휘몰아치고 고요하게 원래의 자리로 되돌아가게 한다. 한바탕 땀을 흘리고 나면 온몸과 마음이 건강하게 회복되며 다시 의미 있는 삶의 방향을 잡아가기 시작하듯이 말이다.

자기 구원의 글쓰기

이승우 《캉탕》

우리는 모두 과거를 살아왔다. 타인은 알 수 없는 제각각의 비밀스러운 삶의 의미를 품고 어제를 걸어왔다. 나는 잘 살아왔는가. '나'라는 존재는 과거를 관통해오면서 '현재'라는 시간에 어떤 의미를 가지는가. 오늘은 내일의 과거이자 어제의 미래다. 살아 있는 한 지나온 시간으로부터, 앞으로 살아갈 시간으로부터, 우리는 자유로울 수 없다. 지금 살아 있는 '여기'를 떠나고 싶을 때는 없는가. 상처와 흔적으로부터 도망쳐 아주 먼 곳으로 숨고 싶었던 적은 없었는가. 과거의 시간으로부터. 과거의 기억으로부터. 아예 돌아가지 않고 사라지고 싶었던 시간은 없었는가.

"다른 세계로의 동경은 이 세계로의 귀환을 담보로 한다. 이 세계로의 귀환이 담보되어 있는 상태의 떠돎은, 그 시간이 아무리 길다고 해도 여행일 뿐이다. 그렇지 않을 때 낯선 세계는 동경이 아니라 두려움의 대상이 된다.(P21)"

"되도록 멀리, 그래야 있었던 곳을 제대로 볼 수 있으니까. 되도록 낯설게. 그래야 낯익은 것들의 굴레에서 자유로워질 수 있으니까. 되도록 깊이. 그래야 다른 나와 만날 수 있으니까.(P47)"

《캉탕》은 소설 속 지명이다. 대서양에 닿아 있는 웬만한 지도에는 없다고 해도 될 만한 작은 항구도시. 이곳 사람들은 그들이 사는 곳이 세상의 끝이라고 말한다. 도망치듯 캉탕이라는 세상 밖 도시로 떠나온 세 남자의 이야기가 이 소설의 줄거리다. 원인 불명의 증상으로 두통과 이명증에 시달리는 주인공 한중수가 정신과 의사이자 친구인 J의 권유로 캉탕에 오면서 시작된다. 생존 이외의 삶은 없었던 그는 일상의 모든 걸 버리고 이곳에 왔다. 이곳에서 그는 머릿속에 가득 찬 먼지들이 씻겨나갈 때까지 걷고 보고 쓰는 일이 전부다. 그에게 걷는 것은 매우 중요한 행위다. 매일 몇 시간이고 무작정 걷는다. 잡념을 버리고 수행을 하듯 마음의 거죽에 붙은 찌꺼기를 벗기고 다른 생각을 마음에 담으려 하지 않는다.

"두 발을 움직여 걸으면서 나는 현재를 밀어낸다. 걸을 때 현재는 나로부터 밀려난다. (...)밀어내어 도착하여 이르는 곳은 어디인가. 다른 도착의 자리는 없다. 번번이 떠났던 자리로 돌아오고 돌아온 자리에서 떠난다.(...) 그저 앞으로 나아갈 뿐이다.(...) 우리가 걸어서 거기에 다가가는 것이 아니라 우리가 걸으면, 걸은 만큼 거기가 우리에게 다가오는 것이다."(P134)

한중수가 묵고 있는 집의 주인은 J의 외삼촌인 핍(일명 최기남)이다. 그는 배고프고 힘든 어린 시절 고향 집을 도망쳐 나와 배를 탔다. 허먼 멜빌의 소설《모비딕》의 포경선에 대한 동경으로 배를 탔다가 캉탕에 정착한 인물이다. 25살 되던 해 향수병에 지친 고단한 육체와 외로운 영혼을 품어줄 세이렌 같은 여자 '나야'를 만나 사랑하고 결혼한다.

"도망칠 수 없는 환대를 만나면 숙명인 줄 알아야 한다. 숙명은 환대해야 한다."(p40)

"나야는 세이렌으로 유혹하고 피쿼드로 구원했다."(P201)

나야의 어머니로부터 물려받은 작은 선술집 피쿼드(《모비딕》에 나오는 배의 이름)를 운영하며 그는 한 시절 인생의 가장 행복한 시간을 보냈다. 그러나 핍은 지금 혼자다. 몇 년 전 죽은 아내의 죽음을 받아들이지 못한 채, 그녀가 그랬던 것처럼 캉탕 병원의 환자들에게 책을 읽어주며 살아가고 있다. 마치 고래에 미친 선장 에이브해가 틀어박혀 지낸 선실처럼 음침하고 불길해 보이는 어두운 집 1층에서 '나야'를 마음에 품은 채 살고 있다. 핍에게 그녀는 '바다이자 자장가'였다. 그는 읽는 행위를 통해 그녀와의 추억을 마음에 새긴다. 떠나온 바다에 대한 그리움과 죄책감으로 바다를 동경하며 동시에 자기 자신을 치유해 나간다.

선술집 피쿼드 3층에 묵고 있는 또 한 명의 인물이 있다. 캉탕에 머물렀던 2년 동안 한 명의 개종자도 내지 못한 선교사 타나엘이다. 과거 열렬하게 사랑했던 여인의 이별 통보를 받고 분노와 상처로 얼룩진 고향을 떠나 선교사가 되었다. 그런데 20년이 지난 지금 애인을 암매장시킨 살인 당사자로서 그날 밤 사건을 경위서 작성 문서로 해명해야 한다. 선교사 자격은 이미 해임 통고받은 상태다. 참회의 회고록을 써야 하지만 그는 기억하기 싫은 진실을 마주할 자신이 없다. 두려움 때문에 글을 쓰지 못하고 있었다. 우연히 피쿼드 선술집에서 합석을 하게 된 한중수에게 타나엘은 그런 자신의 이야기를 들려주기 시작한다.

"과거는 어딘가에 웅크리고 있다가 갑자기 튀어나와 현재를 물어뜯는 맹수 같습니다. (...) 나를 해치는 이 맹수는 나입니까? 내가 모르는 이 맹수는 어떻게 내 안에 있었습니까? 이 맹수가 내 과거라면 이 맹수를 끌어낼 권리가 나 아닌 누구에게 있을 수 있습니까?(...) 내 과거는 나의 일부입니까? 아닙니까? 어디부터 나입니까? 나는 모르겠습니다. 나는 의문덩어리입니다. 그래서 글을 쓰는데, 그래서 글을 쓰지 못합니다."(P104, 105)

그 이야기를 듣는 순간 한중수는 갑자기 자기 머릿속 한복판에서 울리는 경고음을 듣고 이명증 발작 증세를 일으킨다. 그 사건을 계기로 자신을 병원에 데려다준 타나엘에게 고질병 같은 자기 머릿속의 요란한 사이렌 소리와 이

곳까지 자신이 오게 된 사연에 대해 털어놓게 된다. 그러나 아버지에 대한 자신의 상처와 증오, 고통스럽고 참혹했던 아버지의 죽음에 대한 비밀은 끝내 털어놓지 못한다. 그런데 타나엘은 본인이 아직까지 회고록을 마치지 못한 이유를 한중수에게서 찾아냈다고 고백한다.

"글을 쓰는 것이 어렵습니다."(P139) 글을 꼭 노트에만 쓰는 것이 아니라는 사실을 한중수씨가 알게 해주었습니다.(...). 한중수 씨는 나에게 자기 이야기를 들려주었습니다. 솔직히 아무에게도 하지 않은 이야기를 나에게 하고 있는지 모른다는 생각이 들었습니다. 쉽게 할 수 없는 이야기를 왜 내게 한 것일까, 어떻게 가능했을까. 그때 한중수 씨가 글을 쓰고 있었다는 결론을 내렸습니다. 말을 하는 방식으로 자기 글을 쓰고 있었구나.(...)"(P140)

타나엘은 글은 입으로 귀에 쓰는 것이 가장 안전하다고 말한다. 그는 이제 안전한 글쓰기를 시도한다. 한중수에게 입을 통해 말로써 자신의 과거를 쓰고, 한중수는 귀로 읽어줌(들어줌)으로써 타나엘의 고백은 휘발되고 사라져버리고 말 테니까.

"몸싸움을 했었던 것 같아요.(...)" 그러다가 문득, 그 운명의 날 자기가 매장한, 매장했다고 믿은 것이 과거의 자기가 아니라 마리의 몸이었던가,(P163) 그러나 그는 과거의, 그 무덤에 묻힌 그에 대해 기억하기를 거부했다.(P164)

진실은 자기 자신만은 속일 수 없다. 과거는 절대 잊히지 않는 기억 속에 남겠지만 타나엘은 그 방법으로 글쓰기를 마친다.

"그가 신과 양심 앞에서 정직하고 온전한 자신만의 글쓰기를 완성했는지."(P214)

는 알 수 없지만 타나엘은 캉탕축제 마지막 날 파다가 되어 바닷속으로 뛰어내린다. 그런 행위를 통해 그는 스스로 재물로 쓰이는 대속자인 동시에 구원받는 자로서 자신의 길을 선택한다. 파다는 캉탕 지역의 방언으로 '뽑힌 자'라는 뜻이다. 캉탕의 조상들은 제비뽑기를 통해 바다에 바칠 재물로 그해의 희생자를 뽑는다. 배 돛대의 꼭대기에서 뛰어내리게 해 바다신을 달랬다. 캉탕의 오래된 이 전통은 축제로 편입된 현대적 의식 행사로 발전하여 누구든지 스

스로 파다가 될 수 있고, 축제의 마지막 날 바닷속에 뛰어
내릴 수 있기 때문이다.

한중수 역시 걸으면서 쓴다. 걷는 행위 자체가 자신의
이야기를 하고 있는 것이다. 글을 쓰고 있는 과정이다. 자
신의 내면에 웅크리고 있는 끔찍한 상처와 대면하고 극복
해감으로써 새로운 사람으로 다시 태어날 수 있었다. 타인
에게도 말하는 '글쓰기'와 들어주는 '읽힘'으로써 서서히
자신의 과거와 상처로부터 벗어날 수 있었다.

캉탕으로 떠나기 전 정신과 의사 J는 한중수에게 그곳
에서 일어난 일을 매일 써서 보고서처럼 자신에게 보내라
고 한다. J는 이 소설에서 한중수의 말을 들어주는 다른 영
역의 인격처럼 존재한다. 이 책의 해설에는 J를 신(Jesus)의
존재로 나타내고 있다. 한중수가 글을 쓰는 행위는 기도이
자 자기 고백이다. 글쓰기를 통해 스스로 치유하고 영혼을
구원받는 방식을 작가 이승우는 은연중 드러내고 있다. 핍
은 읽어주고, 타나엘은 말하고, 한중수는 걷고 보고 쓴다.

"내가 말하지 않을 때, 말하지 않았는데도 듣는, 들리는 말
이다. 내부, 어디라고 말할 수 없는, 어디가 없는데서 나오

는 말이다.(…) 영혼은 더 큰 귀를 가지고 있다."(P109)

소설 안 선술집 피쿼드는 매우 중요한 공간이다. 핍이 가장 행복했던 시절을 보냈던 곳이자 한중수와 선교사 타나엘이 만나는 장소이다. 피쿼드는 《모비딕》에 나오는 배 이름이지만 상징하는 바는 매우 크다. 사람들이 만나는 공간, 나 아닌 타인을 이해하고 받아들이는 공간, 글로 쓰지 않고 말하는 공간, 글을 읽지 않고 듣는 공간, 세 사람 모두 자신들의 과거를 현재로 끌어내어 그 죄와 상처를 정면으로 대면하는 곳이다. 숭고한 진리, 신화와 비현실의 공간이 아니라 세속적이고 현실적인 인간적 삶의 공간이다.

J를 제외한 《캉탕》에 등장하는 세 남자의 공통점은 모두 과거로부터 가능한 멀리 도망쳐 온 인물들이다. 숨거나 떠나려는 사람들은 "두려움이거나 부끄러움이거나 외로움이거나 적개심이거나 죄의식이거나 다른 무엇이거나 숨게 만드는 것"(P55)이 있어야 하는데 이들은 세상에 존재하지 않거나 세상의 끝이기를 바라는 마음으로 캉탕에 흘러들어온 사람들이다. 한중수는 두 남자의 과거를 우연히 알게 되고 그들이 이곳에 머물 수밖에 없었던 이유를 듣게 된다. 그 역시 가슴 깊이 감춰두었던 엄청난 자신의 내적

트라우마와 정면으로 마주하게 된다. 이들 세 남자는 과거의 고통과 상처로부터 자유롭게 벗어날 수 있었을까? "가깝거나 먼 과거, 두껍거나 얇은 과거, 치명적이거나 그렇지 않은 과거."로부터 어떤 방식의 과정을 거쳐 영혼의 자유와 구원을 얻을 수 있었을까.

"배는 내부에 온갖 것을 다 끌어안은 채 겉으로는 태연한 사람이었다. 너 또한 배가 아닌가. …사방이 물인 어두운 바다를 소리 죽인 채 떠도는 큰 배, 무슨 일이 일어나도 일어나지 않은 것처럼 캄캄하고 조용하기만 한 배."(P 215)

《캉탕》의 세 남자는 읽고, 말하고, 걷고 쓰는 각각의 글쓰기의 행위를 통해 자신들의 과거에서 벗어나 새로운 자기 구원이 이룬다. 자기 방식의 글쓰기를 통해 자신의 진짜 목소리인 '진실'을 들었다. 눈으로 읽고, 입으로 쓰고, 귀로 들으며, 걷고 또 걷고, 쓰고 또 쓰는 것이다.

"무슨 일이든 일어난다. 무슨 일이든 일어나는 것이 인생이다. 무슨 일이든 일어나지만, 무슨 일이 일어나도 그 안에 있지 않는 한 알 수 없는 것이 또 인생이다." (p.192)

이 소설에는 여러 명의 작가가 등장하는데 니체와 루소, 랭보 역시 죽을 때까지 쉬지 않고 걸었다. 걷는다는 것은 쓴다는 것의 다른 말로 이해할 수 있다. 걷지 않고 멈춘다는 것은 안주하는 것이다. 랭보에게 걷는다는 것은 자신이 머무는 이곳을 떠나는 것이다. 현재로부터 달아나는 것을 의미한다. 존재를 버리는 것이다. 그것은 존재의 퇴적물, 그 고정된 형태에 대한 거부라고 랭보는 말한다. 인간은 이 세상에서 끊임없이 저세상으로 가기 위해 걷는다. 그것은 곧 죽음을 의미하고 새로운 탄생을 의미한다. 현실에서 죽음은 과거로부터의 탈출, 영혼의 자유로움을 말하는 것은 아닐까. 비현실의 세계, 과거의 공간에서 현실로의 귀환이자 정착이다. 삶의 영역, 삶의 터전으로 돌아온다는 것이다. 또 바다로 뛰어내린다는 것은 신에게로 돌아가는 구원의 행위이다. 신의 영역을 향해 끊임없이 고민하고 걷고 다가서는 쓰는 행위의 다른 모습은 아닐까. 한중수는 돌아가지 않고 캉탕에 머무르기로 했는데 그것은 자신의 영혼을 구원하고 진정 자유로워진 것은 아닌가.

《캉탕》의 저자 이승우는 인간 내면의 깊숙한 곳을 건드려 근원적 존재에 대한 통찰과 구원의 의미를 묵직하게 질문한다. 그는 언제나 인간의 고통스러운 삶 속에서 신성성과 구원의 문제를 꾸준히 다루어 온 작가다.

"우리 인간은 정차할 때까지는 이 세상에서 내릴 수 없는 것인가. 그렇다면 이 바다, 이 세상은 어디로 가는 중일까."

작가 이승우는 "어디부터가 나인지 어디까지가 나인지"(P125) 모르는 인생을 살며 글쓰기를 통한 자기 고백과 신을 향한 구원을 이 소설에서 묻고 답을 찾으려 한 것은 아니었을까.

인간이기를 포기하지 말라

주제 사라마구 《눈먼 자들의 도시》, 《눈뜬 자들의 도시》

1. 들어가는 말

주제 사라마구의 대표작 《눈먼 자들의 도시》와 후속작 《눈뜬 자들의 도시》, 두 작품은 1995년과 2004년 각각 쓰였으며 시차는 전작으로부터 4년 후이다. 이미 제목이 암시하고 있는 바와 같이 작가가 전하려는 주제 의식과 숨은 메시지를 찾아보는 것에 큰 의미가 있다고 본다.

주제 사라마구(Jose Saramago)는 1922년 포르투갈 가난한 농부의 아들로 태어났다. 용접공으로 사회생활을 시작한 그는 1947년 〈죄악의 땅〉을 처음 발표하면서 창작활동을 시작하였다. 본격적인 글쓰기는 40대 후반에서야 시작한 대기만성형의 작가다. 시집 〈가능한 시〉를 펴내면서 문단의 주목을 받기 시작했다. 1980년대 들면서 역사와 환상을 절묘하게 조화시킨 '환상역사소설'이라는 새로운 문학 장르를 개척했다는 평가를 받고 있다. 그의 작품들은 문장부호가 무시된 채 물 흐르는 듯 독특한 문체로 현실과 비현실을 넘나들며 역사와 전통을 새롭게 해석하고 있다. 점점 상실되어가는 인간성을 새롭게 인식시키고 삶과 세계에 새로운 의미를 부여하는 글쓰기를 지속해서 추구해오고 있다.

마르케스, 보르헤스와 함께 20세기 세계문학의 거장으로 불린다. 현실과 허구를 넘나들며 사회에 대한 신랄한 비판과 풍자를 통해 폭넓고 독특한 자신만의 문학세계를 펼쳐 보인다. 독재에 대한 항거, 식민지와 억압의 역사를 지닌 20세기 포르투갈 역사가 그의 작품에 전반적인 영향을 끼쳤다. 포르투갈 작가로는 처음으로 1998년 노벨문학상을 받았다. 87세까지도 실험정신이 돋보이는 글과 놀랍도록 정력적인 글쓰기를 계속해나갔다. 창작의 에너지는 나이와 무관하다는 사실을 직접 실천적으로 보여주었다. 2010년 지병으로 사망했다.

2. 《눈먼 자들의 도시》

이 소설은 포르투갈에서 유일하게 노벨문학상을 안겨준 주제 사라마구의 1998년 작품이다. 작품에 대한 반향은 매우 커서 세계적으로 번역되어 소개되었으며 영화로도 만들어져 개봉되었다. 인간이 지닌 야만적 폭력성과 비윤리성을 파헤치며 인간 본성에 대한 가치 부재와 무지에 대해 매우 근원적으로 문제를 다루고 있다. 무너진 인간성 회복에 대한 폭넓은 사유의 공간을 만들어 준다.

평범한 어느 날 오후, 차도 한가운데서 한 남자가 눈을 뜬 채 아무 이유도 없이 눈이 멀어버리는 일이 발생한다. 이 사건을 시작으로 눈먼 남자의 차를 훔쳤던 차 도둑도 그를 간호하던 아내도 치료를 받기 위해 들렀던 안과병원에서 만났던 의사도 모두 눈이 멀기 시작한다. 눈동자의 상태는 모두 앞을 보고 있는 것처럼 맑게 뜨고 있다. 눈이 안 보이는 상태가 캄캄한 어둠이 아니라 우유 속을 헤엄치는 것처럼 뿌연 백색 상태의 실명이다. 여기에서 작품이 갖는 깊은 상징성과 소설의 실마리를 예측해 볼 수 있다

눈먼 자들은 기하급수적으로 늘어난다. 정부는 눈먼 자들을 모두 한 곳에 수용하여 관리하는 방법으로 사태를 해

결하려고 한다. 눈먼 자들은 강제적으로 병원에 격리 수용된다. 이 과정에서 흥미로운 것은 유일하게 눈이 멀지 않은 주인공이 등장하는데 안과의사의 부인이다. 그녀는 어쩔 수 없는 상황 속에서 눈먼 행세를 하게 된다. 지옥 같은 아비규환의 수용소에서 유일하게 모든 진실과 충격적인 현장을 눈을 뜬 채 목격하고 겪어낸다. 무자비하고 잔혹한 총격과 살상을 가하는 무장군인들의 폭력, 눈먼 자들을 전염병으로 치부하고 강제 수용소에 격리시키는 무지한 정치인, 눈이 멀면서부터 이성과 질서를 상실한 백색 실명자들의 집단 이기주의와 잔인한 폭력성, 무정부 같은 인간성을 상실한 무질서의 사태가 벌어진다.

그 누구에게도 이미 인권이 없다. 무장군인들은 전염에 대한 공포로 인해 아무런 죄책감 없이 환자들을 무자비하게 학살한다. 어떤 눈먼 무리는 그 안에서 무소불위의 폭력과 공포를 조성한다. 여자들에게 씻을 수 없는 성폭행까지 자행한다. 비인간적이고 동물적 상황 안에서는 법도 이성도 질서도 양심도 없다. 이 절망적 상황에서 더는 견딜 수 없던 주인공 여자는 무질서한 폭도를 살해하게 되고 그 과정 중에 수용소는 불이 난다. 수용소를 지키던 군인들마저 그 와중에 눈이 멀어버린다. 도시는 눈먼 지옥의 도시가 된다.

수용소를 탈출한 눈먼 자들은 먹을 것을 찾아 죽음의 도시가 돼버린 거리를 폭도들처럼 배회한다. 길거리에서 동물과 다름없이 배설하고, 죄책감이나 부끄럼을 아는 염치 있는 인간의 미덕은 눈을 씻고 봐도 없다. 개들은 죽은 사람의 사체를 뜯어먹고 거리는 죽음의 도시로 변한다.

주인공인 안과의사의 부인은 소년과 눈먼 자기 남편, 노인들을 데리고 자신의 집으로 돌아온다. 음식을 찾아 먹고 몸을 씻고 잠을 청한다. 이것은 무엇을 의미하는가. 인간이 가질 수 있는 가장 기본적인 본능 아닌가. 평소에는 몰랐던 먹고 씻고 자는 평범하고 일상적인 인간의 모습에서 얼마나 큰 감사와 연민을 가졌는지 모른다. 그러면서 그들은 하나둘 시력을 되찾아 가고 대부분 사람도 시력을 회복하기 시작한다.

"의사의 아내는 일어나 창으로 간다. 그녀는 쓰레기로 가득 찬 거리, 그곳에서 소리를 지르며 노래 부르는 사람들을 내려다보았다. 이어 그녀는 고개를 들어 하늘을 올려다보았다. 모든 것이 하얗게 보였다. 내 차례구나. 그녀는 생각했다. 두려움 때문에 그녀는 눈길을 얼른 아래로 돌렸다. 도시는 여전히 그곳에 있었다."

위 인용은 이 작품의 맨 마지막 내용이다. 인간이란 어떤 존재인가. 우리가 인간의 모습으로 인간답게 사는 인간이라 말할 수 있는 희망은 어디에서 찾을 수 있는가.

이 소설이 주는 매력은 밀도 있고 짜임새 있는 소설적 구성에 있다. 풍자와 유머로 가득한 사회적 세태를 보여주고 있다. 이야기 속에 숨겨 놓은 퍼즐을 찾아내는 재미가 있다. 예를 들면 어떤 눈먼 환자가 가지고 온 라디오를 통해 세상 밖 소식을 접한다. 우리가 그동안 아무 감동 없이 누렸던 모든 음악과 미술 무용 등 문화 예술적 혜택과 아름다움에 대한 그리움과 향수를 불러일으키는 것이다. 우리도 한때 문화적이고 철학적 인간이었으며 진짜 눈뜬 자로 산다는 것이 무엇인가를 깨닫게 한다.

개인적으로 인상적인 대목은 세 여자가 목욕하는 장면이다. 씻는다는 의미가 단순히 몸의 청결이 주는 쾌적함만을 의미하지 않는다. 청결이나 위생이라는 말은 인간을 가장 인간답게 만드는 문화적 행위 중 하나다. 작가의 내면에는 훨씬 깊은 의도가 숨어 있다는 것을 안다. 속죄의 의미, 즉 세례와 같은 근원적 본질로의 회귀를 보여주는 것일 수도 있다. 눈먼 자로서의 참회와 새로 태어남에 대한 의미로 해석할 수도 있다. 순수한 인간성의 회복, 타인에 대한 신뢰 회복과 반성을 통한 새 출발의 숨은 희망이 가장 감동적으로 다가온다.

왜 우리는 눈먼 자가 되었는가. 눈먼 자가 되고부터 왜 무질서하게 변하는 것일까. 비인간적 포악함으로 잔혹하고 폭력적인 모습을 드러내는 것일까. 우리가 눈을 뜨고 살지만 눈먼 자인 이유가 될 것이다. 눈을 뜬다는 진짜 진실은 무엇인가. 자신을 늘 자각하고 성찰하고 반성하고 극복하는 것이다. 타인과 더불어 사는 삶, 희생과 봉사 정신, 그 휴머니즘의 연대의식 안에서 인간다운 진정한 눈뜸이 가능하다. 눈을 뜨고 있으나 눈먼 자로 살아가는 현대인들은 그것을 인지하지 못한다. 사실은 눈이 멀어있다. 탐욕과 경쟁, 집착과 거짓 위선과 악의 구렁텅이 속에서 어리석은 삶을 살고 있다. 이제 결론을 내야 한다. 눈먼 자들이여, 눈을 떠라. 지혜롭고 밝은 혜안을 가지고 진짜의 세상을 보라. 그러나 안타깝게도 우리는 오늘도 눈먼 자들의 소굴에서 살아가고 있다.

3. 《눈뜬 자들의 도시》

작가가 《눈먼 자들의 도시》를 집필하고 소설 속에서 4년 후에 일어난 일을 쓴 작품이다. 두 작품이 갖는 관련성은 기대만큼 크지 않다. 다만 전편의 극 중 인물들이 작품의 중반을 넘어서면 언급되고 있고 〈백색 실명의 전염병〉, 〈백색 투표의 전염병〉이라고 기술해놓은 부분에서 두 작품이 어떤 연관성을 가지는가 유추해보는 재미가 있다. 상당히 다른 의미와 줄거리를 내포하고 있다. 비교하며 읽고 꼼꼼하게 분석해보는 것도 색다른 즐거움이 될 것이다.

《눈먼 자들의 도시》의 끔찍한 사건 이후 4년이 흘렀다. 폭우가 쏟아지는 천재지변 속에서 치러지는 지방선거의 제14 투표소에서부터 이야기는 시작된다. 이날 유권자의 투표율은 전체 25%를 넘지 못했다. 충격적인 것은 투표한 유권자의 70% 이상이 모두 백지투표를 했다. 혼란과 망연자실, 조롱과 경멸의 분위기가 전국을 휩쓸었다. 정부 당국과 정치인들은 뭔가 크게 잘못된 것을 감지했다. 그들은 현행법에 따라 지방 자치 선거의 재투표 시행을 공표한다. 재투표 선거 당일 대부분 유권자가 투표에 참여했다. 그러나 기권도 무효표도 없는 상태에서 백지투표는 무려 83%

였다. 불길한 예감을 안고 믿지 못할 현실 앞에서 정부 당국은 이것을 국가 전복의 선동적 음모가 숨어 있다고 단정 짓고 주동자를 색출해내려 한다.

당국은 기자를 위장하여 백지투표를 던진 유권자를 찾아내려고 취재를 시도하지만, 이들을 미치게 만드는 것은 불신과 의심으로 완강하게 침묵으로 대응하는 시민들의 반응이다. 선거인을 설득할 수 없었다. 색출해내려고 하는 음모의 주동자들은 쉽게 드러나지 않았다. 어떤 혐의점도 찾아낼 수 없었다. 익명의 시민들은 비밀보장의 권리를 주장하며 어떤 흐트러진 단서도 제공하지 않았다. 초조함과 불안함을 느낀 정부의 다른 선택은 거짓말 탐지기를 이용하는 것이다. 그러나 무정부주의자들의 반란과 거짓을 기계를 이용하여 밝혀내고 국가 내란을 선동한 주동자를 색출하겠다는 작전도 역시 여지없이 무너진다. 거짓말 탐지기는 인간이 도와주지 않으면 아무런 의미를 전달하지 못하는 기계에 불과하다. 훈련받은 기술자가 옆에 붙어서 종이에 나타난 진실을 분석해주어야만 하기 때문이다. 그도 백지 투표자였다.

어떤 방법으로도 원인과 결과를 얻지 못한 대통령은 결국 마지막으로 수도를 버리기로 한다. 자신들의 질서와 안녕을 보장받을 수 있는 다른 도시로 탈출하는 방법을 선택한다. 이런 의도에는 정치적 계산이 깔려있었다. 반란의 도시를 완전히 버림으로써 신성불가침의 권력을 무시할 때 어떤 대가를 치르는지에 대한 위험과 불이익을 이해시키려는 엄포였다.

"이 도시가 고립, 모욕, 경멸을 더는 견딜 수 없을 때, 도시 안의 삶이 혼돈에 빠졌을 때, 그때는 그 죄를 지은 주민은 고개를 떨어뜨리고 우리에게 다가와 용서를 구할 거요."

그러나 그들은 자신들이 국민을 버린 것이 아니라 그들이 버림받았다는 불길한 예감을 떨치지 못한다. 수만 명의 수도 시민들은 백지투표라고 쓴 스티커와 플래카드를 들고 거리를 뛰쳐나온다. 텅 빈 백기가 끝도 없는 물줄기를 이루며 축제의 물결을 이룬다.

"오, 놀라워라, 오, 경악스러워라, 오전에는 한 번도 본 적 없는 경이로다."

그들이 도시를 떠나면서 느낀 두려움과 참담함의 표현

이다. 이것이 눈 뜬 자들이 보여주는 스스로 자각한 자의 힘이자 시민의식이 아닐까 생각한다.

이렇듯 이 작품은 인간구원, 인간성 회복 같은 인간의 본질적인 문제에 초점을 맞추고 있지 않다. 현실 정치에서 벌어지고 있는 어리석고 야비한 권력의 천박함과 영악하고 구차한 세상에 시선을 둔 풍자소설에 가깝다. 권위와 억압에 대한 저항의 표현이다. 정치 위정자들이 누리고 쟁취하려는 권력의 무소불위 앞에서 소시민들이 할 수 있는 일은 지극히 미미하고 나약해 보인다. 그러나 행동하고 단합하는 대중의 화합과 민주주의의 힘은 작은 희망의 씨앗이 된다. 더 나은 세상을 향한 노력과 실천이다. 보는 것을 포기하지 말고 언제나 눈을 뜨고 깨어있어야 한다. 익명의 공간, 불특정 다수와 제한적 시간 안에서 이루어진 백색투표의 결과는 무엇을 의미하는가. 각성하여진 시민의 모습, 정당하고 건강한 시민의식, 스스로 자각하고 깨어있는 놀라운 힘이 세상을 바꿀 수 있는 유일한 길이 눈뜬 자들의 도시라는 것이다.

4. 나오는 말

《눈뜬 자들의 도시》는 소설적 완성도와 소설구조의 완결성에서 《눈먼 자들의 도시》에 비해 여러모로 아쉽다. 줄거리가 주는 흡인력과 대중적 파급효과에서도 차이가 난다. 그런데도 두 작품은 동등한 관계에서 비교분석의 위치에 있다. 굳이 연관성을 가지고 세트 개념으로 읽을 필요는 없지만, 한 작가의 역량과 시간적 흐름으로 전개되는 거시적 안목으로 함께 논의해 볼 가치는 충분하다.

인간이라는 이름으로 우리는 어떻게 살아가야 하는가, 인간의 본질적 가치는 어디에 두어야 하는가, 우리는 언제나 자기반성, 끊임없는 성찰과 통찰을 통해 발전한다. 마지막까지 인간성 회복에 대한 희망의 끈을 놓지 말아야 한다.

결론적으로 두 작품에서 주제 사라마구가 보여주려고 한 의지는 분명하다. 우리는 어떤 상황에서도 인간다움의 보편적 진실과 아름다운 본성에 충실해야 한다는 것이다. 강조하면 인간성의 회복이다. 절체절명의 고통과 위험의 상황에서도 눈을 뜨고 있어야 한다. 눈먼 자가 되면 안 된다.

우리는 누구에게나 자신에게 주어진 책무가 있다. 어떤 상황에서도 인간 본연의 존재 가치, 인간애와 사회적 질서

안에서 더불어 살아가는 아름다운 의무와 권리를 누려야 한다. 그렇게 될 때 우리 사회는 안정되고 평등하고 보편적인 삶의 행복을 누릴 수 있다. 우리가 사는 이 세상은 늘 깨어있는 사회, 눈 뜬 장님이 아니라 세상을 향해 눈뜨고 있는 진정한 인간들이 사는 사회가 되기를 꿈꿔본다. 언제나 맑고 따뜻한 눈빛으로 말이다.

SF로 마주한 진실, 우리들의 이야기

옥타비오 버틀러 《킨(Kindred)》

우리가 사는 현실은 이미 일차원적이고 평면적인 삶을 벗어난 지 오래다. 상상만 하던 비현실적이고 환상적인 꿈은 이미 오래전부터 현실이 되어 생활 속으로 깊이 파고들어와 있다. 3D, 4D의 공간적 차원돌파와 알파고의 등장은 당연하게 여겨질 정도이다. 영화 속 한 장면 같은 일상을 우리는 매일매일 살아가고 있다

그런 의미에서 옥타비오 버틀러의 《킨》은 특별한 독서 체험이면서 시공을 초월한 사유의 진폭을 강하게 느끼게 해준 작품이다. 시간상으로는 1976년 현재에서, 무려 161년 전인 1815년에 이르는 시차가 있다. 공간적으로

도 미국 서부 로스앤젤레스에서 몇 마일 떨어진 엘터디너에서 미 남부에 있는 메릴랜드주까지를 포함한 시대적 배경을 가지고 있다. 말 그대로 시공 초월의 공상과학 소설이다.

주인공 '다나'는 흑인 여성 작가다. 어느 날 갑자기 현기증을 느끼면서 순식간에 1976년에서 1815년 과거로 돌아가 강물에 빠져 익사 직전에 있는 백인 남자아이 '루퍼스'를 구해주게 된다. 그리고 몇 시간 만에 다시 현실로 돌아온다. 여기서 흥미로운 것은 그곳에서의 몇 시간, 며칠이 현재에서는 몇 초, 몇 분에 불과하다는 거다. 두 번째 과거로 공간이동을 한 것은 소년이 된 루퍼스가 집 안 커튼에 불장난을 하여 위험에 처하게 되었을 때다. 시간 차는 이번에도 현실에서의 8일이 과거에서는 5년이 된다. 이렇듯 시공을 초월한 이동을 반복하면서 주인공 '다나'는 엄청난 역사의 현장 속에 휩쓸려 들어가게 된다. 그때마다 그녀가 마주한 현실은 스스로의 의지로 어떻게 해볼 수 없는 어마어마한 격랑의 역사적 현장이자 끔찍한 현실이다. 충격을 넘어서는 경악이며, 잔혹하고 참혹한 시대와 맞서고 있는 지금이 된다.

이 이야기의 중심에는 당연히 흑인 노예를 사람으로 취

급하지 않던 처절하고 참혹한 인종차별의 살벌한 현장이 있다. 1815년은 시대적으로 아직 미국에서도 노예해방이 이루어지지 않은 때이다. 남북 전쟁을 통해 링컨이 노예제도의 해방을 외친 그 유명한 게티스버그 연설이 나오기 무려 50년 전이다.

소설적 배경인 1976년 현재의 다나는 어려운 환경을 가지고 있지만 단편소설을 쓰는 작가이다. 그녀의 남편 케빈 역시 소설을 쓰는 백인 남자다. 백인 남자와 흑인 여자가 사랑하고 결혼하고 각자의 세계를 인정하고 누리면서 사는 완전히 동등한 자유인이다. 그러나 공간이동으로 되돌아간 과거는 극심한 인종차별이 이루어지고 있다. 미 남부 어느 마을에 있는 톰 와일린이라는 백인이 소유하고 있는 옥수수 농장이 있고 루퍼스는 톰 와일린의 백인 아들이다. 루퍼스는 위험에 처할 때마다 미래에 있는 다나를 끌어들이고 그렇게 과거로 돌아간 다나는 항상 그를 위험에서 구해낸다. 다나는 현실에서는 며칠에 불과하지만 그곳에서는 몇 년에 해당하는 삶을 겪어내고, 견뎌내면서 점점 그들의 삶 속으로 깊이 스며들어간다. 과거라는 냉담한 역사적 현실 앞에서 비참한 정신적 혼란과 절망감에 빠져든다. 인간이란 얼마나 무지하고 모순되며 나약한 존재인가를 뼈저리게 깨달아간다.

옥타비오 버틀러는 루퍼스와 다나의 애증관계, 그들 사이에서 이루어지는 복잡 미묘한 인간 심리에 대해 아주 치밀하고 입체적으로 그려내는 탁월성을 보여주고 있다. 다나와 루퍼스는 위험할 때 서로를 끌어당기지만 극단적인 생명의 위협에 처했을 때는 다시 현실로 돌아오는 기묘한 반복을 계속한다. 흥미로운 것은 다나는 여전히 스물여섯 살이지만 과거의 인물들은 점점 나이가 들어간다. 그렇게 과거의 역사는 현재를 향해 계속 흘러가고 있었던 것이다.

앨리스! 아이는 멈춰 서서 어둠 속에 서 있는 나를 응시했다. 이 아이가 앨리스였다. 이 사람들이 내 친척, 내 조상이었다. 그리고 여기가 나의 피난처였다.(P63)

이 소설의 중심인물로 등장하는 또 한 명의 주인공 앨리스, 이 흑인여성은 다나와 쌍둥이처럼 닮았는데 그녀는 결국 다나의 조상임이 밝혀진다. 다나의 존재 이유는 거기에서부터 출발한 것이다. 헤이거는 다나가 현재와 과거를 오가며 만나고 있는 루퍼스의 딸인 것이다. 참고로 백인 루퍼스와 흑인 앨리스 사이에서 태어난 헤이거는 실제 역사적인 인물로 남아있다. 그녀는 헤이거 와일린 블레이크라는 이름으로 1880년 사망한 것으로 기록되어있다. 다나는 자신의 조상들을 만나러 간 것이다. 그곳에서 만난 조상들은 비극적이고 절망적인 삶을 살고 있었다. 그럼에도 불구하고 그들은 모든 역경을 겪어내고 살아남았다. 시간은 흘러가고 역사는 만들어진다. 현재의 다나도 나도 그렇게 존재하고 있는 것이다.

작가 옥타비오 버틀러(Octavia Estelle Butler, 1947년 6월 22일-2006년 2월 24일)는 흑인여성이다. 미국의 과학소설 작가이다. 휴고상과 네뷸러상을 여러 차례 수상했다. 이제껏 백인 남성의 전유물로 인식되던 SF계에서 문학적 성취와 상업적 성공을 모두 거둔 흑인 여성 작가라는 독특하면서도 독보적인 위치를 차지하고 있다. 아울러 아프리카와 아메리카의 역사, 판타지, 과학을 융합한 '아프로퓨처리즘'의 대표 주자로 손꼽힌다.

이 소설의 기법은 강에서 시작하여 마지막 밧줄에 이르는 6개의 목차로 이루어져 있다. 시간 초월의 공간이동은 여섯 번 이루어진다. 여기서 강조되어야 할 것은 생각하는 인간, 교육받은 인간의 인식변화가 얼마나 세상을 다른 차원으로 변화시킬 수 있는가 하는 거다. 다나와 그녀의 남편 케빈이 작가라는 설정도 예사롭게 느껴지지 않는다. 흑인들에게 글을 가르치지 않았던 것과 글을 읽고 쓸 수 있었던 주인공 다나가 과거로 돌아가 있는 동안에 어떤 역할을 할 수 있었는지 추적해보면 알 수 있다.

인간이 글을 읽고 쓰고 즉 교육을 통해 인식하고 사고한다는 것은 스스로가 독립된 인격체임을 자각하는 것이다. 자각이라는 것은 인간이면 누구나 자유로운 삶을 살 수 있는 권리가 있음을 깨닫게 한다. 그 자유를 찾아 탈출하고자 하는 본능적인 욕구를 터득하고 이해하는 것이다.

자유! 너무나 쉽게 읽히고 누리고 있는 이 자유라는 축복이 과거 수많은 우리 조상들의 피눈물에 얼룩진 억압과 희생, 헌신 때문에 가능한 것임을 반추해보는 기회가 되었다. 나아가 인간은 혼자서만은 스스로 존재할 수 없음을, 무수한 누군가에 의해 지금의 자유를 누리고 있음을 상기시킨다. 인간에 대한 연민과 사랑의 본질적 의미를 깊이 사유하게 하는 기회를 제공한다.

이 소설은 무척 경이로운 작품이다. 시공을 초월하는 흥미로운 공상과학 소설의 상상력을 넘어서는 통찰력을 보여주고 있다. 옥타비오 버틀러의 시선에서 보는 인간은 단순한 현재를 사는 존재로 머물지 않는다. 광활한 우주

속에서 바라보는 인간, 시공을 초월하여 과거와 미래까지
이어진 현재를 만나면서 우리는 지금을 어떻게 살고 있으
며 앞으로 어떻게 살아가야 하는지에 대한 질문을 환기시
킨다.

우리가 가는 길은 모두 다 부처의 길이다

이승하 《불의 설법》

시인은 '프란치스코'라는 세례명을 가지고 있는 가톨릭 신자이다. 그런 시인이 부처의 발자취를 따라 인도와 네팔을 여행하고 난 후 부처의 생애와 깨달음을 향한 구도의 길을 《불의 설법》이라는 한 권의 시집으로 엮었다. 탄생에서부터 생로병사의 근원적 고통과 고집멸도인 사성제의 깨달음에 이르는 싯다르타의 출가 이후 50년을 36편의 시로 풀어놓았다.

태초에 아픔이 있었다
(...)

너와 나 인간(人間) 사이에서 살아가면서
인간이 되는 것만큼 힘든 것이 없었다
땅을 차지하기 위해 무기를 만들었고
남의 것 빼앗기 위해 죄를 지었다
내 배를 채우기 위해 타인의 피를 보았다
(…)
네팔 룸비니 동산에서 한 인간이 태어났다

- 〈서시〉 일부

불교에서는 육도윤회(六道輪回)라는 말이 있다. 육도(天上-人間-畜生-阿修羅-餓鬼-地獄)를 업(業)에 따라 돌고 돌며 윤회를 계속하는데 천상에 가는 것은 거의 불가능한 일이며 인간 세계로 다시 태어나는 것도 결코 쉽지 않은 일이다. 그렇게도 되기 어려운 '인간'으로 태어나 너와 나 사이에서 또한 '인간'이 되는 것만큼 힘든 것이 없다고 시인은 시집의 맨 첫장 「서시」에서 토설해버린다. 룸비니 동산에서 태어난 한 인간, 싯다르타의 구도의 길, 진정한 인간의 모습을 찾기 위한 시인의 치열한 여정이 함께 시작된다.

낳는 괴로움만 괴로움인가 태어나는 괴로움도 저리 큰 것을

세상의 모든 어머니와 자식은
살이 찢어지는 아픔과
온몸으로 우는 울음으로 맺어져 있는 것을
                                    - 〈태어나는 괴로움〉 일부

　자식을 낳아본 엄마들은 다 알고 있으리라. 살을 찢는
고통과 아픔을 이겨내게 하는 신비로운 힘과 가슴 벅찬 환
희로움에 대하여. 고통의 바다로 헤엄쳐 나오느라 피투성
이가 된 채 세상을 향해 자신의 존재를 알리는 첫 울음소
리에 감격하는 연민에 찬 모성만이 인간을 인간답게 만드
는 구원이자 사랑인 것이다. 싯다르타 역시 그렇게 태어나
는 괴로움을 안고 '마하마야'에게서 태어난 것이다. 그러
나 탯줄로 이어져 있던 모자지간의 인연은 평생 고통과 집
착의 굴레를 만들고 나아가 풀어야 할 인간의 숙명이 된
다. 우리는 어디서 와서 어디로 가는 존재이며 또 어떻게
살아가야 하는 존재인지에 대한 질문을 던져놓은 것이다.

　살다보면 저렇게 노인이 되는 것을
　살다보면 저렇게 병자가 되는 것을
　살다보면 저렇게 망자가 되는 것을

출가하면 저렇게 평화로워지는 것을

- 〈네 성문 밖에서 만난 사람들〉 일부

인간으로 태어나 생로병사의 섭리로부터 자유로운 이는 그 누구도 없다. 그렇다면 우리는 어떻게 살고 어떻게 죽어야 하는 것일까. 여기에 바로 고통과 두려움으로부터 벗어나기 위한 깨달음의 길이 있다. 즉 유한한 인간의 삶에 대한 성찰을 통해 진리를 깨닫는다. '지금 이순간'의 나를 만나고, 모든 번뇌와 속박으로부터 자유로울 수 있는 길을 발견해 나간다. 인간을 향한 연민과 고통으로 시인이 찾고자 한 구도의 길도 결국은 모두 내려놓음과 비어냄, 즉 자비심과 무소유가 아닐까. 그리하여 삶과 죽음, 재난과 기아, 전쟁과 폭력으로 고통받는 이 사바세계를 함께 헤쳐나갈 수 있다고 생각한 것이다.

영원히 빛나는 별은 없지만
별이 지향하는 것은 영원이 아닌가
영원히 사는 사람은 없지만
우리가 지향하는 것은 별빛이 아닌가

- 〈별〉 일부

구상 시인은 어떤 대담 자리에서 "진리의 증득(證得)이란 시간과 공간의 제약 속에 있는 자신의 실존적 고투로부터 나오는 것이다"라고 말한 바 있다. 구상 시인은 이 말을 통해 우리 인간은 거대한 우주 안에서 말할 수 없이 미미한 존재이지만, 한편 '천상천하 유아독존' 모든 세상의 중심이며, 불성이며, 별빛이기도 함을 일깨워준다. 진리에 대한 영속성을 믿고 탐구하고 끊임없이 스스로 길을 만들어가는 존재임도 알아차리게 해준다. 이것이 싯다르타가 깨달음을 향해 고행을 마다하지 않았던 까닭이며 시인이 가고자 하는 혜초의 길이자 부처의 길이다. 진리에 대한 믿음과 인간에 대한 신뢰만이 우리가 희망할 수 있는 별빛이 아니겠는가.

제자들아 그 불보다 더 무서운 불이 있다
탐욕의 불, 분노의 불, 우둔의 불이
너를 활활 태울 것이다
가슴을 태우고 아랫배를 태우고 뇌를 태울 것이다

온갖 기쁨과 슬픔을, 즐거움과 괴로움을 다 태워버릴 것이다
불은 불길 끊어야 꺼지는 법

사물에 대한 애착도 끊고 돈에 대한 욕심도 끊고
색(色)에 대한 욕망도 끊고

- 〈불의 설법〉 일부

이 시집의 표제시이기도 한 이 작품이 말하는 세상은
말 그대로 지옥불이다. 아수라장이며 아귀들로 가득한 지
옥이 바로 이런 곳이다. 우리 인간은 매일매일을 이런 불
구덩 속에서 살아간다. 탐욕과 분노와 우둔과 미움과 오해
와 불신과 폭력과 애욕으로 너도 태우고 나도 태우고 우리
모두를 태워버린다. 불길 속으로 뛰어드는 불나방처럼 말
이다. 부처께서 말하셨다. 네 마음의 불길을 잡을 수 있어
야 모든 탐진치(貪瞋癡―탐욕(貪欲)과 진에(瞋恚)와 우치(愚癡), 곧
탐내어 그칠 줄 모르는 욕심과 노여움과 어리석음에서 오
는 번뇌)의 고리를 끊어 낼 수 있다고 말이다. 매우 구체적
이고 정직한 삶의 방향성과 해법을 제시한 부처님의 설법
이 아니겠는가.

밤에 저 하늘의 화엄을 보노라면
말문을 잃게 되지
가섭아

이 혼탁한 사바세계에서
꽃 한 송이 피어나는 것이 얼마나 대단한 일이냐
별 하나 반짝이는 것이 얼마나 대단한 일이냐
너도 살아 있고 나도 살아 있다
네 입가의 그 미소를 보니
내 마음에 잔잔히 한 송이 연꽃이 피어나는구나

- 〈꽃을 들고 잔잔히 웃다〉 일부

개인적으로 이 시집을 통틀어 가장 좋아하는 시이다. 부처님의 가피 안에서 보고 싶었던 존재에 대한 존귀함과 환희로움이 그대로 전해진다. 인간을 비롯하여 이 세상에 존재하는 모든 생명과 심지어는 무생물까지도 이 우주 안에서 온전하게 모두 필요한 존재들이다. 우리는 어떤 방식으로든 모두 연결돼있는 무한 속의 유한한 존재들이다. 어디서 무엇이 되어 다시 만날지 모른다. 끊임없이 순환하는 우주의 한 공간 속에서 찰나의 시간을 사는 무수한 별 중에 하나다. 우리가 태어났다는 것, 그리고 동시대를 함께 살아간다는 것이 얼마나 대단하고 거룩한 일인지 모른다. 너도 살아 있고 나도 살아 있는 존재에 대한 '감사와 축복'이 부처님의 자비이자 사랑일 것이다.

바람이 찾아와서 말하리
머물지 말라고 거듭 떠나라고
별빛이 찾아와서 말하리
나를 보라고 하늘의 빛을 따르라고

자, 가자! 가야 할 길이 멀다
붓다가 남기고 간 말씀의 씨앗
네 가슴에 움을 틔우리
잎 무성해지기까지
연약한 뿌리 대지를 움켜쥐기까지
길은 멀어도 이 마음으로, 그 말씀으로

- 〈열반 이후〉 일부

이 시는 말씀과 깨달음을 향해 늘 깨어있기를 희원하지만, 작은 가슴에 큰 마음공부가 과분하여 항상 넘치는 그릇처럼 살고 있는 나를 향한 죽비의 소리이다. 내면을 향해 끊임없이 회초리로 스스로를 다짐하고 경계해야 하는 화두이기도 하다 가야 할 길은 멀어도 부처의 품을 수 없는 말씀의 씨앗이자 진리인 그 깨달음을 가슴에 움틔우는 그날까지, 잎 무성해지는 그날까지, 연약한 뿌리 대지를 움켜쥐는 그 날까지, 길은 멀어도 이 마음이 그 말씀을 깨닫는 그 날까지 정진해야 한다.

《불의 설법》은 네팔과 인도를 여행한 후 부처의 일생에 대해 느낀 붓다에 대한 발자취를 정직하게 쓴 시라고 할 수도 있다. 그러나 36편 안에 숨어 있는 면면을 자세히 들여다보면 알 수 있다. 우리는 어디로부터 와서 어디로 가는 존재인가. 우리는 어떻게 '지금'을 살아가야 할 것인가에 대한 질문과 해답을 동시에 제시해 준다. 한 치 앞을 알 수 없는 빠르고 복잡한 오늘을 살면서 이 시집을 통해 '지혜와 용기'와 '감사와 행복'이라는 마음자리를 마련해두면 좋을 것이다.

우리가 진짜 인간다운 인간으로 존재하는 이유

리처드 도킨스 《이기적 유전자》

이 책이 처음 발간되었던 1976년 《이기적 유전자》는 생물학계의 논쟁을 불러일으켰다. 주장하는 바 진화의 주체가 인간의 종(species)이나 개체(individual)가 아닌 유전자라고 했기 때문이다. 더욱이 인간은 이기적 유전자 보존을 위한 유전자가 만들어 낸 생존기계에 불과하다는 왜곡된 해석과 오해를 불러일으켰다. 그러나 2005년 30주년 기념판으로 발간된 개정판 서문에서 2판 이후 제기된 비판 내용과 앞으로 전개될 내용에 대한 주석만을 추가하며 저자인 리처드 도킨스는 자신만의 독특한 진화론적 관점이 있음을 자신 있게 밝혔다.

사람은 왜 존재하는가. 도킨스는 진화에 대한 가장 근본적인 질문을 던진다. 지구의 생물체는 30억 년 동안 자기가 왜 존재하는지 모르고 살았다. 생명은 어떤 의미가 있는가, 우리는 무엇으로 존재하는가, 인간이란 무엇인가 등의 심오한 질문 앞에서 그는 이기주의와 이타주의에 대한 생물학적 관점을 탐구하는 것이라고 말한다.

세상은 안정된 것을 선택하고 불안정한 것을 배제하는 최초의 자연선택에서 시작되었다. 어떤 특정한 시점 '원시 수프*'에 자기 복제자가 등장한 것이다. 이 자기 복제자들은 40억 년 동안 절멸하지 않고 생존하여 우리의 몸과 마음을 창조했다. 이들은 '유전자'라는 이름으로 지금까지 살아남아 있다. 생명의 조상이자 우리들의 선조이다. 우리는 그들의 생존 기계다. 이때 생존 기계는 인간만을 지칭하는 것이 아니라 모든 살아있는 생물체를 포함한다.

유전자의 속성은 영원불멸하다. 장수와 다산성, 복제 정확도의 특성을 지니고 있기 때문이다. 그러나 소수의 유전자만이 지질학적 시간을 살아간다. 우리는 왜 영원히 살지 못하고 늙으면 죽는가. 죽음은 나머지 개체에 대한 이타적 행위이기 때문이다. 흥미로운 것은 성공적인 유전자는 생존기계(생물체)의 죽음이 적어도 번식 이후에 이루어진다는 것이다. DNA의 진정한 목적은 '생존'이다. 어려서 죽었다는 것은 당신의 조상이 되지 못했다는 증거다. 즉 유전자는 이기주의의 기본 단위이다.

리처드 도킨스는 세계에서 가장 영향력 있는 과학자이자 저술가다. 1941년 케냐 나이로비에서 태어나 옥스퍼드대학교에서 수학하였다. 동물행동 연구로 노벨문학상을 수상한 니코 틴버겐에게 배운 뒤 스스로의 학문적 성취를 이룩하고 있다. 《확장된 표현형》, 《눈먼 시계공》, 《만들어진 신》 등의 저서가 있다. 현재 옥스퍼드대학교 석좌교수로 있다.

《이기적 유전자》는 난해한 생물학적 진화에 관한 이론들을 뛰어난 문장력과 매력적인 진화론적 통찰력으로 쓰였다. 많은 논란을 불식시키며 21세기 반드시 읽어야 하는 당대 신고전으로 확고한 자리매김을 하고 있다. 이 책의 제목 '이기적 유전자'는 유전자를 여러 세대에 걸쳐 존속할 가능성이 있는 염색체의 작은 토막이라 정의되었다. 가장 매력적인 의미를 포함한 '이기적 유전자'라고 지어졌다.

오늘날의 진화론은 지구가 태양을 돈다는 사실을 의심하지 않는다. 그러나 철학과 인문학 분야에서는 아직도 다윈의 존재에 대해 정확히 인식하지 못하고 있다. 과학의

발달에 비해 그것을 인식하고 통찰하는 힘이 약하다는 것
을 의미한다.

그렇다면 이기적 유전자란 무엇일까. 그것들은 DNA
조각의 모든 복사본이다. 유전자는 남의 몸속에 들어앉은
자신의 복사본을 도울 수 있다는 것이다. 개체의 이타주의
로 나타나지만 이것도 유전자의 이기주의에서 발생한 것
이라 볼 수 있다. 이기적 유전자의 목적은 풀 속에 자신의
복제자 수를 늘리는 것이다. 가령 혈연의 선택은 가족 내
이타주의를 설명한다. 가까운 혈연관계일수록 선택이 강
하게 작용한다. 근친상간의 금기도 인간의 위대한 친족의
식을 증명한다. 근친상간의 금기로 얻어지는 이익은 이타
주의와는 아무런 관계가 없다. 다만 근친교배로 나타나는
열성유전자와 유해성과 관계있을 것이다.

부모와 자식 간의 관계에서는 형제 관계에는 해당되지 않
는 또 다른 비대칭이 있다. 자식은 대개의 경우 부모보다
젊다. 즉, 부모의 이타주의 유전자는 기대수명에 관한 한
자식보다 먼저 죽으면서 생기는 자신의 이타주의 유전자
와는 다른 이익을 갖게 되기 때문이다.(p193)

아이를 낳는 것과 아이를 기르는 것은 엄연히 다른 전략적 조치이다. 아이 낳기와 아이 기르기의 두 결정이 이어지는 것은 너무도 흔하게 일어나는데 이 둘을 혼동해서는 안 된다. 당신이 남동생을 돌보는 것과 어린 자식을 키우는 것에 원칙적으로 차이가 없다. 양육대상을 꼭 자식으로 선택해야 하는 유전적 이유는 없다. 그러나 정의상 남동생을 낳는 것은 불가능하다. 돌볼 수 있을 뿐이다.

종의 생태학적 특성에 따라 두 전략의 혼합전략만이 진화적으로 안정된 전략(ESS)**이 될 수 있다.

이타적인 행동 또한 부모의 유전자가 받는 이익만으로 진화가 가능하다. 여기서 중요한 것은 이타적 행동을 진화시키는 원인은 부모의 조종이다. 우리는 자식들에게 이타주의를 가르쳐 주어야만 하는 인간 윤리에 대한 교훈을 얻을 수 있다. 생물학적 본성에는 이타주의가 존재하지 않기 때문이다.

암컷은 생식세포가 수컷에 비해 크다. 암컷이 만드는 아이의 수와 대비해 수컷은 생식능력이 무한하기 때문이다. 이것은 수컷의 암컷 착취의 이유가 되기도 한다. 여기에 유전적 성의 전략이 필요하다. 누가 누구를 착취할 것인가. 버려진 암컷과 선수를 치는 암컷의 예는 특별히 흥미롭다. 가정의 행복을 우선시하는 수컷을 선택하는 전략과 남성다운 수컷을 선택하는 전략은 확연히 다르다. 이 모든 것이 진화적으로 안정된 전략, 종을 둘러싼 생태학적 상황에 의해 결정된다.

인간은 다른 동물들과 무엇이 다른가. 인간의 특이성은 '문화'로 요약할 수 있다. 우리 인간은 기계적으로 유전자의 지배를 받지 않고 인간 특유한 문화 속에 모방의 단위가 될 수 있는 문화적 전달자로 존재할 수 있다. 스스로 자유 의지와 문화적인 힘을 획득하여 이기적 유전자의 의도를 뒤집는 힘을 가질 수 있다. 인간만이 전할 수 있는 관대함과 이타주의를 가르쳐줄 문화적 진화, 즉 유전자 밈(meme)으로 전승보존할 수 있다. '밈'이라는 새로운 복제자가 존재한다는 매우 획기적이고 새로운 패러다임을 도킨스는 최초로 제시했다. 문화적 진화는 유전적 진화와 유사하다. 이것은 어떤 방법으로 자기복제를 하는 것일까. 위대한 음악과 예술의 도움을 받은 말과 글을 통해서다. 쉽게 예를 들면, 예술적인 환경에서 자란 가족의 구성원 안에서 비슷한 예술적 재능을 가진 후손이 나온다는 말과 같다. 음악가 집안에 음악가, 의사 집안에 의사, 학자 집안에 학자. 운동선수 집안에서 운동선수 등등.

유전자의 생존 전략에 이런 유형이 포함되어 있다는 것은 매우 흥미롭다. 신(神)을 인식하는 자기복제의 생존 가치는 그것이 갖는 강력한 심리적 매력의 결과이다. 상상을 통해 그 효력을 갖는다. 신(神)의 관념이 세대를 거쳐 사람의 뇌에 쉽게 복사되는 이유다. 인간의 문화가 만들어 내는 환경 속에서, 신은 높은 생존 가치 또는 감염력을 가진 밈의 형태로만 실재한다. (p328)

밈은 유전자가 그렇듯이 상호 적응을 통해 안정성을 확보한다. 밈은 유전자와 같이 경쟁한다. 어떤 문화적 특성이 생존 가치를 문제 삼을 때 자신에게 유리한 방향으로 진화하는 것이다. 모든 생명의 원동력이자 가장 근본적인 단위는 불멸의 자기복제다. 우주의 어떤 장소든 생명이 나타나기 위해 존재해야만 하는 유일한 실체다. 인간만이 유일하게 이기적인 유전자의 자기 복제자의 폭정에 반역할 수 있는 것이다. 이 말은 매우 감동적으로 들린다. 이기적 유전자의 자기복제에 의해 우리 인간은 무엇으로 존재하

는가 하는 존재론적 의문에서 좀 더 어깨를 펴고 자유로울
수 있을 것 같다. 인간은 단순한 복제자로서 살아 존재하
는 것이 아니다. 스스로 인식하고, 판단하고, 이타적 정신
과 문화를 전수하는 진짜 인간으로서 존재하기 때문이다.

*원시 수프: 영국의 생리학자 할데인은 유기 분자가 농축된 원시
  바다를 원시 수프라고 제안하였다

**ESS(evolutionary stable strategy): 진화적으로 안정된 전략을 의
  미한다

암실 이야기

권터 그리스 지음/장희창 옮김

권터 그리스의 소설 암실 이야기는 예술가로서는 화려하고 성공적인 삶을 살았지만 특히 자식들에게는 충실하지 못했던 작가 자신의 이야기다. 자녀들의 성장 과정에 얽힌 가족사를 회한이 깃든 추억을 객관적 시선으로 담담하게 담았다. 작가의 자전적 소설이라고 볼 수 있다. 예술가로서 작가 개인의 삶의 고뇌와 복잡다단한 가족사에 얽힌 자녀들의 어린 시절을 회상하며 지난 시간의 회한을 고백하고 있다.

권터 그리스는 두 번의 정식 결혼과 두 명의 애인을 통해 여덟 명의 자녀를 두고 있다. 첫 부인에게서 낳은 이란

성 쌍둥이 '팟', '요르쉬'와 '라라', '타텔'까지 네 명의 자녀를 두었다. 두 번째 부인이 데려온 '야스퍼', '파울헨'과 자신이 낳은 '레나'가 있다. 그리고 한동안 출생을 숨겼던 막내딸 '나나'까지 이 소설에 등장하는 주인공 자녀는 총 여덟 명이다. 작가는 여덟 명의 이복 자식들을 작품 속 공간으로 불러들인다.

작품 속에서 여덟 명의 자녀들은 한 번씩 주인공 화자로 등장하여 자신을 중심으로 일어나고 경험했던 지난 시절에 대해 털어놓는다. 자신들의 시선에서 보았던 아버지와 엄마, 그리고 아버지의 여자들, 엄마의 애인 등이 등장한다. 그런 그들의 성장 과정에는 이 소설의 가장 핵심적인 인물인 여자 사진사로 마리라는 애칭으로 불리는 '마리헨'이 있다. 아버지의 오랜 친구이자 유명한 사진작가다. 그녀는 비밀 상자라 불리는 신묘한 사진기 '아그파 박스 1'로 권터 가족의 모든 일상과 삶의 궤적을 사진으로 찍는다. 그녀는 '가능한 한 눈앞에서 보는 것처럼' 철저하게 세상을 규명하길 바랐던 권터의 창작도 도왔다. 여덟 명의 자녀들은 마리 아줌마가 찍어주는 스냅 사진들 속에서 성장한다. 꿈을 꾸고 환상의 세계와 미지의 세계를 바라보고 느끼고 체험한다. 사진사 마리는 이 가족들에게는 위로와 상상을 통해 예술을 꿈꾸게 하는 엄마 같은 존재이다.

"외부의 빛은 한 가닥도 들어올 수 없는 암실에서만 흑백의 음화들은 총천연색의 사진으로 피어날 수 있다. 재래식의 사진 인화 과정은 작가의 창작 과정과 공교롭게도 많이 닮아있다. 현실의 빛과 같은 찰나들을 각자의 프레임과 초점으로 내면에 모아 감광하여 재창조하는 과정이기 때문이다. 예술의 결과물은 쉽게 공개되지만, 창작이라는 마법이 실제로 이루어지는 암실 같은 영역일 작가의 사적인 삶과 내면을 가공 없이 보인 예술적 사례는 찾아보기 어렵다."(독서신문, 양하민 기자의 글 인용)

이처럼 귄터는 사진을 통한 환상성과 동화적 문체를 통해 자신의 가족사를 더욱 생기 넘치는 예술적 표현으로 고백하고 있다. 소설에 등장하는 모든 사진 중 특히 스냅사진은 그것과 관련된 가족들 각각의 상황과 내면의 목소리를 들어보게 한다. 추억의 그 사진들은 서로에 대해 품고 있던 오해와 슬픔, 고통과 외로움, 회한 등을 치유한다. 이해하고 감사하게 만드는 자연스러운 이야기의 흐름을 만들어갔다.

작가 자신의 예술가로의 삶도 성찰해보게 한다. 네 명의 여자, 가장 중요한 사진사 마리를 포함한다면 다섯 명의 여자를 거치면서도 그는 고독하다. 자신의 서재로 돌아가 외롭고 혹독한 글쓰기에 침잠할 수밖에 없었던 개인적 고뇌와 외로운 운명에 대해서도 겸손하게 잘 보여주고 있다. 가상과 현실을 섞어 묘하게 환상적이고 동화적인 이 소설은 다른 귄터의 작품들에 비해서 가볍고 작가의 인생을 조금 엿볼 수 있다. 사실 이 소설은 다큐멘터리 느낌이 강하다. 줄거리의 두서없음도 읽는 독자를 곤혹스럽게 만들기도 하지만 그 자체가 이 작품의 매력이다. 그 안에 숨겨놓은 내용은 사뭇 진지하고 애틋하다.

귄터 그라스는 1927년 폴란드에서 태어났다. 시대의 행동하는 지성, 독일의 양심으로 대표되는 작가다. 1959년 발표한 《양철북》으로 1999년 노벨문학상을 수상했다. 한국에서도 상영된 바 있는 《양철북》은 1979년 쉴렌도르프 감독에 의해 영화화되어 칸 영화제에서 황금 종려상을 받기도 했다. 2006년 《양파 껍질을 벗기며》에서 10대 시절 나치 친위대 복무 사실을 처음으로 인정해 엄청난 논란을 불러일으키기도 했다. 2015년 88세의 나이로 숨을 거두었다.

위대한 예술가로 산다는 건 결코 평범할 수 없다는 말과 같다. 가족들로부터 이해받을 수 없는 외롭고 고독한 고뇌가 느껴진다. 작가 자기만의 공간과 작품 세계에 대한 고민과 연민도 불러일으킨다. 어쩌면 평범한 아버지와 어머니를 기대한다는 것도 귄터의 자식들로서는 불가능한 일이었는지도 모른다.

귄터 그라스의 다른 작품들을 충분히 접해 본 후 이 작품을 읽는다면 훨씬 더 유쾌하고 편안하게 이들 가족의 일원이 되어 교감하고 공감할 수 있지 않을까. 여덟 명의 자녀들과 마리헨, 귄터의 여자들과 역사적 배경이 되었던 사건들, 사진에 찍힌 스냅 사진의 이야기, 암실 속에서 마술같이 변하던 모든 시간에 대한 추억들, 작가의 회한과 자식들의 애틋하고 아련한 추억이 이 책 속에 들어있다.

모든 것은 빠르게 지나가 버린다. 삶은 순간순간에 바쳐지는 열정이다. 사랑이자 추억이다. 귄터의 자전적 이야기 속에서 우리도 자신과 가족, 사랑하는 사람들과 보낸 시간에 대해 돌아보는 계기가 된다면 좋겠다. 돌아오는 휴일에 가족들과 스냅 사진 몇 장 남겨보면 어떨까.

연을 쫓는 아이(The Kite Runner)

할레드 호세이니 지음/ 왕은철 옮김

《연을 쫓는 아이》는 2003년 미국에서 발표된 할레드 호세이니의 첫 장편소설이다. 이 소설의 작가 호세이니는 1979년 소련이 아프가니스탄을 침공한 후 공산국가가 된 조국을 떠나 미국으로 망명한 아프가니스탄인이다. 유복했던 어린 시절을 아프가니스탄 카불에서 보냈다. 자유를 찾아 미국으로 망명한 후에는 의사로, 소설가로 활동하고 있다. 이 작품은 많은 체험적 요소들이 포함된 작가의 자전적 소설이라고 해도 무방하다.

아프가니스탄은 오랜 군주 시대의 엄격하지만 격식 있는 역사와 전통을 가지고 있는 나라다. 아름답고 평화롭던 시절의 독특한 풍습과 문화를 가지고 있는 나라, 열두 살이 될 무렵까지 '우리'의 방식으로 삶이 가능했던 나라, 폭탄과 총성 소리가 없던 나라였다. 그곳에서 태어나 부유한 유년 시절을 보냈던 주인공 '아미르'를 중심으로 이야기는 시작된다.

아미르의 부친인 사회사업가이자 지역사회의 리더인 바바와 그의 하인 알리는 가족처럼 살았다. 파슈툰인이자 수니파인 주인공 아미르와 하자라인이며 시아파인 언청이 하인 하산은 카불에서 태어나 형제처럼 지냈다. 그러나 어린 시절의 충격적인 사건 하나는 그들 모두의 인생을 엉망진창으로 얽히게 만든다. 주종을 뛰어넘는 충성심을 보여주는 하산을 강간으로부터 끝내 지켜주지 못한 아미르의 죄의식은 평생 트라우마로 자리 잡는다. 마음이 상처투성이가 된 알리와 그의 아들 하산은 결국 바바와 아미르 곁을 떠난다. 그들의 인연도 거기서 일단락되는 듯했다. 그러나 1979년 카불을 떠나 미국으로 망명한 후 고향에서의 모든 것을 잊고 살던 아미르는 어느 날 아버지의 친구 라힘칸을 통해 자신이 모르고 있던 충격적인 이야기를 듣게 된다.

아버지 바바와 하인 알리의 관계에서 느꼈던 예민하고

미묘했던 모든 의문의 실타래가 풀린다. 아버지 세대에 이미 저질러 놓은 운명적인 장난이 있었음을 알게 된다. 도둑질이 제일 나쁜 것이라고 가르쳤던 아버지 바바가 알리의 아내를 범했고, 그 사이에서 태어난 하산은 아미르와 이복형제였던 것이다. 비밀을 말해 준 라힘칸은 갈등하는 아미르에게 아프가니스탄에 홀로 남겨진 하산의 아들 소랍을 부탁한다. 아미르에게 어린 시절의 상처와 죄의식에서 벗어나 용서를 구할 수 있는 마지막 기회가 될 거라고 충고한다.

오랜 고민 끝에 아미르는 조카 소랍을 구하기 위해 아프가니스탄으로 돌아간다. 하산을 강간했던 반사회적 인격장애자 아세프는 하산의 아들 소랍에게도 똑같은 상처를 입히지만 소랍이 쏜 새총을 맞고 실명하게 된다. 위험하고 끔찍한 사건의 우여곡절 끝에 아미르는 하산의 아들 소랍을 아프가니스탄에서 구출한다. 진심으로 지나간 일에 용서를 구하며 하산이 자신에게 그랬듯 소랍을 위해 연을 쫓는 모습으로 화해한다.

명예를 위해 연을 쫓던 아미르와 하산의 모습이 떠오른다. 아미르를 위해 "도련님을 위해서라면 천 번이라도"라고 했던 하산, 그의 아들이자 조카인 소랍을 위해 "너를 위

해서라면 천 번이라도"라고 말하는 아미르,

인연이란 얼마나 아이러니하고 질긴 것인가. 할아버지와 아버지, 그리고 아들에게로 이어지는 세대 간의 끈질긴 인연의 고리를 결국, 화해와 사랑이라는 이름으로 치유하고 극복해간다.

이 소설을 읽으며 내가 아프가니스탄의 역사에 대해 거의 무지했다는 사실에 조금 부끄러웠다. 공산화된 아프가니스탄과 이후 벌어졌던 참혹한 인종과 종파 간의 피비린내 나는 내전, 탈레반의 참혹하고 무차별적 테러행위, 미국 뉴욕의 쌍둥이빌딩 9.11 테러사건, 알카에다, 살인자 후세인, 이런 자극적이고 단편적 지식이 전부였다.

아프가니스탄은 이슬람교 문화권의 국가이다. 인종도 다르고 종파도 다른 이 나라의 운명은 아직도 미지수이다. 역사와 종교를 극복하기란 쉬운 일이 아니다. 어떤 형식의 종교적, 인종적 화합이 아프가니스탄을 다시 평화로운 옛날로 되돌려 놓을 수 있을지 모르지만, 지금으로서는 매우 절망적이다. 작가는 이 작품을 통해 아프가니스탄이라는 중앙아시아의 작은 나라를 세계에 알리고 있다. 내란으로 처참하게 무너져있는 조국의 역사와 전통, 사라진 아름다운 것들에 대해 조용하게 힘 있는 태도로 강조한다. 매우 희망적인 시선으로 조국을 바라보려고 노력하고 있다. 처녀작임에도 불구하고 완벽한 찬사와 기대를 한 몸에 받았던 작품이다. 짜임새 있고 안정된 구조의 줄거리의 힘은 작가의 재능이자 뛰어난 역량이다.

인간의 무의식에는 누구나 자신의 삶을 정당화하기 위해 타인의 희생을 강요하는 이중성을 가지고 있다. 영악한 약육강식의 동물적 본성을 지니고 있다. 잘못된 우월의식이 빚어낸 폭력적인 인종적 차별이 잔인하게 자행되고 있다. 불평등한 사회구조 속에 인간만이 가진 천박한 종교적 신념 속에 비열하고 잔혹한 인권 탄압이 현재까지도 계속되고 있다. 편견과 명분을 위한 전쟁, 극심한 빈부 차와 아동학대, 자살테러 등등. 특히 작가는 "아프가니스탄 어린이들에게 이 책을 바칩니다."라는 서문을 통해 힘없고 나약한 전 세계의 고통 받는 어린이들을 생각하게 한다. 작가가 작품을 통해 전하고 싶은 메시지의 파급효과가 엄청나다. 문학의 힘이자, 글의 힘이다.

미국으로 망명한 바바와 아미르 부자의 처절한 삶도 조국을 등진 이방인의 모습이다. 아메리칸 드림을 꿈꾸는 외롭고 눈물겨운 약소국의 희생과 닮아있다. 이제는 경제 강대국으로 성장한 우리나라도 작은 울타리에서 벗어나 가

난과 굶주림, 폭력과 질병으로부터 고통받는 세계의 어린이에게 시선을 돌리고 있다. 우리 스스로가 진실과 정의를 선택하는 용기가 필요한 시점에 온 듯하다. 고통받고 있는 이 세상 모든 어린이에게 밝고 행복한 미래가 펼쳐지길 소망한다. 나 역시 연을 쫓던 어린 시절의 '아이'로 돌아가 추억 속으로 잠시 스며든다.

저 자 와
협의하여
인지 생략

사랑은 외롭고 쓸쓸하지만 가볼 만한 길이다

지은이 | 금동원
펴낸이 | 一庚 張少任
펴낸곳 | 답게
초판 발행 | 2023년 12월 30일
초판 2쇄 | 2024년 1월 20일
등 록 | 1990년 2월 28일, 제 21-140호
주 소 | 04975 서울특별시 광진구 천호대로 698 진달래빌딩 502호
전 화 | (편집) 02)469-0464, 02)462-0464
　　　 (영업) 02)463-0464, 02)498-0464
팩 스 | 02)498-0463
홈페이지 | www.dapgae.co.kr
e-mail | dapgae@gmail.com, dapgae@korea.com
ISBN 978-89-7574-363-4
ⓒ 2023, 금동원
나답게·우리답게·책답게